河出文庫

精霊たちの家 上

イサベル・アジェンデ
木村榮一 訳

河出書房新社

目次

精霊たちの家　上

◎下巻

精霊たちの家　上

この物語に登場する私の母と祖母、そしてその他並み外れた女性たちに捧げる。

I・A

けっきょく人はどれだけ生きるのだろう？
千年、それとも一年？
一週間、それとも何世紀も生きるのだろうか？
人はどれだけ死に続けるのだろう？
永遠とはどういう意味だろう？

パブロ・ネルーダ

1 美女ローサ

バラバースは海を渡って私たちのもとにやってきた、少女クラーラは繊細な文字でそう書きつけた。その頃から彼女はなにか大きな事件が起こると、ノートにつけるようにしていたが、その後誰とも口をきかなくなると、日常の些細なことも書き留めるようになった。それから五十年後、私はそのノートのおかげで過去のできごとを知り、突然襲ってきた不幸な時代を生き延びることができたのだが、当のクラーラは自分のノートがそんなことに役立つとは夢にも思わなかったにちがいない。バラバースがやってきたのは、聖木曜日のことだった。着いた時は哀れで心細げな囚人のように虚ろな目をし、うす汚れた檻の中で糞尿にまみれていた。けれどもその堂々とした頭部やみごとな骨格からして、やがては伝説に出てくるような巨大な犬に成長することはまちがいなかった。あの木曜日、家族はそろって正午のミサに出かけていったが、秋のうんざりするほど退屈なあの日に、クラーラがノートに書き留めるほどの大事件がもちあがるとは誰も予測しなかった。毎年その時期になると、信心深い女たちが聖器室の衣装戸棚から暗紫色の布を取り出し、喪に服させるために聖人たちの像の上にその布をかけるのだが、おかげでせっかくロウソクに灯がともされ、香がたかれ、オルガンがすすり泣くような曲をかなでているというのに、その効果がいっこうに現われず、聖人像はまるで引越し荷物かなにかのようにそこに立ち並んでいた。いつもなら死者の髪の毛で作ったかつらをかぶり、まがいもののルビーや真珠、エメラルドで飾りたてられ、フランドル地方の貴族が着ける衣装をまとい、陰気で沈んだ顔つきで立ち並んでいる等身大の彫像も、その日ばかりは布で覆われているためにばかでかい荷物のように見えたので、参列者はそれを見てぎくりとしたものだった。ただ、守護聖人である聖セバスティアヌスだけは、聖週間のあいだ喪に服さず、人々の目につくように飾りたてられていた。六本の矢が体に刺さり、血を滴らせ、涙を流しているあの聖人はまるでおかまの男のようにみだりがわしく身をよじらせていた。加えてレストレーポ神父がたえず傷口に絵具を塗っていたので、そこだけがいつまでたっても妙に生々しい感じがして、クラーラはその像を見るたびに胸が悪くなった。

ひどく長く感じられるあの一週間のあいだ、人々は悔い改め、断食をした。カード遊びは禁じられていたし、心の浮きたつような音楽を演奏することもできなかった。人々は精いっぱい悲しみにくれ、清らかな生活を送ろうとつとめたが、その時を待っていたかのように悪魔が尻尾の先でカトリック教徒の弱い肉体をちくちく刺して、誘惑したものだった。断食のあいだ口にできるのは、柔らかいパフケーキ、野菜のおいしい煮込み料理、ふんわりしたオムレツ、それに田舎から持ってきた大きなチーズの塊《かたまり》くらいのものので、町に住む人たちはそうしたものを食べて、主の受難を思い起こした。肉や魚をひとくちでも口にすれば、即座に破門だ、と神父から言い渡されていたので、誰ひとりそうしたものを口にしなかった。神父の言いつけに背くものなどひとりもいなかった。司祭は大勢の聴衆がいる前で、長い指を伸ばして罪人を指差すと、いつもの慣れた口調でその人を厳しくとがめたが、それをやられると大抵のものはひどくうろたえたものだった。

「汝は寄進箱より金を盗みとった盗人だ」と司祭は説教壇の上からひとりの紳士に向かって喚き立てた。紳士のほうは目を合わせるとかえってまずいことになると考えて、襟についた糸屑に気を取られているふりをしていた。「汝は、栈橋で春をひさぐ恥知らずな女だ」と、今度はカルメンの聖母を信仰している、神経痛で足のきかないドーニャ・エステール・トゥルエバに向かって言ったが、夫人のほうは、春をひさぐというのがどういう意味なのか、また栈橋がどこにあるかも知らなかったので目を白黒させていた。「罪人たちよ、悔悟するのだ。汚れたる腐肉よ、はりつけにされた主の苦しみに価せぬものたちよ。断食をし、悔い改めるのだ」

司祭は聖職者としての使命感に燃えていたが、それ以上過激な言葉は慎まざるを得なかった。というのも、教会の近代化を考えている目上の僧侶たちが苦行や鞭打ちの行に反対していたので、それ以上のことを言えば、彼らと真っ向から対立することになるからだった。彼自身は、魂とは弱いものであり、その弱さを克服するためには自らの肉体をしたたかに鞭打つしかない、と考えていた。彼は、激烈な説教ぶりで知られていた。彼を崇拝する信徒たちはあとを追ってあちこちの教区をめぐり歩き、罪人が地獄で受ける業苦や巧緻をきわめた拷問の道具、永遠に消えることのない劫火、男性器を突き刺す手鉤、女性の体孔にもぐり込んでゆくおぞましい爬虫類、あるいは神の恐ろしさを教えるためにその説教の中に織り込んでいる数々の試練について司祭が語るのを、額に汗を浮かべて聞き入っていた。さらに彼はガリシア訛りのスペイン語で、悪魔の異様な姿を微に入り細を穿って話した。彼がそのような話をしたのは、怠惰な夢をむさぼっている新大陸生まれの白人たちに罪の意識を目覚めさせることが、この地上における自分の使命だと考えていたからだった。

セベーロ・デル・バージェは無神論者で、しかもフリーメーソンの会員だったが、政治的野心を抱いていたので、ひとりでも多くの人に顔を覚えてもらおうと、人の大勢集まる日曜日と祝日のミサにはかならず出席するようにしていた。妻のニベアは、宗教的な仲介者を通さずに直接神と心を通じ合いたいと考えていたので、僧服を着た人間には抜きがたい不信感を抱いていた。だから、あの神父が天上や煉獄、地獄について語るのを聞きながら、あくびを嚙み殺していた。けれども彼女は一方で、夫がもし国会議員になれば、この十年のあいだ大勢の子供を産み落としながらも、そのために戦いつづけてきた婦人参政権を獲得することができるかもしれないと考えて、夫とともにミサに出席していた。その木曜日、レストレーポ神父は、聴衆の忍耐力を試そうとするかのように、黙示録に描かれている恐ろしい世界についてこと細かに語ってきかせたが、彼の話を聞いているうちに、ニベアは気分が悪くなってきた。ひょっとして、またお腹が大きくなったのだろうか、と考えた。これまで、酢で洗浄したり、牛の胆汁をしみ込ませたスポンジを使用してきたが、すでに十五人もの子供を産み落としており、そのうちの十一人が無事に育っていた。すでに末娘のクラーラが十歳になっていたし、これまで次から次へと子供を産み落としてきた彼女もさすがに近頃ではその勢いも衰えてきたので、自分の年を感じるようになった。だからあの時も、気分が悪くなったのはレストレーポ神父の説教のせいだろうと考えた。その時、神父が突然彼女を指差して、ここに私生児や教会によらない結婚を正当化しようとしているパリサイ人がいる、彼らは家族や祖国、私有財産、教会を解体させ、しかもあろうことか女を男と同じ地位につけようとしている、これはその点に関してきわめて厳格な神の掟に公然と背くものである、と喚き立てた。ニベアとセベーロは子供たちといっしょに教会の三列目のベンチに腰かけており、クラーラは母親の隣に座っていた。司祭が肉体の犯す数々の罪についてとめどなく語りつづけるのを聞いているうちに、ニベアは不安になり、娘の手を強く握り締めた。というのも、そういう話を聞かされると、クラーラはきまって現実離れした奇妙な妄想に取りつかれ、そのあとなんとも答えようのない質問をして皆を困らせたからだった。クラーラはひどくませていた上に、母方の血を引く一族の女性がすべてそうであるように、いささか度をすごした想像力に恵まれていた。教会の中はひどく暑くて人いきれでむせかえっており、その上ロウソクや香の鼻を刺す匂いがたちこめていたので、ニベアはひどい疲労感をおぼえた。ミサが早く終わらないかしら、そうしたら、涼しい風の吹き抜ける家に帰って、シダの茂っている廊下に腰をおろし、休日にいつも乳母が作ってくれるオルチャータを飲むことができるんだけど、と考えていた。子供たちの方を見ると、小さい子供たちは晴れ着を着せられていたので、緊張で固くなっていたが、やはり疲れているようだったし、上の子供たちは神父の説教を少しも聞いていなかった。そのあと、長女のローサに目を移した。いつものことながら、ローサを見て、彼女はその美しさに思わず息を呑んだ。ローサはこの世のものとは思えないほど美しく、その美貌はどこか人の心を掻き乱すようなところがあり、母親のニベアでさえその魔力に抵抗することができなかった。ニベアは、娘が生まれる前に夢の中で一度会ったことがあり、それ以来あの娘はこの世のものではないと思っていたので、ローサを取り上げた産婆がびっくりしたような声をあげた時もべつに驚いたりはしなかった。ローサは産まれ落ちた時から、陶製の人形のようにしわひとつないすべすべしたまっ白な肌をしており、髪の毛は緑色で、目は黄みがかっていたが、彼女を取り上げた婆さんはそんなローサを見て思わず十字を切り、このお子さんは原罪このかた地上で生まれた中でも、いちばん美しい方ですよと叫んだ。たしかにそのとおりだった。産まれ落ちるとすぐに、乳母は彼女を湯浴みさせたが、それ以来あの緑色の髪の毛が少しでもくすんだ色になるようにカモミール水で洗ってやった。また、肌が透き通るように白く、下腹部や脇の下といったデリケートな箇所は皮膚の下の血管や筋肉が透けて見えるほどだったので、日に焼けるように素裸にして日光浴させた。ジプシーに教えられた方法もいろいろ試みたが、人の口に戸は立てられぬと諺にも言うように、デル・バージェ家に天使が生まれたという噂があっという間に広まった。ニベアは、娘が美しい少女のまま大人になるはずがない、いずれ大きくなれば顔形が変わるだろうと期待していたが、思ったようにはいかなかった。ローサは十八になっても太りもしなければ、吹き出物ひとつできず、人魚のように美しく育った。彼女の青みを帯びた肌や髪の毛の色、優雅でおっとりした物腰、もの静かな性格を見ていると、海の住人としか思えなかった。あれで鱗のついた尻尾が生えていたら、まさしく本物の人魚だった。むろんちゃんとした脚が二本ついていたので人間にはちがいなかったが、それでもやはりあの神話の生き物を彷彿させた。それほどまでに美しい少女ではあったが、生活は普通の女の子とほとんど変わらなかったし、いずれ結婚することになっている許婚者《いいなずけ》もいた。あまりにも美しい娘を持ったせいで気苦労の絶えなかったデル・バージェ夫妻も、娘が結婚してくれれば、その苦労から解放されるにちがいないと考えていた。ローサはその時うつむいていたが、ゴシック建築の教会のステンドグラスから差し込む光がその横顔を円光のように照らし出していた。道を歩いている時もそうだが、あの時も教会にいる何人かの人がうしろを振り返ってローサのほうを見、なにごとかささやきあっていた。自分の美貌をまったく意識していないローサは、そのことにも気づいていない様子だった。それにあの時は、テーブルクロスに刺繍する動物のことで頭がいっぱいだったので、いつになくぼんやりしていた。彼女は、全身が虹色に輝く羽で覆われた、生物学と気体力学の法則をまったく無視した大きな蹄と小さな翼のついた、頭に角のある鳥とも哺乳類ともつかない奇怪な動物を空想していた。ローサは、許婚者のエステーバン・トゥルエバのことをほとんど思い出さなかったが、これは彼を愛していなかったからではなく、もともと忘れっぽい性格だった上に、この二年間というもの一度も顔を合わせていなかったのだから、無理はなかった。当時、エステーバン・トゥルエバは北部の鉱山で働いていた。彼はきちょうめんに手紙を書いて寄こしたが、ローサのほうはときどき思い出したように返事を書き、そこに詩の引用や墨で花の絵を描いた羊皮紙を同封して送った。ニベアはエステーバンの手紙をこっそり盗み読みしていたが、おかげでたえず落盤の危険にさらされながらどこにあるか分からない鉱脈を探し求めて地下を掘り進み、資金がなくなると、一山当てたらかならず返済するからと言って金を借りる鉱山師の仕事が、いかに辛く厳しいものであるかを知ることができた。エステーバンはかならずすばらしい金鉱が見つかると信じていた。それが見つかりさえすれば、一夜にして大金持になれる。そうしたら、町に帰って、ローサの腕をとり、祭壇の前に進み出ることができる、と夢見ていた。手紙の末尾にいつも書き添えていたように、その時こそ彼は世界で一番の幸せものになるはずだった。しかしローサはべつに結婚を急いでいたわけではなかったし、別れの時に交わしたたった一度きりの口づけもほとんど覚えていなかった。それどころか、あの我慢強い許婚者の目がどんな色をしていたかさえ、おぼろげにしか覚えていなかった。ローサはふだんからロマンチックな小説しか読まなかったが、そのせいでエステーバンが砂漠の中でまっ黒に日焼けし、革のブーツを履いて海賊の隠した財宝やスペインのドブロン金貨、インカの秘宝といったものを探し求めて地面を掘っているとしか考えられなかったのだ。ニベアが、鉱脈というのは岩石の中に隠されているのだ、といくら言ってきかせても効き目はなかった。というのも、ローサにしてみれば、彼が何トンもの鉱石を集めて、それをおぞましい火葬にでもかけるように焼いて熔かし、そこからわずかな金を取り出しているとはどうしても考えられなかったのだ。彼女は世界で一番大きいテーブルクロスを作ろうと心に決め、その仕事に精を出して、退屈することもなく彼を待ちつづけた。最初のうちは、犬や猫、蝶などを糸で縫いとっていたが、やがて想像力を思うさまはばたかせて地上に存在しないような動物の楽園をテーブルクロスに描き出すようになった。父親は、娘の針先から生み出される動物を心配そうに眺めていたが、そのうち、娘もそろそろ子供っぽい夢想からさめて、現実をしっかり見つめたほうがいい、いずれ結婚するのだから家事のひとつも覚えておかなくてはあとで困ることになるだろう、と考えていた。けれども、ニベアはその点に関しては少しも心配していなかった。彼女としては、日常の瑣末なことでローサを苦しめたくなかったのだ。あの娘はこの地上の存在ではない、だから俗世間のうす汚れた波に洗われたりしたら、たちまち花が萎むように生気を失ってしまうだろう、彼女は母親の直感でそう感じていた。だからこそ、娘が糸を使ってテーブルクロスに悪夢に出てくるような気味の悪い動物を刺繍しても叱りつけなかったのだ。

コルセットの鯨骨が折れ、その先がニベアの脇腹に突き刺さった。あの日は、ウェストがきつくて袖が窮屈な上に、ひどく丈の高いレースのカラーのついた青いビロードの服を着ていたので、それだけで息が詰まりそうになった。その服を着るといつもお腹の具合がおかしくなり、ベルトをとって三十分ほどしないと内臓が元の位置に戻らないような気がした。彼女は婦人の参政権を要求している女友達とよく議論をたたかわせていたので、今では女性が長いスカートをはき、髪を伸ばし、ペチコートを身に着けているかぎり、なにかをしようという意欲が湧いてこない、だから医学を学ぶ機会を与えられたり、参政権を獲得しても、けっきょくは同じことだと考えるようになっていた。けれども、人に先駆けて流行に背を向けるというほどの勇気を持ちあわせてもいなかった。ふと気がつくと、頭にがんがん響くような声を張りあげていた神父のガリシア訛りの説教が聞こえなくなっていた。説教の途中で急に黙り込むと、あたりに気まずい沈黙が流れるが、その辺の呼吸を呑み込んでいた神父はよくその手を用いた。今流れている沈黙もやはりそれで、神父は黙りこくったまま信者の顔をぎらぎら光る目で見回していた。ニベアは握っていたクラーラの手を離すと、首筋をつたって流れ落ちる汗を拭きとろうと、袖口に入れてあるハンカチを探した。教会の中を重苦しい沈黙が支配し、時間は静止したように動かなくなった。咳をしたり、体の位置を変えたりすれば、レストレーポ神父に睨まれると分かっていたので、誰もが息をひそめるようにしてじっと体を固くしていた。列柱の間では、神父がさきほど言った言葉がまだ反響していた。

誰もが不安気な面持で黙りこくっていた。その時、だしぬけに末娘のクラーラが教会中に響きわたるような声ではっきり次のように言った。あの時のことは、ニベアものちのちまで忘れることができなかった。

「レストレーポ神父様、さきほどから地獄、地獄とおっしゃっていますが、それが根も葉もない作り話だったら、ばかを見るのは私たちじゃありませんか……」

あのイエズス会士は新たな罪人を指弾しようとして手を宙に挙げていたが、その言葉が耳に入ったとたんに、まるで避雷針のように指を頭上でぴたりと止めた。人々は息をひそめ、またそれまで船を漕いでいた連中もこれは面白いことになったと目を覚ました。デル・バージェ夫妻は周章狼狽し、あわてて子供たちのほうを見た。彼らも動転している様子だったので、ただちに行動を起こした。つまり、セベーロは教会が笑いの渦に包まれたり、恐ろしい災厄が天上から降りかかってくる前に逃げ出そうと考えて、さっと妻の腕を取り、クラーラの首筋をつかむと、ふたりを引きずるようにして急ぎ足で逃げ出した。それを見てほかの子供たちもあわてて両親のあとを追いかけた。デル・バージェ家のものたちは、司祭が人を塩の像に変えてしまう稲妻を呼び起こす前に、なんとか外に飛び出したが、入り口のところまで来た時、怒り狂った天使のような司祭の声が耳に入った。

「あの娘は悪魔に取り憑かれている、だからあのように傲慢なことを口走るのだ！」

レストレーポ神父のあの言葉は不吉な予言として一族の心にいつまでも重くのしかかっていたし、それを裏書きするような事件もまた何度となく起こった。ただ、当のクラーラだけはいっこう平気な様子で、日記にその日のことを書き留めると、あとはきれいに忘れてしまった。両親はやはりあの言葉を気にかけていたが、娘のように年端《としは》もゆかない子供が悪魔に取り憑かれたり、大罪のひとつである傲慢の罪を犯したりするはずはないと考えて不安を打ち消していた。ただ、口さがない連中が妙な噂を流したり、狂信家のレストレーポ神父がなにかを仕出かすのではないか、とそれだけを心配していた。あの末娘は以前から時々とんでもないことをやらかしたが、家族のものは気にも留めなかったし、まさかあれが悪魔憑きと結びつくとは考えもしなかった。つまり、ルイスがびっこで、ローサが類稀れな美貌に恵まれているように、あれもクラーラの身に備わったものだと考えて、心配してはいなかったのだ。クラーラには超能力が備わっていたが、それで人に迷惑をかけたり、騒ぎを引き起こしたことは一度もなかった。彼女がそういう力を発揮するのはごく些細なことか、親しい身内のものが集まる場に限られていた。食事の時間になって、家族全員が食堂に集まり、家長を中心にめいめいが決められた席に着くと、塩壺が突然ぶるぶる震えだし、グラスや皿のあいだを縫うようにして走り出すことがあった。そこにはなんら物理的な力は働いていなかったし、手品のトリックがほどこされているわけでもなかった。そんな時は、ニベアがクラーラの三つ編みにした髪の毛をぐいとひっぱってその気違いじみた遊びを止めさせたが、とたんに塩壺は元のようにぴたりと動かなくなった。兄弟たちは前もって相談し、お客さんがいる時にテーブルの上のものが動き出したら、その人が気づいてびっくりする前に近くにいるものが手で押さえることに決めた。その間、家族のものは素知らぬ顔で食事を続けた。末娘のクラーラは未来を予知する力にも恵まれていたが、家族のものはいつの間にかそれにも慣れてしまった。地震の前になると、クラーラはかならず間もなく地震が起こると予言しており、頻々として天災の起こるあの国では、彼女の予言が大いに役立った。というのも、地震が起こると分かっていれば、あらかじめ食器類を安全な場所に移したり、夜、家から飛び出してゆく時のためにスリッパを手の届くところに置いておくことができたからだ。六歳の時にクラーラは、ルイスが馬から振り落とされると予言した。ルイスはその言葉に耳を貸さなかったが、そのために腰骨が外れてしまい、年とともに左脚がだんだん短くなりはじめた。それからというもの、彼は左足用に特製の底の厚い靴を自分の手で作って、それを履くようになった。あの時はさすがのニベアも心配したが、乳母がこう言って安心させた。世の中には蠅みたいに宙を飛び回ったり、夢占いをしたり、精霊としゃべったりする子供が大勢いますけど、知恵がついてくるとまるで憑きものが落ちたようになってふつうの子供になるもんですよ。

「今にお変わりになりますから」と、乳母は言った。「まあ、見ていてごらんなさい、間もなく家具を動かしたり、不幸を予言したりなさらなくなりますよ」

乳母はクラーラを目の中に入れても痛くないほどかわいがっていた。考えてみれば、産まれ落ちた時からなにくれとなく面倒を見てきた乳母だけが、あの子の並み外れた性質を本当に理解していたのかもしれない。クラーラが母親のお腹から産まれ落ちるとすぐに乳母は抱き上げて、産湯を使わせてやったが、それからというものクラーラを猫かわいがりにかわいがっていた。クラーラは肺に痰がたまって、よく喘息の発作を起こした。顔をまっ赤にして苦しそうに咳込むと、乳母はクエバス医師が処方したアルコール入りのシロップよりもこちらのほうがはるかによく効くと考えていたので、その大きな胸にしっかりと抱きとってやったものだが、たいていはそれで発作がおさまった。

あの聖木曜日、教会から戻ったあと、セベーロはミサの時に娘がとんでもない事件を引き起こしたことを気に病んで部屋の中をうろうろ歩きまわっていた。彼は妻をつかまえて、現代は光と科学、それに技術の時代二十世紀なんだ、今どき悪魔の存在を信じるものなどいやしない、それなのにあの狂信者は悪魔憑きがどうのこうのと言いおって、まったくレストレーポ神父にも困ったものだ、とまくしたてた。ニベアはそんな夫を遮るように、そんなことは気にしなくていいのよ、それよりも、あの娘のとんでもない悪戯《いたずら》がよその人に知れて、司祭さんが調べはじめたりしたら、町中の評判になってしまうわ、と言った。

「そうなったら、大勢の人があの娘をひと目見ようと、面白半分に押しかけてきますよ」

「そうなると、自由党まで潰れかねないな」とセベーロは言ったが、彼は一族の中に悪魔に魅入られた人間がいると分かれば、自分の政治生命まで危うくなると考えていたのだ。

　ふたりがそんな話をしていると、乳母が下着姿のまま部屋履きをぱたぱたいわせて駆け込んできて、見慣れぬ男たちが中庭に入り込んで、死体を降ろしていると告げた。あわてて駆けつけると、たしかに乳母が言ったとおりだった。とっかかりの中庭に四頭立ての馬車が停まっていたが、おかげでヒナゲシは踏み潰され、洗ったばかりの敷石は馬糞にまみれていた。あたりには土ぼこりがもうもうと舞い上がり、馬は前脚で足掻《あが》き、迷信深い男たちは目の呪いを恐れてぶつぶつ呪文を唱えていた。彼らはマルコス叔父の遺体と荷物を運んできたのだが、そのせいで中庭では上を下への大騒ぎがもちあがっていた。フロックコートにばかでかい帽子というういでたちの、黒ずくめの小男が妙に甘ったるい声で指示を与えていたが、そのうち家族のものをつかまえて、ひどくもったいぶった口調で事情を説明しはじめた。けれども、男は、ニベアが最愛の弟の遺骸を納めてある柩に取りついて泣き出したのを見て、口をつぐんだ。彼女は、本当に自分の弟かどうか確かめたいので、蓋を開けてはもらえないだろうかと尋ねた。以前にも一度死んだとばかり思って、葬式まで出したのに、そのあとひょっこり戻ってきたことがあるので、どうしても自分の目で確かめておきたいのだ、と喚き立てた。その声を聞きつけて、大勢の使用人や子供たちが起きだしてきた。子供たちは、悲嘆にくれた声にまじってマルコス叔父の名前が聞こえてきたので、あわててその場に駆けつけた。

　クラーラはこの二年ばかり叔父と会っていなかったが、彼のことはよく覚えていた。幼い頃の思い出というのはどれもこれもおぼろげなものばかりだったが、あの叔父の記憶だけは鮮明に残っていて、広間に飾ってある銀板写真を見なくても、すぐに思い出すことができた。写真の中の叔父は探険家の服を着、マレーシアの虎の首を右足で踏みつけて、旧式の二連銃にもたれかかっていた。そのいかにも勝利者然とした姿を見て、クラーラは、石膏の雲と青白い天使に囲まれて、ひれ伏している悪魔を足で踏みつけている、大祭壇の上の聖母様の像を思い浮かべたものだった。世界各地を駆けめぐってまっ黒に日焼けし、その海賊髭のあいだから鮫のような歯をのぞかせて奇妙な笑みを浮かべている痩せぎすな体つきの叔父、その叔父の姿をクラーラは目を閉じただけで思い出すことができた。中庭の真ん中に置かれた黒い柩の中であの叔父が眠っているとはどうしても信じられなかった。

　マルコス叔父はときどき思い出したように姉のニベアの家に姿を現わしたが、そんな時はたいてい二、三か月滞在したものだった。ニベアの子供たち、とりわけクラーラは大喜びしたが、マルコスがやってくると、いつも屋敷の中が収拾のつかないほど散らかった。沢山のトランクや剝製の動物、インディオの使っていた槍、船乗りがあちこちから持ち帰ったがらくたなどが所狭しと並べられたので、家族のものは得体のしれない奇妙な道具類に蹴つまずいた。また、荷物の中にもぐり込んで、遠い国からはるばる旅してきた見慣れない生き物が這い出してくることもあったが、どこに隠れようとも乳母がかならず見つけだして、ほうきで情け容赦なく叩き潰した。マルコスの暮らしぶりは食人種のそれとなんら変わらん、とセベーロはいつもこぼしていた。彼は夜になると、部屋の中で妙な具合に体をくねらせたが、やがて分かったところでは、あれは精神力で肉体をコントロールし、さらに消化を助けるための体操だとのことだった。彼はまた、台所で錬金術の実験も行ったが、おかげで家じゅうにひどい臭いのする煙がたちこめ、底にどうやっても剝がれない金属のようなものがこびりついて鍋が使いものにならなくなった。彼は、家族のものが眠ろうとする時間に起き出して、重いトランクを引きずって廊下を歩きまわったり、原住民の使っている楽器をひっぱりだしてきて鼓膜の破れるほど大きな音で鳴らしたり、アマゾン地方で生まれ育ったにちがいないオウムにスペイン語を教え込んだりしたものだった。昼間は、回廊にある円柱のあいだにハンモックを張り、ふんどしひとつになって眠っていたが、さすがのセベーロ・デル・バージェもそれを見て眉をひそめた。けれどもニベアはマルコスから、キリストも同じ格好で教えを垂れていたんだよと吹き込まれていたので、弟のために取りなしてやった。二度目か三度目の旅行から戻ってきた時に、マルコスは初めてあの家にやってきた。クラーラはまだ小さかったが、その時のことをはっきり覚えていた。あの時は彼も、もうこれで家に落ち着くのではないかと思われたが、しばらくすると招かれた家の女主人がピアノを弾いているそばで若い娘たちがおしゃべりしているところに顔を出したり、カードゲームをするのにも飽きてしまった。加えて、親族のものたちがそろそろこの辺で心を入れ替えて、セベーロ・デル・バージェの法律事務所で見習いの仕事でもしたらどうだと説教しはじめたので、いいかげんうるさくなったのか、手回しオルガンを買い込んで、街を流して歩くようになった。道行く人を手回しオルガンの音楽で楽しませたが、本当の狙いはべつのところにあって、かねてから憎からず思っていた従姉妹のアントニエータの気を引こうと考えていたのだ。オルガンといっても下にコマの付いている薄汚い木製の箱でしかなかったので、彼はさっそくペンキでいかにも船乗りの好みそうな絵を描き、船に似せようとして煙突まで取りつけたが、どう見てもそれは炭で煮炊きするかまどにしか見えなかった。オルガンを回すと、軍隊行進曲とワルツが交互に流れてきた。マルコスがハンドルを回すと、それに合わせてオウムが、まだ外国訛りの残っている覚えたてのスペイン語でキーキー喚き立てて、道ゆく人の足を止めた。さらに、くちばしを使って箱の中からおみくじを引っぱりだして、集まってきた野次馬に売りつけた。おみくじは桃色、緑、青の三色に分かれていたが、それを買った人は自分が心ひそかに抱いている願いごとがそこにちゃんと書き込まれてあるのを見て仰天したものだった。おみくじのほかにも、子供のためのおが屑で作ったボールや性的不能によく効く散薬も販売していたが、薬品のほうはそれらしい人を見かけると、そばに寄って小さな声でそれとなく勧めるようにしていた。前々から従姉妹のアントニエータに想いを寄せていたマルコスは、恋する男なら誰でもするような手で彼女の気を引こうとしたが、うまくゆかなかったので、最後の切り札としてあのオルガンを考えついたのだ。彼女がふつうの女の子だったら、オルガンでセレナーデを演奏して聞かせれば、かならず心を動かされるはずだと考えて、そのとおり実行した。ある日の午後、彼女の家の窓の下までオルガンを押してゆくと、例の軍隊行進曲とワルツを演奏しはじめた。アントニエータはその時、何人かの女友達とお茶を飲んでいるところだったが、まさか自分のためにそうした曲が演奏されているとは夢にも思わなかった。その時、オウムが洗礼名で彼女の名前を呼んだので、なんだろうと思って窓の外をのぞいてみた。マルコスは胸をときめかせて待っていたが、期待していたような反応は得られなかった。そのニュースは、女友達の口を通してたちまち町中に広まり、次の日になると、セベーロ・デル・バージェの義理の弟がオルガンをひっぱり、羽を虫にくわれたオウムを使っておが屑のボールを売っているところが見られるというので、大勢の人が町の中に繰り出してきた。そうした連中は、どんな名家にもひとりやふたり困り者がいるのだと考えて、内心で面白がっていたのだ。その騒ぎで親戚じゅうの顰蹙を買ったために、マルコスはオルガンをしまい込んだ。それでもまだアントニエータのことをあきらめきれず、もっと穏やかな方法で言い寄ることにした。けれども、彼の恋はけっきょく実を結ばなかった。というのも、アントニエータは突然二十歳も年上の外交官と結婚し、熱帯地方のある国に旅立ってしまったのだ。その国の名前はどうしても思い出せないが、いずれにしても、そこには黒人がいて、バナナが実り、ヤシの木が茂っていることはまちがいなく、彼女はその土地でようやく軍隊行進曲とワルツで自分の十七歳の青春を台無しにしてしまったあの呪わしい求婚者のことを忘れることができた。マルコスは二、三日落ち込んでいたが、それから立ち直ると、おれはもう一生結婚しない、これから世界一周の旅に出るつもりだ、と宣言した。ある盲人にオルガンを売りとばし、オウムは形見分けだと言ってクラーラに譲り渡した。けれども、乳母は、オウムがみだりがわしい目つきで人を見つめたりノミをわかせているだけでも気に入らないのに、例の金切り声でおみくじやおが屑のボール、不能に効く散薬の口上を並べたてたので、腹を立て、こっそりタラの肝油をたっぷり飲ませて殺してしまった。

その時の旅行がマルコス叔父にとってはいちばんの長旅になった。やがて彼は大きな箱をいくつも持ち帰ったが、冬のあいだそれは鶏小屋や薪を積んでいる小屋のある、いちばん奥の中庭にしまい込まれていた。春風が吹きはじめると、彼はそれをロス・デスフィレス公園まで運ばせた。その公園には広い空き地があり、独立記念日には兵隊たちがそこでドイツ式の歩き方で行進を行ったので、大勢の人が集まったものだった。例の箱を開けると、中から木や金属の部品やペンキを塗った布がつぎつぎに出てきた。マルコスは小さな辞書を片手に持ち、驚異的な想像力の助けをかりて英文の説明書を解読し、わずか二週間で部品を組み立てた。できあがったものは先史時代の巨大な鳥のような形をしており、前のほうには鷲の絵が描かれ、胴体には可動式の翼とプロペラがついていた。人々はそれを見て、驚嘆の声をあげた。名士連が例のオルガン騒ぎのことを水に流してくれたので、彼は一躍町の人気者になった。日曜日になると、大勢の人があの怪鳥をひと目見ようと押しかけてきたので、屋台のおやじや街頭写真家は笑いがとまらないほどもうかった。しばらくすると人々の関心も薄らぎはじめたが、それを待っていたようにマルコスは、天候がよくなりしだい、あの鳥に乗って空を飛び、山の向こうまで行くつもりだ、と宣言した。そのニュースはあっという間に町中に広まり、その年のもっとも重大な事件のひとつになった。しかし、傷ついたアヒルよろしく地面にぺったり座り込んでいる、丸々と太った見るからに鈍重そうな太鼓腹のあの機械は、その頃北アメリカで造られていた近代的な飛行機とは似ても似つかない不格好な形をしていた。外から見るかぎりでは、空中に浮かんで雪をいただいた山を越えるどころか、身動きするのもままならないように思われた。新聞記者や野次馬がわっと押しかけて、矢継ぎばやに質問を浴びせかけたが、マルコスはいっこう動じるふうもなく、おっとり笑って質問をかわし、カメラマンの前でポーズをとっていた。いよいよ飛び立つというのに、彼はそれについての技術的、あるいは科学的な説明は一切しなかった。物見高い連中の中には、飛行機が飛び立つところをひと目見ようと地方からわざわざやってきた人もいた。それから四十年後に、ニベアの孫にあたるニコラスが、一族の男たちが長年抱いてきた空飛ぶ夢を実現しようとするが、マルコスはついにこのニコラスの顔を見ることはできなかった。ニコラスは、機体に炭酸飲料水の宣伝文句を書き込んだソーセージ型の巨大な熱気球で空を飛ぼうとしたのだが、これはどこまでも商業的なものだった。それに比べると、マルコスが空を飛ぶと宣言した時代においては、あのような発明がなにかの役に立つとは誰も考えなかった。つまり、マルコスが空を飛ぼうとしたのは、純粋な冒険心によるものだったのだ。その当日は、運悪くどんより曇っていた。けれども、今か今かと待ち受けている大勢の人たちを見ると、それ以上延期するわけにはゆかなかった。定刻に姿を現わした彼は、灰色の厚い雲に覆われた空を見ようともしなかった。まわりの街路はもちろん、近くの家の屋根やバルコニーも人で埋め尽くされ、公園内は立錐の余地もないほど大勢の人でひしめきあっていた。それから半世紀後に、申し分なく民主的な手続きをへて、あの国最初のマルクス主義者の候補者が大統領選挙に打って出たが、その時まではどのような政治集会もあれほど大勢の人を集めることはできなかった。クラーラはあの賑やかなお祭りの日のことを生涯忘れなかった。まだその季節でもないのに、男たちはリンネルのスーツに身を包み、女性はその年に大流行したカンカン帽に春ものの衣装をまとってやってきた。先生に引率された小学生の一団が町の英雄であるマルコスに花束を渡そうと前に進み出た。彼はそれを受け取る時に、きみたちはこのぼくに渡すよりも、墜落したあと墓に捧げるほうがいいなんて考えているんじゃないだろうな、と軽口をたたいた。司教までが、誰に頼まれたわけでもないのに、わざわざ香炉奉持者をふたりつれて出向き、鉄の鳥を祝福した。警察の楽隊も駆けつけて、肩のこらない、誰もがよく知っている陽気な音楽を演奏した。槍を持った騎馬警官隊は、公園の中央に雪崩《なだれ》込んでくる群衆をくいとめようと悪戦苦闘していたが、そこには機械技師の着けているオーヴァーオールにレーシング用の巨大なゴーグルを付け、探険家の使うヘルメットを被ったマルコスが立っていた。彼はまた、飛行の時に使う愛用の磁石や望遠鏡、それにレオナルド・ダ・ヴィンチの理論とインカ族の南極に関する知識にもとづいて自分の手で引いた奇妙な地図をたずさえていた。理論上はどうひいき目に見ても飛びそうになかったが、二度目の滑走で機体が優雅といってもおかしくないほど軽やかに浮かび上がった。もっとも機体はぎしぎしきしみ、エンジンはぜいぜいあえいでいたが。翼をばたばたさせて宙に舞い上がった飛行機は、拍手、口笛、ハンカチ、国旗、楽隊の賑やかな音楽、ふりまかれた聖水などに送られて雲の中に姿を消した。地上では、驚きのあまり目を丸くしている群衆や教養のある人たちがそれぞれに話し合って、奇跡のように空に舞い上がった飛行機についてなんとか納得のゆく説明をつけようと躍起になっていた。クラーラは、叔父の姿が見えなくなったあとも長い間空を見つめていた。十分後に、機影が見えたように思えたが、それはスズメだった。あの国で、飛行機に乗って空を飛んだのは彼が最初だというので、人々は熱狂したが、二、三日するとその熱も冷め、いつともなく忘れさられてしまった。ただ、クラーラだけは飽きもせず空を見上げていた。

叔父が飛行機で飛び立ってから一週間たつというのに、なにひとつ消息がつかめなかった。人々は、高く飛びすぎて雲の向こうへ行ってしまったのだろうと考えたが、中には無邪気にも、あのまま月まで行ってしまったのではないかと言う人もいた。セベーロは、義弟はおそらく人の踏みいることのできない山奥に飛行機もろとも墜落したにちがいないと思っていたが、そう考えると悲しみと安堵感の入りまじった妙な気持にとらえられた。ニベアは悲嘆にくれて、遺失物の守護聖人である聖アントニウスにロウソクを捧げた。セベーロは、彼のためにミサを行うなどもってのほかだ、とはっきり言いきっていたが、それというのも、ミサや供物というのは赦免状や聖像、あるいは肩布《スカプラリオ》を販売するのと同じで、神様を相手に取り引きするようなもので、けっして褒められたことではない、と考えていたからだった。ニベアと乳母はしかたなく、子供たちを全員集めて、夫に見つからないようこっそり九日間にわたってロザリオの祈りをあげた。その間、探険家やアンデス登山家たちは、無報酬でいいからと言って探険隊を組織して、あちこちの山頂や深い渓谷、人の近づけないような難所をくまなく捜しまわった。そしてとう、誇らしげな様子で山から戻ってくると、あまり立派とは言えない黒い柩を家族のものに届けたが、その蓋は釘でしっかり止めてあった。恐れを知らぬあの冒険家のために賑々しく葬儀が執り行われた。死者になったおかげでマルコスは英雄にまつりあげられ、数日間彼の名前はすべての新聞の見出しを飾り立てることになった。彼が怪鳥に乗って空に舞い上がった日は、数えきれないほどの人が集まって見送ったが、その時と同じ人たちが葬儀に参列した。悲しみに沈んでいる家族の中で、クラーラだけはまるで天文学者のように平静な顔であいかわらず空を見つめていた。葬儀が無事に終わったその一週間後に、マルコスがセベーロ・デル・バージェの目の前にひょっこり姿を現わした。海賊のような髭の下から白い歯をのぞかせ、いつものようににこやかに笑いながら五体満足な姿で戻ってきた。彼は、自分がこうして無事に戻ってこられたのも、女性と子供たちがお祈りをあげてくれたおかげだと言って、感謝した。航空地図はどこに出しても恥ずかしくないほど立派なものだったが、飛行に失敗して墜落し、機体が破損したために徒歩で戻ってきたのだった。体はどこも傷ついておらず、冒険心もあいかわらず旺盛だった。以来、家族のものたちはいっそう深く聖アントニウスを信仰するようになった。あとに続く一族のものたちが、マルコスの失敗からなにごとか学び取ってくれればよかったのだが、そうはうまく事が運ばず、彼らもまたちがった方法で空を飛ぼうと試みた。それはともかく、法律の上では、マルコスはもはやこの地上に存在しないことになっていた。そこでセベーロ・デル・バージェは自分の法律に関する知識を総動員して、なんとか義弟を法律的に生き返らせ、市民権を回復してやろうとした。あれこれ考えた末、所轄の官憲を呼びつけ、彼らの目の前で棺桶の蓋を開けたが、中には砂の詰まった袋が入っていただけだった。おかげで、それまであちこちから賛辞を浴びせられていた、無償で捜索隊を組織した探険家やアンデス登山家たちは白い目で見られるようになった。

奇跡的に生還したおかげで、例のオルガン騒ぎの件は帳消しになり、一時的なものではあったが、ふたたび人々の信頼を回復して、あちこちのサロンから招かれるようになった。それから二、三か月は姉の家でおとなしく暮らしていたが、ある夜、トランクや書籍、武器、ブーツをはじめすべての道具類を残したままふっといなくなった。セベーロはもちろんニベアまでが、ほっと安堵の溜息を漏らしたが、考えてみれば最後の滞在になった今回はあまりにも長く家にいすぎたようだった。けれどもクラーラはひどく不安がって、一週間のあいだ指をしゃぶり、夢遊病者のように家の中をふらふら歩きまわっていた。クラーラは当時七歳だったが、叔父の絵本のおかげで字が読めるようになっていた。彼女には予知能力が備わっていたが、そのおかげで家族の誰よりも叔父と強く結ばれていた。マルコスは、姪の類稀れな力をうまく利用すれば金もうけができるし、自分の透視力にもいっそう磨きがかけられるだろうと虫のいいことを考えていた。あらゆる人間、とりわけ自分の一族には特別な能力が備わっている、それをうまく活かすことができないのは、訓練が足りないせいだ、というのが彼の持論だった。彼はペルシャ人の市場へ行って、ガラス玉を買い込んだが、それは彼に言わせると、東洋で作られたもので、数々の魔術的な力が備わっているとのことだった。しかし、のちに分かったところではあれは漁船に積んであるブイだった。彼はそのガラス玉を黒いビロードの上に置くと、運命鑑定、目の呪いのお祓い、過去の透視、夢占い、それも一回五センターボにて見立てます、と宣伝した。最初にやってきたのは近くの屋敷で働いている女中たちで、その中のひとりが、女主人の指輪がなくなったために、自分が疑われて困っている、と打ち明けた。例のガラス玉が指輪のある場所をはっきりと映し出した。指輪は衣装ダンスの下に転がっていたのだ。次の日になると、御者や商売人、ミルク売り、水売りなどが押しかけてきて、玄関の前に長蛇の列ができた。しばらくすると、市の職員や名家の婦人がこっそり訪れてくるようになったが、彼らは一様に人目につくのを恐れて、壁際に身を寄せるようにして歩いてきた。乳母が受付けの仕事を引き受け、客がくると、まず控えの間に順番に並ばせて、ひとりずつ見料を取った。その仕事に一日中かかりきりだったので、台所にまで手がまわらず、家族のものは毎日、夕食に古くなったインゲン豆とマルメロのお菓子ばかり食べさせられる羽目になって、ぶつぶつこぼしはじめた。マルコスは馬車の倉庫に手を入れて、そこにほこりまみれになり、ぼろ屑のように擦り切れた客間のカーテンを吊るし、クラーラとふたりで運勢鑑定の仕事をはじめた。ふたりは黄色のチュニックで身を包んでいたが、マルコスはその色を《知者の色》と呼んでいた。乳母はふだん米を炊いたり、スパゲッティをゆでたりするのに使っている鍋に水を入れて煮たて、そこにサフランの粉を入れてチュニックを黄色に染めたのだ。マルコスはさらに、頭にターバンを巻き、首からエジプトの護符をぶらさげていた。また、髪の毛と髭を長く伸ばしていたせいで、いつもよりずっと痩せて見えた。マルコスとクラーラは見立て上手と噂されるようになったが、とりわけクラーラはガラス玉を見なくてもたちどころに前に座った人の心を読みとることができたので、評判になった。彼女がマルコス叔父の耳もとでなにごとかささやくと、彼はそれを客に伝え、そのあと口からでまかせに適当な忠告を与えた。暗い顔つきでうなだれてやってきた人は希望に胸をふくらませて帰ってゆき、片想いの恋に悩んでいる人はどうすれば相手の冷えきっている心をとらえることができるかを教えてもらい、金に困っている人はドッグ・レース場へ行って、これこれの番号に賭けなさいと教えられて大金を手に入れた。噂はたちまち広まり、おかげで人が引きもきらずに押しかけるようになり、控えの間はいつも大勢の人でひしめきあっていた。乳母は立ちっぱなしで客をさばいていたので、おしまいには立ちくらみをおぼえるようになった。セベーロは、マルコスがまたぞろおかしなことをはじめたのに気がついたが、今回は横槍を入れて止めさせるまでもなかった。というのも、あのふたりの占い師は見立てがことごとく的中するのはいいとして、人々が自分たちの言いなりになるのを見て、これでは彼らの運命を自分たちの手で変えてしまうことになるのではないかと不安になり、けっきょくああいう仕事はペテン師のやることだということに思い当たったのだ。彼らは車庫を改装した店をたたみ、稼いだお金を折半したが、お金を受け取っていちばん喜んだのは乳母だった。

セベーロ・デル・バージェの子供たちはマルコス叔父からいろいろな話を聞かせてもらったが、いちばん熱心に辛抱づよく耳を傾けたのはクラーラだった。彼女は叔父の話をひとつ残らず覚えていただけでなく、よその国のインディオが使っている単語も少しばかり知っていたし、彼らの風習をはじめ唇、あるいは耳たぶに矢柄を突き刺す方法、加入礼の儀式、猛毒の蛇の名前とその解毒剤まで知っていた。ローペ・デ・アギーレが黄金郷《エル・ドラード》をもとめてさまよった土地のことや並みはずれた能力に恵まれた叔父がじっさいに目にしたか頭で考え出したさまざまな動植物の名前を即座に思い出すこともできれば、ヤクの油を混ぜた塩からいお茶を飲むラマ僧やポリネシアに住む豊満な女性のこと、あるいは中国の水田やちょっと油断しただけで獣でも人間でもたちまち凍死してしまう北の国の、白い平原について話すこともできた。マルコスは自分の駆けめぐってきた土地のことやそこの印象を書き留めた日記をはじめ、あちこちの地図や物語、冒険談、妖精物語などの本をたくさん持っていたが、それらの本は屋敷内の三番目の中庭の奥にある物置きの中のトランクにしまい込まれていた。一族の末裔のものたちはその物置きにもぐり込んで、さまざまな夢を織り上げたが、半世紀後に汚辱にまみれた過ちからすべてが炎に包まれてしまった。

マルコスは柩に納められて最後の旅行から戻ってきた。アフリカで奇妙な疫病にかかり、全身が羊皮紙のように黄変し、しわだらけになって息を引きとったのだ。彼は病気にかかったと分かると、すぐに帰国しようとした。国に帰って、姉の看護を受け、クエバス医師に治療してもらえば、もう一度若さと健康を取り戻すことができるだろうと考えたのだ。けれども六十日間にわたる船旅に耐えられず、グァヤキルまで来たところで高熱のために憔悴し、ジャコウの香りのする女たちや隠された宝物についてうわごとを言いながら息を引きとった。ロングフェローというイギリス人の船長は、遺体を国旗に包んで海に流そうとした。船に乗っているあいだマルコスはまるで野蛮人のようにむさ苦しい姿でたえずうわごとを口走っていたが、大西洋を越える船旅のあいだに友達が大勢できていたし、いろいろな女性と恋をしたので、船客はこぞって船長の処置に反対した。ロングフェローはしかたなく、船に乗り込んでいた大工に棺桶を作るように命じ、それができるまでのあいだ暑さで遺体が腐敗したり、熱帯地方の蝿がたかったりしないよう、中華料理に使う野菜のそばにマルコスの遺体を安置することにした。カジャオに着くと、船長は手頃な棺桶を買った。数日後、自分だけでなく船会社までこんな厄介事に巻き込まれたのも、もとはと言えばこの遺体のせいだと考えると無性に腹が立ってきて、前後の見境もなく遺体を桟橋に降ろした。けれども、超過料金を払った上で遺体を引き取りにくるはずの人がいっこうに姿を現わさないのでいぶかしく思った。はるか彼方の祖国イギリスとちがってあのあたりは郵便事情がひどく悪くて、彼の打った電報もけっきょく宛先に届かなかったのだが、彼がそのことに気づいたのはずっと後のことだった。さいわい、税関の弁護士がデル・バージェ家と知り合いだったので、遺体の処置はその弁護士が引き受けることになった。彼はマルコスの遺骸と得体のしれない荷物を貨車に積み込んで、ニベアの家に送りつけたが、マルコスの住所といってもそこしか分からなかったのだ。

バラバースはマルコスの荷物といっしょに届けられたが、あの犬がいなければクラーラは叔父の死をもっと深く悲しんだにちがいない。クラーラは中庭の騒ぎに気づかなかったが、本能に導かれて檻の置いてある片隅にまっすぐ向かった。その中にバラバースが押し込められていたが、骨と皮に痩せこけ、あちこち毛が剝げ、なんとも言いようのない姿に変わっていた。片方の目はやにでふさがり、もう一方の目にもやにがたまり、糞尿にまみれて檻の中で死んだように横たわっていた。ちょっと見ただけではなんという動物なのか見当もつかなかったが、クラーラはひと目見ただけで、犬だと見抜いた。

「小犬だわ」と大声で叫んだ。

クラーラはその犬を自分で飼うことに決め、檻から出してやると胸にしっかり抱き締めた。犬の鼻が乾ききって、腫れ上がっていたので、彼女は修道尼のようにかいがいしくその鼻面を水で湿らせてやった。イギリス人は人間よりも動物を大切にするが、ロングフェロー船長も例外ではなかった。だから、バラバースも船に乗っている間は、きちんと餌をもらっていたが、桟橋に降ろされてからは誰ひとり面倒を見てくれなかった。マルコスが死の床に就いているというのに、船の中を散歩させたりしてかわいがっていたが、陸に降ろされたとたんに、荷物扱いされるようになった。ほかの誰も世話をしようとしなかったので、クラーラが母親代わりになってあの犬の面倒を見てやった。おかげで犬はすぐに元気になった。とつぜん叔父の遺体が届けられたために、葬式を行わなければならなくなった。そのせいで家中上を下への大騒ぎがもちあがった。二、三日してようやく落ち着いたが、その時になってはじめてセベーロは末娘が毛むくじゃらの生き物を抱いているのに気がついた。

「それはなんだね」と彼は尋ねた。

「バラバースよ」とクラーラは答えた。

「妙な病気でもうつされると大変だから、庭師に頼んで捨ててもらいなさい」

けれども、クラーラはその犬をどうしても飼うつもりでいた。

「これは私のよ、パパ。捨てたりしたら、息を止めて死んでやるわ。これは誓って本当よ」

けっきょくあの犬は家で飼われることになった。しばらくすると、家中を駆けまわってカーテンの房飾りや絨緞、家具の脚をかじるようになった。いまにも死にそうだったのがあっという間に元気になり、みるみるうちに大きく成長した。水で体をきれいに洗ってやると、短くて黒い毛並みが現われてきた。頭部は四角くがっしりしていて、脚がとても長かった。乳母が、尾を切り詰めてやればもっとかわいく見えるんですけどねと言ったが、それを聞いてクラーラが泣き喚き、喘息の発作まで起こしたので、以後誰もその話をしなくなった。おかげでバラバースは尻尾を切られずにすみ、ゴルフクラブくらいの長さにまで伸びた。その尻尾をところかまわず振り回したものだから、テーブルの上の陶器が床に落ちたり、ランプがひっくり返ったものだった。あの犬がどういう種類の犬なのかは分からなかった。街路をうろついている野良犬はもちろん、何軒かの貴族の家で飼われている純粋種の犬とも似ていなかった。獣医に尋ねても、よく分かりませんなという返事しか返ってこなかった。叔父の持ち帰った荷物はそのほとんどがはるか極東の中国のものだったので、クラーラは内心、あの犬もきっと中国の犬にちがいないと考えていた。犬はどんどん大きくなった。半年で羊くらいになり、一年たつと小馬ほどの大きさにまで成長した。家族のものは不安に駆られて、この分ではどこまで大きくなるか分かったものではないと考えるようになった。さらに、ひょっとするとあれは犬ではないのかもしれない、叔父が地の果てでつかまえてきた奇妙な動物で、野生だとたいへん獰猛な獣なのだと考えるようになった。ニベアは、あの犬のワニのような爪や歯を見て、あれなら大の大人でもひと咬みで首を食いちぎられてしまうだろう、まして相手が子供なら苦もなくやられてしまうにちがいないと考えて、心を悩ませていた。けれども、バラバースはとてもおとなしくて、まるで子猫のようにじゃれついたものだった。夜は、クラーラのベッドにもぐり込み、彼女に抱きつくようにして眠ったが、ひどく寒がりだったので、きちんとふとんをかけてもらい、羽根枕に頭をのせて眠った。やがて、大きくなってクラーラのベッドに入れなくなると、そばの床に寝そべり、クラーラの手の上にその馬のような鼻面をのせて眠った。バラバースはこれまで一度も、吠えたり、うなり声をあげたことがなかった。まっ黒でもの静かなところは黒ヒョウにそっくりだった。ハムと砂糖漬の果実が大好きで、来客のあった時にドアを閉め忘れると、そっとダイニングルームに入り込んで、テーブルのまわりをひと回りし、皿の上に好物の食べ物が載っていると、それをそっと口でくわえるのだが、テーブルについているものは誰ひとり止めることができなかった。バラバースは乙女のようにおとなしくて従順だったが、知らない人たちはあの犬を見ただけで震えあがった。バラバースが表に顔を出しただけで、御用聞きはうしろも見ずに逃げ出していったし、ある時など、ちょっと姿を見せただけで、牛乳売りの馬車の前で行列を作っていた女たちが恐慌をきたし、馬車を引いていたペルシュロン種の馬までがおびえて急に駆け出したために甕が壊れ、牛乳が路上にこぼれるという騒ぎがもちあがった。セベーロはこぼれた牛乳の代金を払ってやり、今後は外に出ないよう中庭につないでおくようにと言いつけた。けれども、クラーラがまたしても足をばたばたさせて駄々をこねたので、けっきょくそれも沙汰やみになってしまった。犬のことをよく知らない無知な人たちは空想をたくましくして、バラバースにはきっと神話に出てくる犬のようにとてつもない力が備わっているにちがいないと考えるようになった。あの犬はこの先まだまだ大きくなるにちがいない、この辺で肉屋にでも頼んでひと思いに殺してしまわないと、ラクダみたいになるだろうと噂しあった。中にはまた、あの犬はきっと、雄犬と牝馬をかけあわせたものにちがいないだとか、ローサが例の巨大なテーブルクロスに刺繡した動物のように、今に翼や角が生え、竜のように口から硫黄を含んだ息を吐くようになるだろうと噂する口さがない人たちもいた。乳母は、こわれた陶器を片付けたり、あの犬は満月になると狼になるんだという噂を聞かされるのにあきあきして、オウムと同じ手で犬を始末してしまおうと考え、タラの肝油をいやというほど飲ませたが、バラバースは死ななかった。けれども、四日間猛烈な下痢が続き、家中糞まみれにしてしまったので、乳母はその後始末をさせられる羽目になった。

あの頃はわしも若かった。まだ二十五になるかならずの若僧だったが、自分の手で未来を切り開き、望ましい地位を手に入れるには人生があまりにも短いように思えたものだ。日曜日も休まず、それこそ牛馬のように働いた。日曜などたまに休んだりすると、大切な時間をむだにしているような気持に襲われ、その一分がローサに会える日を一世紀も引き延ばすように思われた。当時は鉱山のトタン屋根の掘っ立て小屋に住んでいたが、それも人夫をふたりばかり使って自分で建てたものだった。小屋と言っても四角い部屋がひとつあるきりで、そこに身のまわり品を置いていた。むせかえるように暑い日中は四方の窓を開け放しておいたが、夜は凍てつくように冷たい風が吹き込むので、窓を閉めてかんぬきをかけなければならなかった。部屋の中には椅子が一脚にキャンピング用のベッドが一台、粗末なテーブルとタイプライター、それに重たい金庫がひとつあるきりだった。ロバの背に積んで砂漠の向こうから運んできた金庫には鉱夫たちに払う給料や書類、それに血と汗の結晶とも言えるきらめく金の粒が入った帆布の袋がしまってあった。毎日の暮らしはけっして楽ではなかったが、不自由な生活には慣れていたのでなんともなかった。熱い湯の出るシャワーを浴びたことなど一度もなかった。少年時代の思い出と言えば、いつも空きっ腹をかかえて寒さに震えていたことと、友達のいない孤独な毎日のことしか思い浮かばない。丸二年のあいだ、あの小屋で食事をとり、眠り、手紙を書きつづけた。気晴らしと言えば、あきるほど読みかえした何冊かの本と山のように積みあげた古新聞、それに立派な言葉である英語の基礎知識をつけるための教科書くらいのものだった。そうそう、ローサとやりとりした手紙をしまってある鍵つきの箱もあった。手紙はタイプライターで書くことにしていたが、その時はかならず写しを一枚とっておき、ときどき送られてくるローサの手紙といっしょに日付け順にきちんと並べてしまっておいた。食事は鉱夫と同じものを食べ、山にいるあいだは酒を飲むなと言ってあった。人と会うこともなく退屈な毎日を送っている人間が酒に手を出せば、まちがいなくアル中になってしまう。そう言えば、おやじはいつもシャツの襟をはだけ、しみだらけのネクタイをだらしなく結んでグラスを片手に持ち、どんより濁った目でこちらを見つめて、酒臭い息を吐いていた。わしが酒に手を出さなかったのはそのことが頭にあったからかもしれない。それに、わしはもともと酒に弱くて、ほんの少し飲んだだけでも酔ってしまうのだ。十六の時に酒で一度失敗したことがあるが、あれに懲りて二度と酒には手を出さなかった。いつだったか、孫娘のやつが、おじいちゃんは都会から遠く離れたあんな寂しいところで何年も暮らしていたけど、よく我慢できたわね、と言ったことがある。言われてみれば、たしかにそのとおりだ。しかし、他の人間はいざ知らず、わしにしてみればそういうところで暮らすほうが気楽でよかった。もともと人付き合いが苦手で、友達と言えるような人間もおらず、ドンチャン騒ぎというのも好きではなかった。それよりはひとりでいるほうがずっとよかった。人とうまく折り合ってゆくというのが苦手なのだ。それまで女と暮らしたことがなかったので、ひとり暮らしは苦にならなかった。女の腕のくぼんだところにできる陰や腰のくびれ、少し開いた膝頭などを見ると、鏡に映る自分の姿を見ても誰だか分からないほど年老いた今でもむらむらと妙な考えが浮かんでくる。わしはけっして好色漢ではない。いや、むしろ身持ちの堅いほうだ。それにしても、今のわしはねじ曲がった老木のようなものだ。あの頃は自分の欲望をどうしても抑えることができなかったが、それを若気の過ちだと言って、言い逃れするつもりはない。浮わついた生活を送っている女とその場かぎりの交渉を持ったことはあるが、女性と接する機会など一度もなかったのだから、それも仕方のないことだ。あの頃の人間は堅気の女とそうでない女を区別していたし、堅気の女でも自分の女と他人の女をきちんと分けて考えていたものだ。ローサと出会うまでは、恋のことなど考えたこともなかったし、ロマンチックな夢想にひたったりするのはばかげたことで、ろくなことにならないと思っていた。それに若い娘に想いを寄せたところで、ばかにされた上、振られるのがおちだと分かっていたので、近づく気にもなれなかった。わしは生まれつきひどく誇り高い人間だが、そのせいでこれまで人知れずどれだけ苦しみを味わってきたかしれない。

あれからもう半世紀以上の時がたつが、ローサが突然現われてわしの魂を奪い取った時のことは今でもはっきり覚えている。あの時、彼女は乳母と小さい女の子といっしょだったが、あれはたぶん妹だったのだろう。たしか薄紫色の服を着ていたように思うが、ふだんから女性の服装にはあまり関心がないので、よく覚えていない。それに、彼女があまりにも美しかったので、アミンのケープをまとっていたにしても、その顔に見惚れていたことだろう。人間のものとは思えないような緑色の髪の毛が色鮮やかな帽子のように顔を彩り、羽の生えているような軽やかな足取りで歩くその姿は天女そのものだった。彼女が道を歩くと、たちまちまわりに人垣ができ、身動きもできないほどになった。

わしは女性にはあまり関心がないほうだが、そんな彼女を見て心を動かされないほどの朴念仁ではなかった。ローサは、わしには目もくれず前を通り過ぎてゆき、武器広場にある菓子店に入っていった。中に入って、アニス入りのキャラメルをひとつひとつ選び取ってお金を払うと、妹と自分の口にそのキャラメルを入れて、鈴のような笑い声を立てた。わしはその様子を道路に突っ立ったまま見ていた。彼女の美しさに見惚れていたのは、もちろんわしひとりだけではない。二、三分もすると、大勢の男たちが押しかけてきて、てんでにショーウィンドーから中をのぞき込みはじめた。それを見て、これはひとつなんとかしなければと考えた。とはいっても、あの頃のわしは財産もなければ、男ぶりもよくなかった。その上、先行きの見込みもない有様で、天女のような女性に結婚を申し込むには条件が悪すぎた。しかし、妙なことに、自分ではそういうことを少しも考えなかった。彼女がどこの誰かも分からなかったが、恋に目がくらんでいたわしは、彼女をおいて自分の妻にふさわしい女《ひと》はほかにいないと考えた。彼女を妻にできないのなら、いっそ生涯独身で通したほうがいいとまで思いつめた。わしは家まで彼女のあとをつけていった。同じ電車に乗り込むと、うしろの席に腰を掛け、その美しいうなじやふっくらした首筋、ほつれた緑色の髪の毛がかかっている丸みを帯びた肩のあたりを見つめた。夢見心地になっていたので、市電が動いていることにも気がつかなかった。彼女はだしぬけに立ち上がり、通路を歩きはじめたが、その時に金色の目で驚いたようにわしのほうをちらっと見た。その瞬間、わしは気が遠くなった。息が詰まり、脈が止まってしまった。そのあとはっとわれに返り、こうなれば脚の一本や二本折れたところで構うことはないと考えて、歩道に飛び降りた。そして、彼女のあとを追って街路を駆け抜けた。薄紫色の影がある家の玄関の奥に消えたのを見て、彼女の家はそこにちがいないと見当をつけた。それ以来わしはあの家を見張るようになった。野良犬のようにうろつきまわって、中の様子をうかがったり、植木屋に金をつかませたり、女中を相手に世間話をしたりしているうちに、乳母と親しく口をきくようになった。心根のやさしい乳母はわしをあわれに思ったのだろう、ローサの気持を引くために書いた手紙やアニス入りのキャラメルの箱、あるいはバラの花を彼女に届けてくれた。そうそう、彼女には折句を送ったこともある。むろん、韻を踏んだ詩などこのわしにひねれるわけがない。しかしありがたいことに、スペインで出版された、韻文を書くのに格好の手引き書があったのだ。それ一冊あれば、あとは紙とインクを用意するだけで、詩であれ、歌であれ、なんでも書くことができた。姉のフェルラもなにかにつけてわしを助けてくれた。向こうの家族とわしの一族は遠い親戚だったが、その過去を探り出して、ミサから帰る時に挨拶をするようになったのも、もとはと言えば姉のおかげだった。そんな経緯をへてローサの家に出入りするようになったが、初めて彼女の家を訪れた時は、なにをしゃべればいいか分からず、帽子を手に持ち、口をぽかんと開けたままその場に突っ立っていた。あの時は向こうの両親が見かねて、助け舟を出してくれた。そんなわしを見てローサがどう考えたのか、また、このわしをなぜ婚約者として受け入れる気持になったのか、その辺のところは今もって分からない。類稀れな美貌に恵まれているだけでなく、数々の美徳も備えているというのに、ローサにはひとりの求婚者もいなかった。だからこそ、わしのようにどことといって取り柄のない人間が正式の婚約者に選ばれたのだろう。母親の話では、ローサを妻に迎えれば、言い寄ってくる他の男たちから彼女を守るために一生苦労しなければならないだろうが、そこまで苦労してもいいという男がひとりもいなかったとのことだった。たしかに、大勢の男どもが彼女に心を奪われ、まわりをうろついていた。しかし、正式に結婚を申し込んだのはこのわしが最初だった。ローサがあまりにも美しかったので、男たちはかえって恐れをなし、遠くからやいやい言うばかりで、近づこうとしなかったのだ。わしはそんなことを考えもしなかった。問題は金がないということだったが、自分の愛にかけてきっと大金持になってやると心に誓った。幼い頃から、卑劣な真似だけはするなと教え込まれていたので、なんとかまっとうな手段で一刻も早く金を手に入れたいと思い、まわりを見回してみた。そこで分かったのは、人生で勝利を収めようとすれば、名親の援助やなにか特別な学問、あるいは資本がどうしても必要だということだった。名家の出というだけでは、どうにもならなかった。あの頃もし金を持っていたら、カード賭博か競馬に手を出していたことだろう。しかし、先立つものがなかったので、ここは一番、少々の危険をおかしてでも、大金が転がり込むような仕事をしなくてはと考えた。野心的な冒険家が夢見るのは、金銀の鉱山だが、これはひとつまちがえば底なしの貧乏暮らしに追い込まれるか、結核で命を落とすようなことになりかねない。しかし、運さえよければ、大金が転がり込む可能性もある。要するに、すべては運次第なのだ。わしは母方の姓をうまく利用して、北部の鉱山の採掘権を手に入れ、銀行からもうまく融資を受けることができた。あとはこの手で山を掘り崩し、足で岩をこなごなに砕いて、あの貴重な金属を最後のひとかけらまで掘り出してやるだけだ、と考えた。ローサのためだと思えば、それくらいのことはなんでもなかった。いや、それ以上のことでもやってのける自信があった。

デル・バージェ家のものが、レストレーポ神父をおそれなくてすむようになったのは、秋も終わり頃になってからだった。というのも、司教自らがあの神父を呼びつけて、幼いクラーラを叱りつけないようにと忠告したからだった。司教からじきじきに言われた以上、神父としては、自らに課していた審問官としての使命を放棄せざるをえなくなった。その頃になると誰もが、今度はマルコスもきっと死んだにちがいないと考えるようになった。セベーロはかねてから政治家になりたいと考えて活動を続けていたが、その計画を実行に移そうとしたのもこの頃のことである。今度の国会議員選挙で、自由党の立候補者に指名されたのは、彼にとって大きな勝利だった。しかし、立候補することになった地区は彼がまだ一度も訪れたことのない、地図を見てもどこにあるか分からないような南部の土地だった。党のほうは人材が払底していたし、一方セベーロはどうしても議員になりたいと考えていたので、南部地区の有権者を説き伏せて、彼を候補者に指名させたのだが、このほうはすらすらと事が運んだ。セベーロは立候補することになった土地から招待されたが、その時に向こうからピンク色をした大きな豚の丸焼きが送られてきた。香辛料をたっぷりきかせ、油でてらてら光っているその豚は、トマトを敷きつめた大きな木の盆の上に載せられていた。口にはパセリが、尻にはニンジンが差し込んであった。糸で縫い合わせた腹の中にはシャコが詰めてあり、そのシャコの腹にはプラムがぎっしり詰まっていた。また、その豚といっしょに極上のブランデーが半ガロンばかり入った酒瓶も届けられた。議員、それもできることなら国会議員になるというのが、セベーロの長年の夢だった。これまでも人付き合いを大切にし、友達と疎遠にならないよう気を配り、時には秘密の会合にも顔を出し、公けの席に出た時は、人目につかないようにけっして目立ちすぎないように振る舞い、これぞという人が困っていれば惜しまず金を撒き、援助の手を差しのべてきた。これも議員になるための準備だと考えて、細心の注意をはらってそうしたことを行った。遠く離れた、まだ訪れた事のない土地ではあったが、あの南部こそ夢を実現してくれる選挙区だったのだ。

豚が送りつけられたのは火曜日だったが、金曜日には骨と皮しか残っていなかった。そして、バラバースが残りをもらい、中庭で平らげてしまった。その金曜日に、クラーラがこの家にまた死人が出るだろうと予言した。

「でも、今度はまちがえてべつの人が死ぬことになるわ」と彼女は言った。

土曜日、彼女は悪夢にうなされ、大声をあげて目を覚ました。それを見て、乳母は彼女に菩提樹のお茶を飲ませてやった。セベーロがいよいよ南部へ旅立つことになり、その準備に追われているところへ加えて、美しいローサが熱を出したので、クラーラは誰からもかまってもらえなかった。ローサは母親から、今日は一日床に就いていなさいと言われた。彼女を診察したクエバス医師は、心配いりません、砂糖をたっぷり入れたレモネードに少しお酒を落として飲ませてやれば、汗がでて、熱が下がるでしょう、と言った。セベーロがローサの部屋に入って行くと、クリーム色のレースのシーツにくるまった彼女が熱でうるんだような目をしてベッドに横になっていた。彼はプレゼントだと言ってダンスの招待券を渡すと、もらいもののブランデーがあるだろう、あれをレモネードに少し落としてやりなさいと乳母に言いつけた。ローサはそのレモネードを飲むと、ウールのマンティーリャにくるまって、同じ部屋で寝起きしているクラーラのそばでぐっすり眠った。

悲劇的な事件が起こったあの日曜日も、乳母はいつものように朝早く起きた。ミサに行く前に、家族の朝食を用意したが、前の晩からかまどに火を入れてあったので、熾火の上に薪と炭を載せて火をつけるだけでよかった。湯を沸かし、ミルクを温めながら、食堂に運ぶ朝食の用意にかかった。オートミールを火にかけ、コーヒーをいれ、パンを焼いた。そのあと、毎朝ベッドで朝食をとることにしているニベアと病気でふせっているローサのためにお盆を二つ用意し、その上に料理を載せた。コーヒーが冷たくなり、中に虫が入ったりしないよう、尼僧が刺繍したリンネルのナプキンをローサのお盆の上にかぶせ、近くにバラバースがいないかどうか中庭のほうに目をやって確かめた。あの犬は、乳母が朝食を運んでゆくのを見かけると、いつもじゃれついてくるのだった。その時はさいわい、ヒヨコと遊んでいたので、その隙に台所をそっと抜け出し、いくつもの中庭と廊下を通って屋敷の反対側にある子供部屋まで行った。ローサの部屋の前まできた時、ふと虫の知らせのようなものを感じて、足を止めた。いつものようにノックもせず部屋に入っていったが、その時、季節はずれのバラの匂いがするのに気づいた。その匂いを嗅いだとたんに、直感的になにか取り返しのつかない不幸な事件が起こったことに気づいた。ナイトテーブルの上にお盆をそっと置き、窓のところまでゆっくりと進んだ。ずっしり重いカーテンを開くと、朝の弱々しい光が部屋いっぱいに広がった。言いようのない悲しみに胸をふさがれてうしろを振り返った。鮮やかな緑色の髪の毛に真新しい象牙のような肌をしたローサが、蜂蜜のように黄色い瞳を大きく見開き、いつ変わらぬ美しい顔のまま冷たい死体となって横たわっていたが、それを見ても乳母はもはや驚かなかった。そして、ベッドの足元では、クラーラが姉をじっと見つめていた。乳母はベッドのそばにひざまずくと、ローサの手をとってお祈りをあげはじめた。そのうち、船が難破したような騒ぎがもちあがり、悲嘆にくれた声があちこちから聞こえはじめた。バラバースが鳴き声をあげたのは、それが最初で最後だった。あの犬はローサの死を悲しんで一日中吠え立てたが、その声を聞いて家族のものはもちろん、人々の嘆き悲しむ声を聞きつけてやってきた近所の人たちまでが、気が狂いそうになった。

ちらっと見ただけで、クエバス医師はローサの死因がただの熱でないことを見抜いた。屋敷じゅうを嗅ぎまわり、台所を調べたり、平鍋を指でこすったり、小麦粉や砂糖の袋、ドライフルーツの詰めてある箱を開けたりして、そこらじゅうのものをひっくり返したので、家の中がまるで台風でも通り過ぎたように散らかってしまった。ローサの引出しを調べ、使用人をひとりひとり呼んで詰問し、乳母の時は、彼女が思わずかっとなって怒り出すほどしつこく問い詰めた。そして、とうとうそれまであまり気に留めていなかったブランデーの瓶に目をつけた。どうもこれがくさいと思ったが、そのことを誰にも言わず、黙って実験室に持ち帰った。医師は三時間後に戻ってきたが、その時はいつもの林野の精を思わせる赤ら顔がまっ青になり、恐怖に引きつれたような表情を浮かべていた。そのこわばった表情はあの恐ろしい事件が片付くまで消えなかった。医師はセベーロのそばに行くと、彼の腕をとって片隅にひっぱっていった。

「例のブランデーには牛を一頭殺せるほどの毒が入っていたよ」と医師は切り出した。「ただ、死因がその毒によるものかどうかは、体を開いてみないことには分からんがね」

「娘を解剖するというのかね」とセベーロはうめくように言った。

「べつにばらばらにするわけじゃない。消化器系統を調べるだけだから、首から上には手をつけないよ」とクエバス医師は説明した。

セベーロは全身の力が抜けてゆくのを感じた。

ニベアは涙の涸れるほど泣いたので、すっかり憔悴していたが、娘の遺体を死体安置所に運び出すことになったと聞かされてひどく怒り出した。けっきょく、遺体は家から直接教会に運ぶということで、彼女を納得させた。そのあと、医師にもらったアヘンチンキを飲んで、彼女は二十時間ぶっつづけに眠った。

日が暮れると、セベーロは下準備をはじめた。まず、子供たちを呼んで、今日は早くベッドに入るように言い、召使いには早目に片付けをすませて部屋に引きとるように言い渡した。クラーラは今度の事件で衝撃を受けていたので、その夜はほかの姉と寝てもいいと言ってもらった。家中の明かりが消え、屋敷の中が静かになった。しばらくすると、しゃべる時に少しどもる癖のある、痩せて眼鏡をかけた男がやってきたが、それがクエバス医師の助手だった。医師と助手はセベーロに手伝ってもらって、ローサの遺体を台所まで運び、乳母がいつもその上でパンをこねたり、野菜を刻んでいる大理石の台の上にそっと載せた。ローサが、寝間着をはぎとられ、思わず息を呑むほど美しい人魚のような裸体をさらして横たわっているのを見た時は、さすがに剛毅なセベーロも耐えきれなくなった。悲しみに打ちひしがれた彼は、よろめきながら台所をあとにすると、客間にゆき、そこのソファにどっと身を投げ出し、子供のように泣き崩れた。生まれた時からローサを見てきたクエバス医師でさえ、一糸まとわぬ彼女の遺体を見て、胸を打たれた。若い助手は目の前の裸体を見て、息をあえがせはじめた。彼はそれから何年ものあいだ、緑色の滝のような髪の毛を床まで垂らし、台所の台の上で素裸のまま横たわっていた目を疑うほど美しいローサの姿を思い返しては、息をあえがせたものだった。

医師と助手がおぞましい作業をはじめた頃、それまで涙にかきくれながらお祈りをあげていた乳母は、自分がいつも働いている三番目の中庭でなにかとんでもないことが行われているという予感にとらえられた。彼女は立ち上がってショールを羽織ると、そちらに向かって歩きはじめた。台所から光が洩れていたが、ドアと窓にはかんぬきがおろされていた。彼女はそのまま凍てつくように冷たく、静まりかえった廊下を通り抜け、三つある母屋を通って、客間まで行った。半開きになったドアから中をうかがうと、主人が憔悴したような様子で部屋の中を歩きまわっているのが目に入った。暖炉の火が消えているのに気づいて、乳母は部屋に入っていった。

「お嬢さまはどこにおられるんですか」と乳母が尋ねた。

「クエバス医師が付き添ってくれているんだ。どうだね、ふたりでいっぱいやらんかね」とセベーロが言った。

乳母はショールを押さえるように胸の上で腕を組み、その場に立っていた。セベーロがソファを指差したので、おずおずそばに行くと、その隣に腰をおろした。長年あの屋敷で働いていたが、主人のそばに座ったのはそれが初めてだった。セベーロは二つのグラスにシェリー酒を注ぐと、自分のを一気に飲みほし、そのあと両手で頭を抱え込み、髪の毛を掻きむしりながら悲痛な声でなにごとかつぶやきはじめた。乳母は背筋をぴんと伸ばしてソファの端に腰をかけていたが、主人が泣いているのを見て緊張が解けたようだった。彼女は家事で荒れた手を伸ばすと、この二十年間デル・バージェ家の子供たちを慰め、あやしてきたのと同じ愛情を込めてごく自然に彼の乱れた髪の毛を撫でつけてやった。彼は顔を上げると、年老いたその顔やインディオのように突き出した頬骨、黒い束髪、子供たちがそのうえでしゃくりあげ、眠り込んだゆったりとした膝を見つめ、大地のように暖かくて寛大なこの女性なら、きっと自分の悲しみを和らげてくれるにちがいないと考えた。乳母のスカートに頭を載せ、糊のきいた前掛けの香ぐわしい香りを嗅いでいるうちに、これまで男らしく耐え抜いてきた緊張の糸が切れて、涙がとめどなくあふれだして、まるで子供のように泣きはじめた。乳母はそんな彼の背中をやさしく撫で、子供たちを寝かしつける時のように軽く叩きながら、幼児ことばで話しかけ、農夫の歌うバラードを小さな声でうたって聞かせた。やがてセベーロの興奮もおさまった。ふたりは寄り添うようにしてソファに腰をかけ、シェリー酒をちびちびやりながら、ときどき思い出したように涙に暮れたり、ローサが庭を駆けると、人魚のように美しいその姿を見て蝶がびっくりしたように飛び立ったあの幸せな時代のことを思い返した。

台所では、クエバス医師と助手がぞっとするような器具やいやな臭いのする瓶を並べ、ゴム引き布の前掛けをかけ、腕まくりをして美しいローサの解剖にとりかかり、間もなく彼女の体内から大量の殺鼠剤が検出された。

「あの毒物はセベーロに飲ますつもりだったんだろう」クエバス医師は流しで手を洗いながらそう言った。

ローサがあまりにも美しかったので、助手はとてもこのまま服かなにかのように縫い合わせるにはしのびないと考え、遺体に少し手を加えてはいけないでしょうか、と医師に尋ねた。ふたりはすぐに、あの遺体に軟膏を塗り、葬儀屋の使う香料の入った詰めものを遺体に詰める仕事にとりかかった。その作業は朝の四時までかかったが、その時間になると、クエバス医師は疲労と悲しみに耐えきれなくなって、部屋を出ていった。台所にひとり取り残された助手は、スポンジを使って血を拭きとり、ローサの体をきれいに洗うと、喉もとから下腹部にかけてメスで切った跡が隠れるように刺繍のしてあるナイトガウンを着せ、髪を整えてやり、そのあと掃除と後片付けにとりかかった。

クエバス医師が客間に入って行くと、そこではセベーロと乳母が涙に暮れ、シェリー酒で酔っていた。

「終わったよ」とクエバス医師が言った。「もう少し時間をもらえれば、奥さんとも対面できるようになるだろう」

そのあと医師は、やはり自分の睨んだとおり、ローサの胃の中には例のブランデーに混入してあった毒物と同じものが見つかった、とセベーロに伝えたが、その言葉を聞いて、彼はクラーラの予言を思い出した。ローサは自分の身代わりになって死んだのだ、そう考えると彼はいたたまれない気持になって、その場にくずおれ、なにもかも自分が悪いのだ、誰に頼まれたわけでもないのに、おかしな野心を起こして政治なんかに首を突っ込んだのがまちがいだった、こんなことになるのなら、弁護士の仕事を続け、一家の主人として平穏な毎日を送っていればよかった、人前で選挙運動をしたり、自由党から立候補するようなことは二度とやらんぞ、政治というのは屠殺人か盗人のやる仕事だ、子孫が二度とそういうことに首を突っ込まないよう家訓として残してやる、と彼はうめくように言った。クエバス医師はそんな彼の様子を見かねて、このまま酔い潰れたほうがいいだろうと考えた。シェリー酒が彼の苦しみと罪の意識を消し去った。乳母とふたりで彼を寝室まで運ぶと、服を脱がせ、ベッドに寝かしつけた。そのあと台所に戻ってみると、助手がローサの遺体に手を加えていた。

ニベアとセベーロ・デル・バージェは翌朝遅くに目を覚ましたが、それまでに親戚のものたちが葬儀の飾りつけを終えていた。黒いクレープのリボンがついたカーテンが引かれ、壁一面に花輪が飾られていたが、そのせいで部屋の中はむせかえるような花の香りに包まれていた。食堂には礼拝堂がしつらえられ、灯火がともされていた。大きなテーブルには金の縁取りをした黒い布がかけられ、その上に銀の釘を打ちつけた柩が置かれ、その中にローサの遺体が納められていた。ブロンズ製の燭台にともされた十二本のロウソクが柔らかな光で彼女を照らし出していた。ローサはウェディング・ドレスを着せてもらい、結婚式の日のためにとってあった、ロウ細工で作ったオレンジの花冠を頭にのせて柩の中に横たわっていた。

正午になると、親族や友人、知人が喪に服している遺族のところにおくやみをのべにやってきた。その中には、セベーロにとっていちばんの政敵も含まれていた。セベーロ・デル・バージェは会葬者の顔をひとりひとり穴のあくほどじっと見つめ、娘を殺した犯人をつきとめようとしたが、保守党の総裁もふくめてすべての人が悲痛な表情を浮かべていて、とても娘を毒殺したようには見えなかった。

通夜のあいだ、男の弔問客は客間や廊下を歩きながら声をひそめて商売の話をしていたが、家族のものそばにゆくと、遠慮して口をつぐんだ。食堂に入って、柩に納められているローサに最後の別れを告げようとそばに寄った彼らは、以前にもまして美しい彼女の顔を見て、思わず体を震わせた。女性の弔問客は客間に通されたが、そこには屋敷中の椅子が運び込まれ、丸く並べてあった。彼女たちはそこでデル・バージェ家の娘の死を悲しんで思うさま泣くことで、自分自身の悲しみも洗い流していたのだ。居合わせた人たちはひとり残らずすすり泣くか小声でお祈りをあげていたが、それがローサにとってはなによりの手向けになった。あの屋敷で働いている女中たちが、弔問客のあいだをまわって紅茶やコニャックを給仕したり、女性の客に清潔なハンカチや自家製のお菓子を配っていた。中には、人いきれやロウソクの匂い、あるいは悲しみのあまり気分が悪くなる人もいるだろうというので、そういう人たちのためにアンモニアをしみこませた布も用意してあった。まだ幼いクラーラをのぞいて、デル・バージェ家の娘たちは全員黒の喪服を着け、母親のまわりに腰をおろしていたが、はたから見るとまるでカラスが集まっているように見えた。泣きすぎて涙の涸れてしまったニベアは、背筋をしゃんと伸ばし、溜息ひとつつかず黙りこくったまま椅子に腰かけていたが、アレルギー体質だったので、アンモニアは使っていなかった。弔問客が次々にやってきておくやみをのべた。中には彼女の頬に口づけし、しばらくのあいだ抱き締める人もいたが、それが誰なのかニベアには分かっていないようだった。これまでにも、生まれたばかりの赤ん坊や幼い子供をなん人か亡くしていたが、これほど深い悲しみに襲われたことはなかった。

兄弟がひとりずつローサの冷たくなった額に口づけしたが、クラーラだけはどうしても食堂に行くのはいやだと言ってむずかった。生まれつき敏感な子で、強いショックを受けると、夢遊病者のように家の中を歩きまわる癖があったので、誰も無理強いしなかった。クラーラは食事もとらず、通夜にも出ないで、ひとり庭にいたバラバースのそばにしゃがみ込んでいた。乳母がそんなクラーラを慰めてやろうとしたが、彼女はほうっておいてと言ってとりあわなかった。

ローサの死因について妙な噂を立てられないようセベーロはいろいろ気を遣ったが、しばらくするとやはりさまざまな噂が人の口にのぼりはじめた。クエバス医師は人から尋ねられると、もっともらしく、あそこの娘さんは急性肺炎で亡くなったんだ、と答えることにしていたが、いつしか、ローサは父親の身代わりになって毒殺されたのだという噂が流れはじめた。当時は政治的な理由で毒殺されたものなどひとりもいなかった。それに、毒というのは下賤な女しか使わないもっとも卑劣な手段と考えられていて、植民地時代以後誰ひとりそのようなものを使ったりしなかった。痴情のもつれから起こる犯罪においても、毒殺という卑劣な手は用いられなかった。誰かがセベーロを毒殺しようとしたというので、ごうごうたる非難の声があがり、セベーロが手を打つ前に、暗に寡頭政治を批判する記事が反対派の新聞に掲載された。その記事はさらに、セベーロ・デル・バージェはその属する階級からすれば当然保守党に入党するはずなのに、自由党の候補者として選挙に打って出たが、保守系の人々はそれを許しがたい背信行為とみなしており、彼らなら毒殺くらいのことはやりかねない、と付け加えていた。警察は例のブランデーの出所をつきとめようとしたが、あの瓶は豚の丸焼きとはべつに届けられたもので、南部の有権者は今度の事件にはなんのかかわりもないということが判明しただけのことだった。出所不明のあの瓶は、豚の丸焼きが届けられたのと同じ日の同じ時間に勝手口に置いてあったので、料理女はてっきりいっしょに送られてきたものにちがいないと思い込んだのだ。警察は警察で懸命になって調査したし、セベーロも私立探偵を雇って調べさせたが、ついに犯人はつきとめられなかった。この時生まれた復讐の念は、影のように一族のものたちに受け継がれていった。以後、デル・バージェ家のものたちは、つぎつぎに起こる暴力的な事件に巻き込まれてゆくが、その口火を切ったのがこの事件だった。

今でもはっきり覚えているが、ついに目ざす新しい金鉱を見つけた時は飛び上がらんばかりに喜んだものだ。すべてを犠牲にし、ローサとも別れ、ひたすら待ちつづけるだけの毎日の中でとうとう探し求めていた鉱脈を発見したのだから、それも当然のことだった。じつにすばらしい金鉱で、それを掘れば、思いどおりの富が手に入ることはまちがいなかった。半年もすれば、結婚資金くらいは楽にたまるだろうし、一年で優雅な暮らしができるだけのものが手に入るにちがいなかった。山師の仕事というのは賭博のように当たりはずれが大きくて、たいていは身上を食い潰してしまい、成功する人間は数えるほどしかいないのだから、わしはたしかに幸運だったと言える。その日の午後、有頂天になったわしはさっそくローサに手紙を書いたが、気持が高ぶっていたせいか、古いタイプライターがうまく叩けず、活字が何度も重なって困ったのを覚えている。その時、ドアをノックする音が聞こえ、そのせいでとうとうあの手紙を書き上げることができなかった。やってきたのは馬方で、わしに電報を届けてくれたのだが、姉のフェルラが差出人になっているその電報には、ローサ、死ス、と書いてあった。

三回読みかえして、ようやく電文の意味が理解できたが、とたんに言いようのない絶望感が襲ってきた。それにしても、まさかローサが死ぬとは夢にも思わなかった。彼女が待ちくたびれて、他の男と結婚するのではないか、巨万の富をもたらしてくれるはずのいまいましい金鉱が永遠に見つからないのではないか、あるいは落盤で岩の下敷きになり、ゴキブリのように押し潰されるのではないか、そういったことばかり考えていたのだ。誰もが知っているように、わしは厭世家だから、つねに最悪の事態を予測して生きている。あの時も、今のべたようなことやそのほかいろいろな事態を予想してはいたが、まさかローサが死ぬとは考えもしなかった。ローサが死んだのなら、生きていたところで意味がない、わしはそう考えた。ゴム風船を針で突いたように、それまで張りつめていた気持が一瞬にして萎えてしまい、自分を支えていた情熱までが消え失せてしまった。わしは椅子に腰をおろして、窓の外に広がる荒涼とした風景をじっと見つめた。どれくらいそうしていたかは分からないが、少しずつ意識が戻ってきた。まず最初に感じたのは、やり場のない怒りだった。あの小屋の羽目板はあまり頑丈ではなかったが、それを拳から血が吹き出すまで殴りつづけた。そのあと、ローサが送ってくれた手紙や絵、それに大切にとってあった自分の手紙の写しを破り捨てると、衣服や書類、金の入った帆布の袋などを大急ぎでスーツケースに詰め込み、人夫頭のところに行って、鉱夫たちの給料と酒倉の鍵を預けた。あの馬方が駅まで送りましょうかと言ってくれたので、好意に甘えることにした。わしたちはラバの背に揺られてひと晩中旅を続けたが、高原地方特有の身を切るように冷たい濃霧から身を守るものといっては、スペイン製の毛布しかなかった。人影ひとつ見えない寂しい土地をゆっくりと進んだが、途中目印になるものなどひとつもなかったので、馬方の勘に頼るしかなかった。夜空は明るく晴れ、星が輝いていたが、魂をも凍らせるほどの冷気が骨身にしみとおり、手がかじかんでしまった。わしはローサのことだけを考えていた。むりな願いだと分かってはいたが、どうか彼女が死んでいませんようにと祈り、あの電報がなにかのまちがいでありますように、もし万が一死んでいるのなら、この私の愛の力で蘇り、ふたたび息を吹きかえしてラザロのように死の床から起き上ってきますようにと、絶望感にひたされながらも必死になって天上に向かって懇願した。悲しみと身を切る冷気に責められ、わしは心ひそかに涙を流していた。のろのろ歩くロバ、不幸な知らせを伝えてきたフェルラ、わしをあとに残してひとり死んでいったローサ、そのようなことを許された神、そうしたものに対して悪態をつきながら、ひたすら進んだが、やがて東の空が白みはじめ、星々が姿を消しはじめた。曙光が北部のあの地方を赤とオレンジ色に染めあげた。夜明けの光を目にして、ようやく冷静にものを考えられるようになった。自分に襲いかかってきた不幸を受け入れようと、心を決めたのはその時のことだ。ローサがふたたび蘇らないのであれば、せめて彼女が埋葬される前に向こうに着いて、ローサの顔を見ることができますようにと祈った。ロバを急がせて、それから一時間後に駅に着き、そこで馬方と別れた。目の前を二本の線路が走っていたが、それがあの荒涼とした土地と文明世界とをつなぐ唯一の道だった。

わしは飲み食いする時間も惜しんで、三十時間ぶっつづけに汽車に乗り、やっとのことでデル・バージェ家にたどり着いたが、さいわいまだ葬式は終わっていなかった。向こうに着いた時は、帽子も持たず、薄汚れてほこりまみれになり、喉を渇かし、無精髭を生やしたままの姿で、許婚者はどこだと喚きちらしたらしい。あの頃はまだ痩せて醜い少女だったクラーラが中庭でわしを出迎えてくれて、手をとると黙って食堂まで案内してくれた。ローサはまっ白な繻子のひだに包まれて、柩の中で眠っていた。死んで三日たつというのに、記憶にあるローサとは比較にならないほど美しく清らかな姿で横たわっていた。ローサはきっと人魚だったにちがいない。生前はそれを隠していたのだ、そして死んで初めてその本当の美しさを取り戻したのだ。

「なんということだ。どうしておれをひとり残して旅立ってしまったのだ」そう叫んでわしはその場にひざまずいたが、わしがあまりに取り乱しているのを見て親戚のものたちは大騒ぎしたらしい。しかし、わしにしてみれば、一日もはやく金を手に入れて、彼女を祭壇の前に連れてゆきたい、この二年のあいだそのことだけを考えて、ひたすら大地を掘りつづけてきたのに、死の手があっという間に彼女をさらって行ったのだ。あの連中にその悲しみが分かるはずがなかった。

しばらくすると、黒塗りの大型馬車がやってきたが、それが霊柩車だった。その馬車にはお仕着せを着たふたりの御者が乗っており、馬車を引く六頭の駿馬には当時の流行で羽飾りがつけられていた。午後三時に、霊柩車は霧雨のけむる中を出発した。親族や友人、それに花冠を載せた馬車がそのあとに続いた。埋葬は男の仕事だったので、女性や子供は墓地まで同行しないしきたりになっていた。ただ、クラーラだけは出棺の時の混乱にまぎれてうまく馬車に乗り込み、姉のローサのあとを追った。あの子は手袋をした手でわしの手をしっかり握り締めてくれた。墓地につくまで、もの言わぬ小さな影のようにわしに付き添ってくれたが、あの時はなんとも言いようのない心の安らぎをおぼえた。二日間、クラーラはひと言も口をきかなかったが、わしはそのことに気がつかなかった。クラーラがものを言わないといって、家族のものが大騒ぎしはじめたのはそれから三日後のことだった。

セベーロ・デル・バージェと上の息子たちはローサを納めてある、銀のかしめ釘を打った白い柩をかつぎ、霊廟の穴の中にそっとその柩を置いた。男は悲しみの涙を流してはいけないというしきたりに従って、喪服姿の男たちはひとり残らず、唇を噛みしめて涙をこらえていた。墓地の鉄格子が閉じられ、親戚のものや友人たちが引きあげていったあとも、わしはひとり残って、バラバースの牙をまぬがれて、ローサとともに墓地まで運ばれてきた花の中に突っ立っていた。フェルラの呪わしい言葉が現実のものになって、体がちぢみはじめるまで、わしは背が高く、痩せていた。そんなわしが上着の裾を風にはためかせて鬱然と立っていたのだから、まるで冬の枯れ野のカラスのように見えたことだろう。空はどんより曇り、いまにも雨が降り出しそうだった。寒かったはずなのだが、激しい憤りのせいで、寒いとは思わなかった。墓石には、美しいローサの名前とこの地上に生まれてその生涯を終えた日付けが、背の高いゴシック文字で刻んであった。わしはどうしてもそれから目を離すことができなかった。この二年間、ひたすらローサのことを想い、ローサのためだと思って働き、ローサに手紙を書きつづけ、ローサを求めてきたというのに、彼女と並んで永遠の眠りにつくことができなかったのだ、そんな思いがわしの脳裏を駆けめぐっていた。あとに残された歳月のことを思うと、この先いくら探しても、緑色の髪をした人魚のように美しい女性を見つけだすことなどけっしてできないのだから、生きていても仕方がないと考えた。あの時もし、お前は九十歳を超えてもまだ生きているだろうと言われたら、その場できっと鉛の弾《たま》を体に撃ち込んだことだろう。

うしろから墓地の管理人が近づいてきたが、その足音に気がつかなかったので、肩をぽんと叩かれた時は飛び上がるほどびっくりした。

「馴れ馴れしく人の肩を叩くんじゃない」とわしは喚き立てた。

その見幕に恐れをなして、管理人は二、三歩あとずさりした。そのそばでは死者に供えられた花が無惨に雨にうたれていた。

「申し訳ありません。もう六時になったものですから、墓地を閉めなければならないんですよ」管理人はたしかそんなことを言ったように思う。

そのあと、日没後は規則で、故人の縁者以外の方は墓地に立ち入ることを禁じられているものですから、とくどくど説明しはじめた。わしはみなまで言わせず、金をつかませてその男を追いはらった。とにかく、あの時はひとりにしてもらいたかったのだ。管理人は何度もうしろを振り返りながら立ち去っていったが、きっとわしのことを頭のおかしい男か、時々墓地をうろついている死体性愛者くらいに思っていたのだろう。

あの日は夜が長く感じられた。おそらく、生涯でもっとも長い夜だったにちがいない。わしはローサの墓石のそばに腰をおろすと、いろいろなことを話しかけて、あの世へ旅立ってゆく彼女に付き添ってやることにした。というのも、死者というのはこの世に断ちがたい未練をおぼえているものだから、生き残った人間は惜しみなく愛情を注いでやらなければならない。そうすれば、死者は、誰かに多少とも思い出となるものを残したと考え、それをせめてものよすがにして死出の旅に出ることができるだろう、あの時わしはそう考えた。彼女の美しく整った顔立ちを思い出して、自分の運命を呪ったものだった。この二年間、お前のことだけを夢見て、うす暗い鉱道の中を這いずりまわってきたのに、お前はひとり旅立ってしまった、この償いをどうつけてくれるのだ、と彼女をなじりさえした。その間に触れた女と言えば、金のためというよりもむしろ善意で男たちの相手をしていた、老いさらばえやつれきった、見るもあわれな娼婦だけだったが、そのことは彼女に打ち明けなかった。けれども、わしはこれまで文明とはまったく縁のない土地で、エジプト豆を食べ、腐った水を飲み、粗野なならずものたちといっしょに暮らしてきた。その間もお前のことばかり考えていた。鉱脈が突然切れて、気持が萎えそうになると、お前のことを思い出して気力をふるいたたせ、ふたたびツルハシを振ったものだ。一年中胃はしくしく痛み、夜になると骨も凍るほどの冷気がしのびより、昼は昼で気も狂わんばかりの暑さに悩まされたが、いずれお前と結婚できるのだと考えて、その苦しみに耐えてきた。その夢がいよいよ実現するという時になって、お前はひとりあの世へ旅立ってしまい、このわしを悲嘆のどん底に落としたのだ。いくらなんでもこれはひどすぎる、とわしはローサの墓の前でかき口説いた。また、たった一度しか口づけをかわさなかったし、長いあいだ離れ離れになって暮らしていたが、心はいつもお前のそばにあったのだ、とも打ち明けた。山で暮らしている時は、昔のことを思い出したり、激しく突き上げてくるが、どうにも満たしようのない欲望にせめ立てられたものだ。また、すっかり色の変わってしまった古い手紙を読みかえして、彼女のことをなつかしく思い出したものだった——わしの恋というのは、しょせんそんなものでしかなかったのだ。それにもともと手紙というのが大の苦手で、自分の胸の内を文章に綴ることなどできないものだから、あの頃も自分の心の中で燃えている激しい熱情や遣る瀬ない思いを手紙で伝えることなどできはしなかった。わしはまたローサに向かって、この二年という歳月はまったくの無駄骨に終わってしまった、こんなことになるのなら、どこかから結婚資金を盗んできて宮殿を建て、サンゴや真珠、螺鈿《らでん》といった海の宝物でそれを飾りたててやるのだった。お前をさらってきて、そこに住まわせ、わし以外のものは誰も中に入れないようにしてやればよかった、と話しかけた。わしと暮らしていれば、父親を殺そうとしてこっそり盛られた毒を飲むこともなく、千年も長生きしたにちがいない。わしはわしでいつまでも変わりなくお前を愛しつづけ、かわいがってやり、いろいろな贈りものでびっくりさせ、あふれんばかりの愛情を注いでやったものを、と話しかけた。あの時は、彼女が生きていればとても口にできないようなばかげたことを口走ったが、ほかの女にはとてもあのようなことは言えなかった。

あの夜、わしはもうこれで永遠に恋をすることもなければ、笑ったり、夢を追いかけたりすることもないだろうと考えた。しかし、時がたてば、人もまた変わるものだ。長い人生において、わしはやがてそのことを思い知らされることになった。

しかし、あの時は、抑えようのない憤りが悪性の癌のように心をむしばみ、二度とふたたび人に対してやさしくしたり、寛容になれないのではないかという気持に襲われた。たしかに激しいいらだちと戸惑いをおぼえてはいたが、その一方で、これでもうローサを自分の手で愛撫したり、その神秘にわけ入り、緑色の泉を思わせる髪の毛を解いて、その深い水の中に身を浸すことができないのだ、と考えて、やり場のない悲しみに襲われた。彼女と最後に会った時は、繻子のひだにくるまれ、オレンジの花冠をいただき、指にロザリオをからませて清らかな柩の中に横たわっていたが、その姿を思い返していっそう絶望的な思いにとらえられた。後年、オレンジの花冠をかぶり、指にロザリオをからませた彼女と再会することになるが、あの時はまさかそのようなことが起こるとは夢にも思わなかった。

夜が明けて、日がのぼると、管理人がふたたびやってきた。薄気味悪い亡霊に囲まれて墓地で一夜を過ごし、寒さでがたがた震えている狂人のようなこのわしを見て、さすがに気の毒に思ったのだろう、自分の水筒を差し出してこう言った。

「温かいお茶が入っていますから、少しお飲みになったらいかがです」

わしはその水筒を手で払いのけると、やり場のない憤りをおぼえ、悪態をつきながら墓石と糸杉のあいだを大股でどんどん遠ざかっていった。

クエバス医師と助手が死因を究明するために、台所でローサの遺体を解剖していたが、その夜、クラーラはベッドの中で目を大きく見開いて、ぶるぶる震えていた。姉が死んだのは、自分があのようなことを言ったせいではないだろうか、そう考えて、恐ろしくてどうしても寝つけなかったのだ。念力で塩壺を動かせるのなら、人の死や地震、あるいはもっと大きな不幸でも起こすことができるにちがいない、と彼女は考えていた。母親は、あなたがあのような事件を引き起こしたんじゃないの、ただそうなると前もって分かっただけなんだからなにも気にすることはないのよと言って聞かせたが、クラーラは耳を貸そうとはしなかった。彼女はやり場のない悲しみと罪の意識にさいなまれ、姉のそばに行けばすこしでも苦しみが和らぐだろうと考えた。ベッドから起き上がり、下着姿のまま裸足で姉といっしょに寝起きしていた部屋に行ったがそこには誰もいなかった。屋敷の中を捜そうと思って、寝室を出たが、あたりはまっ暗で、しんと静まりかえっていた。母親はクエバス医師に処方してもらった薬を飲んでぐっすり眠っていたし、兄弟たちや召使いははやばやと部屋に引きこもっていた。恐ろしさと寒さに体を震わせながら、壁に貼りつくようにして客間を通り抜けた。その部屋には、どっしりとした家具やひだ飾りのついた厚いカーテン、壁にかかっている絵、天井で揺れている明かりの消えたランプ、陶製の丸い花鉢に植わっているシダなどがあったが、そのどれを見ても恐ろしくてしかたなかった。客間のドアの隙間から光が漏れていたので、中に入ろうとしたが、父親に見つけられて、ベッドに戻りなさいと言われそうな気がしたので、中に入るのは思いとどまった。乳母に抱いてもらって眠れば、きっと気持が楽になるだろうと考えて、台所に行くことにした。椿と矮性オレンジの植わっているいちばん大きな中庭を通り、建物の二番目の翼《よく》の客間と薄暗い回廊を通り抜けたが、その回廊には、地震の時に足もとが危なくないように、またコウモリや夜になると活動をはじめる生き物が近寄ってこないように、一晩中柔らかい光のガス灯がともされていた。やっとのことで、物置きや台所のある三番目の中庭にたどり着いた。ここまでくると、あの家もお屋敷らしい取り澄ました感じがなくなり、犬小屋や鶏小屋、召使いの部屋などが建ちならんでいて、いかにも雑然とした感じがした。セベーロ・デル・バージェは人に先駆けて自動車を買い込んだが、ニベアはいまだに馬を乗り回していたので、年老いた馬を飼っている廏舎もその向こうに見えた。台所のドアは閉まっていたし、窓の鎧戸もおりていたので、直感的に中でなにかしていると感じとったクラーラは、なんとかして中をのぞき込もうとした。窓枠まで背が届かなかったので、箱を持ってきて壁際にくっつけると、その上にのぼった。長年風雨にさらされてきたせいで、木製の鎧戸と窓枠とのあいだに隙間ができていたので、こっそり中をのぞき込んだ。

でっぷり太って、大きなあご鬚をはやし、やさしくて、人の良いクエバス医師は、彼女が生まれた時から、喘息の発作が起こった時はもちろん、ちょっとした病気でもすぐに診てくれたものだが、あの時はマルコス叔父の本の挿絵に出てくる吸血鬼にそっくりだった。医師は、いつも乳母が料理を作っている大きなテーブルの上にかがみ込んでおり、その横には青白い顔をした見慣れない若い男が立っていた。その男のシャツには血のしみがついていて、まるで誰かに恋焦がれているように虚ろな目をしていた。彼は、姉のむきだしになったまっ白な太腿や足のあたりをじっと見つめていた。その様子を見ているうちに、体が震えはじめた。その時クエバス医師がテーブルから離れたので、大理石の上に横たわっている姉の、無惨に切りきざまれた全身が見えた。その体は縦にまっぷたつに切り裂かれ、取り出された腸がサラダボールの中に入っていた。ローサは、クラーラがこっそりのぞき込んでいる窓のほうに首をねじ曲げていた。彼女の緑色の長い髪の毛は、まるでシダのようにテーブルから血で赤く染まった床の敷石まで垂れさがっていた。ローサは目を閉じていた。けれども、台所はうす暗くて、ふたりのあいだにはかなり距離があり、その上クラーラは想像力の豊かな子だったので、姉が、こんなにも自分が辱められているのに、どうして助けてくれないのと訴えかけているように思われた。

クラーラはその場から逃げだすことができず、けっきょく中の様子を最後まで見届けることになった。身を切るような寒さも忘れ、長いあいだ窓の隙間から中をのぞき込んでいたが、そのうちふたりの男はローサの内臓を取り出し、血管に注射を打ち、その体の内側と外側を芳香性の酢酸とラヴェンダーの精油で洗浄した。そのあと、葬儀屋の使う香りのよい詰めものをローサの体の中に詰め、ベッド職人用の大きな針で切開したところを縫い合わせた。クエバス医師が流しで手を洗い、涙を拭っているあいだに、もうひとり若い男はローサの体の血を拭きとり、内臓を洗浄していた。医師が黒の上着を着、悲しみにうちしずんだ顔で台所から出てゆくと、あの男はローサの唇や首筋、胸、恥部に口づけし、そのあとスポンジできれいに体を拭って、刺繍をほどこしたガウンを着せ、髪の毛をきちんと整えてやったが、その間ずっと息をあえがせていた。やがて、乳母とクエバス医師が戻ってきて、ローサにウェディング・ドレスを着せ、結婚式の日のためにと大切にしまってあったオレンジの花冠を頭に載せてやった。あの助手はいとおしそうにローサを抱きあげたが、その様子はまるで新婦を抱いて初めて家の敷居を越える新郎のようだった。クラーラは夜明けの光が差しはじめるまで、そこから動くことができなかった。日がのぼると、こっそり自分のベッドに戻ったが、その時はもう誰とも口をきくまいと決心していた。沈黙の世界に入りこんだ彼女は、私、結婚するわ、と言うまで、九年間ひと言も口をきかなかった。

2　ラス・トレス・マリーアス

エステーバンとフェルラは家の食堂で、いつもの脂っこいスープと毎週金曜日に出される魚料理で夕食をとっていた。ふたりのまわりには、かつてはヴィクトリア朝風の立派なものだったが、今ではすっかり古くなり、がたのきている家具が並んでいた。昔からあの家に仕えている女中が給仕をしていたが、彼女は給料こそもらっていたものの、身分は奴隷と少しも変わるところがなかった。その年老いた女は料理皿をうやうやしく捧げるようにして持ち、食堂と台所を何度も往復していた。すでに腰は曲がり、目も悪くなっていたが、足どりはまだしっかりしていた。ドーニャ・エステールはその場にいなかった。彼女は朝のうち椅子に座って街を行き来する人たちを窓越しに眺めながら、以前はお屋敷町だったこのあたりもすっかりさびれてしまったものだ、と考えていた。昼食後は、寝室に移され、そこのベッドになかば腰をかけるような格好で横たえられたが、じつを言うと、関節炎にかかっていて、そういう姿勢しかとれなかったのだ。話相手がいなかったので、彼女はベッドの中で聖人の伝記やさまざまな奇跡を物語った信仰書を敬虔な思いで読みふけっていた。そうして次の日を迎えるわけだが、毎日がその同じくり返しだった。家から二ブロックばかり離れたところにサン・セバスティアン教会があり、日曜日ごとにそこでミサが行われた。彼女が外出するのはその教会のミサに出席する時くらいのもので、その時はフェルラと女中がうしろから車椅子を押してやった。

エステーバンは小骨の多い白身魚の料理を食べ終わると、皿の上にナイフとフォークを置いた。彼は椅子に座っていても、歩いている時と同じように背筋をぴんと伸ばし、こころもち顎を突き出し、首を片方に少し傾けていた。いつもは、その格好で傲慢さと不信感の入りまじった近視の目でじろりと相手を睨みつけたものだった。ただ、彼の目は驚くほどやさしくて澄んでいたからよかったものの、そうでなければ鼻もちならないほど不愉快な男と映ったことだろう。小柄で太った人がよくやるように、彼はいつも背筋を伸ばしていたが、じつを言うと身長は百八十センチもあり、とても痩せていた。体はな**た**で削ぎおとしたようにごつごつしていて、その鋭くとがった鉤鼻や長く伸びた眉毛から、うしろに掻き上げているライオンのたてがみのような前髪の下の広い額にいたるまで、体中の線はすべて上に向かって伸びあがってゆくように思えた。両腕と両脚はすらりと長く伸び、手がひどく大きかった。大股でどしどし歩く姿は、いかにも精力的で見るからに頑健そうな感じがしたが、その身のこなしにはどこか優雅なところがあった。表情はいつも暗くてめったに笑顔を見せなかったたし、しょっちゅう腹を立てていたが、顔立ちはたいへん整っていた。もともと気の短い性格で、かっとなると前後の見境がなくなることがあった。幼い頃は、怒り出すと、地面に寝そべり、息もできないほど荒れ狂い、口から泡をふき、悪魔に憑かれたように足をばたばたさせたものだが、そうなると冷たい水に頭から浸けるよりほかに手がなかった。成長するにつれて多少わきまえができてきたが、些細なことでもすぐにかっとなる性格は死ぬまでなおらなかった。

「もう山には戻らないよ」と彼はぽつりと言った。食卓について最初に口にした言葉がそれだったが、じつを言うと前の晩、一攫千金の夢を追ってこれ以上隠者のような生活を続けてもしかたないと考えて得た結論がそれだったのだ。鉱山の採掘権はまだ二年残っていた。二年あれば、彼が見つけたすばらしい鉱脈を掘り尽くすことができるはずだった。けれども、たとえ現場監督がこっそり上前をはねたり、人まかせでは思うように採掘できなくても、あの砂漠に舞い戻って、もう一度地下の鉱道にもぐり込むのだけはごめんだと考えた。そこまで苦労して金をもうけたところで、なんになるというのだ。運さえよければ、この先また大金もうけをする機会に恵まれるだろうし、やがては人生に飽きて訪れてくる死を待つことになるだろうが、いずれにしてももうローサはこの世にいないのだ。

「でも、なにか仕事をしたほうがいいんじゃないの、エステーバン」とフェルラが言った。「私たちだって、けっして贅沢はしていないんだけど、薬代がばかにならないのよ」

エステーバンは姉の顔をじっと見つめた。ローマ時代の美しい婦人のように肉付きがよく、卵形の顔をしたフェルラはまだ昔の美貌をとどめていたが、その青い桃を思わせる血色の悪い肌や陰のある伏目がちの目には、人生をあきらめた女性特有の醜さがすでに顔をのぞかせていた。彼女はずっと母親の看病を続けてきた。いつでもドーニャ・エステールのそばへ飛んでゆき、水薬を飲ませたり、溲瓶《しびん》をあてがったり、枕の位置をかえたりすることができるように隣の部屋で寝起きしていた。毎日泣きたくなるような思いで暮らしていたが、一方では惨めな思いをして人の嫌がることをしていればきっといいことがあるはずだと考えてもいた。この苦しみに耐えれば、きっと天上に迎えられるにちがいない、そう信じきっていたからこそ、喜んで母親の病んだ脚の膿胞を洗い、体を拭い、悪臭と汚穢にまみれながら溲瓶の中を調べたりしたのだ。そんな中で彼女は、人には打ち明けられないような奇妙に屈折した喜びを見いだしていたが、一方ではそういう自分を憎んでもいた。また、自分を道具のようにこき使う母親を心の底で恨んでいた。彼女は愚痴ひとつこぼさず母親の看護をしていたが、相手が寝たきりの病人なのをいいことに、それとなく仕返しをしてもいたのだ。彼女は自分を犠牲にして看病してきたために婚期を逸してしまった。母と娘はどちらもそのことには触れなかったが、これは否定しようのない事実だった。これまでふたりの求婚者が彼女の前に現われたが、フエルラは母親の病気を理由に申し出を撥ねつけた。彼女はそれについてなにも言わなかったが、そのことは誰もが知っていた。彼女は立居振舞がどことなくぎくしゃくしていて、無器用な上に、弟と同じようにたいへん怒りっぽいところがあった。けれども、ふだんの生活が生活だったし、加えて女性だということもあって、自分を抑えてつとめて怒らないようにしていた。どこから見ても非の打ちどころのない女性だったので、人が彼女のことを聖女のようだと噂したのも無理はなかった。母親が病に倒れ、父親が亡くなって一家が貧乏のどん底に落ち込んだ時は、女手ひとつで弟を育てあげたし、今は今で、わが身を犠牲にして母親に尽くしていたが、町の人たちはそんな彼女を親孝行な娘の手本としてよく引き合いに出したものだった。彼女は幼い頃のエステーバンをまるで神様のように崇めていた。同じベッドで眠り、お風呂に入れてやり、散歩に連れていってやった。また、学費を捻出するために一日中仕立てものの内職に精を出したものだった。けれども、彼女の働きでは食費もまかないきれなくなって、ついにエステーバンがある公証人事務所へ働きに出ることになった。さすがに気丈なフェルラもあの時は、腹立ちと自分の無力さに泣き崩れたものだった。最初、彼女は弟の世話をしその面倒を見てやっていたが、その後母親の看病に献身的に尽くすようになった。一方、エステーバンのほうは、申し訳ないという気持に加えて姉に対して大きな借りができたように感じ、だんだん息苦しさをおぼえるようになった。大きくなるにつれて、彼は姉のそばに寄り付かなくなった。今でもはっきり覚えているが、ある日突然姉の存在が重苦しい影となってのしかかってくるように思えたのだ。あれは、はじめて給料をもらった日のことだった。その日彼は、自分の給料から五十センターボ割いて、小さい頃からの夢だったウインナ・コーヒーを飲もうと心に決めた。それまでにも、ホテル・フランセーズのガラス窓を通して、ボーイがお盆をたかだかとかかげて歩きまわっている姿を見ていたが、そのお盆には背の高いゴブレットに入った、塔のようにたかくそびえるホイップクリームの山にマラスキーノ・チェリーがちょこんとのっかっている宝石のように美しい飲みものがのせてあった。初任給をもらっていたので、お金はあったが、なかなか中に入る決心がつかず、ドアのところを何度も行ったり来たりした。ついに心を決めて、帽子を手に持ちおずおずドアを押し開けると、涙滴シャンデリアが下がり、流行の家具が並んでいるところを通って、きらびやかなレストランの中に入っていった。店中の人が自分のほうを振り返り、何千もの目が自分の着ているひどく窮屈な服と古い靴を品定めしているように思われた。彼は耳がかーっと熱くなるのを感じながら椅子の端に腰かけ、そばにやってきたボーイに蚊の鳴くような声でウィンナ・コーヒーを注文した。それが届くまでのあいだ、これまで何度となく頭の中で思い描いてきたあの喜びを前もって味わっていたが、その一方でいらだたしい思いにとらわれてもいた。鏡を通して店にいる人たちの様子をうかがったが、そのうちに注文の品が運ばれてきた。見るからに豪華で、おいしそうなそのウィンナ・コーヒーはそれまで空想していたよりもずっとすばらしかった。しかも、そこには蜂蜜入りのクッキーが三つ添えられていた。彼はまるで魅せられたようにじっとそれを見つめた。ようやく心を決めて柄の長いスプーンを手に持つと、幸せそうに溜息をほっとつき、スプーンをクリームの山の中に突き刺した。口中に唾液があふれてきた。エステーバンはその瞬間をできるだけ長くひきのばそうとした。できることなら永遠にのばしたいとさえ思った。スプーンで掻きまわしながら、まっ黒な液体がクリームの泡と混ざりあう様子をじっと見つめた。彼は何度も、何度も掻きまわした……。その時、スプーンの先がガラスにぶつかり、ゴブレットに穴があいて、そこから流れ出したウィンナ・コーヒーが服を汚した。彼は一張羅のスーツの上にウィンナ・コーヒーが滴り落ちるのを身の毛のよだつような思いで見つめていたが、まわりの客はその様子を面白そうに眺めていた。彼はまっ青になってぱっと席を立つと、テーブルの上に五十センターボを置いて、逃げるようにホテル・フランセーズを飛び出した。ふかふかした絨緞の上には、滴の跡が点々とついていた。彼はびしょ濡れの服を着たまま、恥ずかしさと怒りで気も狂わんばかりになって家にたどり着いた。その話を聞いてフェルラは、「お母さんの薬代をそんなくだらないことでむだ遣いするから、罰があたったのよ」と吐きすてるように言った。その言葉を聞いたとたんに、彼は、これまで自分は姉の言いなりになり、いつも罪の意識に駆られて生きてきたが、これはつまり姉にうまく操られていただけのことなのだ、これからはけっして姉に近づかないようにしようと心に決めた。彼にとってフェルラは後見人のようなものだったが、その姉から離れれば離れるほど疎むようになった。一方、フェルラにしてみれば弟が好き放題のことをしているのを見ていると、自分の行動がすべてまちがいであるような思いにとらえられ、どうしても弟のすることを許しておけなかったのだ。その後、彼はローサにひと目惚れし、まるで子供のように駄々をこねた。姉のあとを追いまわし、頼むから助けてくれよ、どうしても姉さんの助けがいるんだ、お願いだからデル・バージェ家の人たちと近づきになって、ローサと口をきき、乳母を味方につけてもらいたいんだと懇願した。その時は、彼女も、これでまた自分は弟にとってなくてはならない人間になれたと考えた。しばらくのあいだは、以前のように仲のいい姉弟に戻った。それも、ほんのしばらくのことで、やがてフェルラはけっきょく自分は弟に体《てい》よく利用されただけだということに気づいた。だからこそ、鉱山に戻って行く弟を見送った時に、言いようのない喜びを感じたのだ。

エステーバンは十五歳の時から働きはじめ、それ以来ずっと家計を支えてきた。けれど、けれども、フェルラにしてみれば、それだけではまだ足りなかった。彼女は病人の体臭や薬の臭いのする部屋に閉じこめられていた。眠っていても、母親がうめき声をあげれば、起きなければならないし、一日中時計を見て、薬の時間を考えなければならなかった。単調な毎日の生活にうんざりし、気が滅入ってしかたなかった。だから、そういう苦労を知らない弟を見ているだけで、腹が立ってくるのだ。弟の前には自由で輝かしい運命が待ち受けており、成功が約束されている。その気になれば、結婚して、子供をもうけることもできるだろうし、人を愛することだってできるのだ。彼女が、ローサの死を伝える電報を打った時に、今まで感じたことのない喜びのようなものをおぼえたのも、無理のないことだった。

「やはり、なにか仕事をしたほうがいいんじゃないの」とフェルラがもう一度同じことを言った。

「おれの目の黒いうちは、不自由な思いをさせやしないよ」とエステーバンは答えた。

「口ではなんとでも言えるわ」フェルラは歯の間にはさまった魚の骨をとり出しながら言った。

「ラス・トレス・マリーアスにある農場、あそこへ行こうと思うんだ」

「あそこはもう廃墟になっているわよ、エステーバン。いつも言ってることだけど、あんなところは売り払ったほうがいいわ。だけどいくら言っても、耳を貸そうとしないんだもの」

「あの土地は売っちゃだめだ。なにもかもなくなって、残ったのはあそこだけなんだ」

「私は反対よ。土地にしがみつくというのは、ロマンチックな考え方だわ。お金をもうけるには、目端がきかないとだめなのよ」とフェルラはやり返した。「だけど、あなたは前々から農場で暮らしたいって言っていたわね」

「だから、これからそうするんだ。おれはもうこの町にはうんざりしているんだ」

「本当は、この家にうんざりしているんでしょう」

「まあね」と彼はぶすっとして答えた。

「私も男に生まれてくればよかった。そうしたら、いっしょに行けるのに」

「おれも女に生まれなくてよかったと思っているよ」

そのあとふたりは黙ったまま食事をした。

彼らの心はすでに離れてしまっていた。ふたりを結び合わせていたのは、母親の存在と幼い頃いっしょに遊んだおぼろげな思い出だけだった。家は破産し、父親は精神的にも経済的にも打ちのめされており、母親は徐々に病におかされつつあったが、ふたりはそうした環境の中で成長した。ドーニャ・エステールは若い頃から関節炎を患っていたが、やがて体を動かすのも大儀になって人の世話になるようになった。年をとり、夫と死に別れ、膝が曲がらなくなってからは、車椅子が離せなくなった。幼い頃や少年時代の思い出、窮屈だった服、母や姉がどのような願をかけたか分からないが、そのために無理やり聖フランシスコの縄を生活を体に巻きつけられたこと、丁寧につくろった残ったワイシャツ、友達がひとりもいない毎日の生活のことなどを、エステーバンはひとつ残らず覚えていた。五歳年上のフェルラは、弟がいつもこざっぱりした身なりで人前に出られるよう、二枚しかないワイシャツを一日交替で洗い、糊をつけてやった。また、母方の家系は植民地時代のリマでも屈指の名門だったと教えてやった。ドーニャ・エステールがトゥルエバと結婚したのは、言ってみれば事故にあったようなものだった。彼女は同じ階級の相手と結婚することになっていたが、なにをまちがえたのか、移民の二世であるあのやくざな男にのぼせあがってしまったのだ。わずか二、三年であの男は彼女の持参金を使い果たし、そのあと遺産まで蕩尽してしまった。今では、たまっているつけを払うどころか、通学に利用する市電の切符を買う金もなかったので、彼は徒歩で通っていた。そんな生活の中で自分たちは名門の出だと姉に言われてもぴんとこなかった。ウールの下着は持っていなかったし、オーヴァーも人前に着て出られるようなものではなかった。仕方なく、胸と背中に新聞紙を入れて学校に通った。歩くたびに新聞紙がかさかさ音を立てるので、クラスメートにその音を聞かれるのではないかとおびえて暮らしていた。暖をとるにも、母親の部屋に置いてある火鉢しかなかった。冬になると、ロウソクと炭代の節約になるというので、三人しかいない家族はいつも母親の部屋に集まった。欲しいものはなにひとつ買ってもらえず、辛くて不自由な思いをし、夜になると母と姉がいつ終わるともしれないロザリオの祈りをあげている中で、不安と罪の意識にさいなまれていた。少年時代の思い出と言えば、そういうものばかりだった。彼が怒りっぽくて、手に負えないほど誇り高い人間に成長したのは、そうした環境のせいだった。

その二日後にエステーバン・トゥルエバが農場に旅立つことになったので、フェルラは駅まで見送りに行った。彼女は弟の頬に冷ややかな口づけをすると、彼がブロンズの錠前のついたトランクをさげて列車に乗り込むのを待った。そのトランクは鉱山へ行く時に買ったものだが、店の主人が一生ものですよと保証したとおり、じつに頑丈にできていた。彼女は、体にはくれぐれも気をつけてね、あなたがいなくなると寂しくなるから、時々家のほうにも顔を出すのよ、と言った。もっとも内心では、これでもう何年も会うことはないだろうと考えて、ふたりともほっとしていた。「母さんになにかあったら、必ず連絡してくれ」と彼は動き出した列車の窓から叫んだ。

「分かったわ」とプラットホームでハンカチを振りながらフェルラが応えた。

エステーバン・トゥルエバは赤いビロードを張った座席の背にもたれながら、ここだと鶏や籠、紐でしばった段ボール箱、子供の泣き声にわずらわされなくてすむ、一等車を考えたイギリス人というのは、やはりえらいものだと感心していた。奮発して一等の切符を買ってよかった。紳士気分になるか、惨めな思いで列車に乗るかは、些細なことで決まるものだ。これからは、どんなに懐具合が苦しくても、少し贅沢をすることにしよう、それだけのことでいっぱしの金持になったような気分になれるんだからな、と考えた。

「貧乏暮らしはもうごめんだ」彼は金の鉱脈を思い浮かべながら、そうひとり言を言った。

車窓から中央高原の景色が見えた。山裾には沃野が広がり、ブドウ畑や小麦畑、牧草やキンセンカの畑が連なっていた。その風景を見ているうちに、二年間地の底で暮らした北部の荒涼とした平野が目の前に浮かんできた。あのあたりは月の世界のように荒れ果て、自然は気味が悪いほど美しかった。砂漠はさまざまに色を変え、鉱脈が地面にむきだしているところは、青や暗紫色、あるいは黄色に染まっていて、あの光景はいくら見ても見飽きることがなかった。

「これから新しい人生がはじまるんだ」とつぶやいた。

目を閉じ、彼はぐっすり眠った。

彼はサン・ルーカス駅で汽車から降りた。そこは言いようのないほどさびれた土地だった。そんな時間だというのに風雨と白蟻のせいで屋根が落ちた木造のホームには人影ひとつ見当たらなかった。ホームに立つと、昨夜の雨で濡れている大地から立ちのぼるかすかな朝靄に包まれた渓谷の全景を見渡すことができた。遠くの山々は雲の彼方に隠れ、雪をいただいた火山の山頂だけがくっきりと浮かび上がり、冬の柔らかい日差しを浴びていた。彼はまわりを見回した。父親が破産し、アルコールと愚行に走って身を持ち崩す前は、そのあたりを父といっしょによく馬で駆けまわったものだが、彼にとってはそれが幼い頃のたったひとつの楽しい思い出だった。昔は毎年ラス・トレス・マリーアスで夏を過ごしたものだが、あれから長い歳月がたったので記憶がおぼろげになり、昔遊んだのがどのあたりだったか思い出すことができなかった。サン・ルーカス村はどこだろうと思って見回してみると、遠く朝靄にかすむ家並みが見えた。彼は駅のまわりを歩きまわった。駅舎といっても駅長室しかなく、そこにはかんぬきがおろされていた。鉛筆で書いた注意書きが貼ってあったが、字が消えていて読めなかった。背後で機関車の動き出す音が聞こえ、汽車は白煙を残して遠ざかっていった。彼はしんと静まりかえったその場所にひとり取り残された。トランクを手に持ち、村に通じるぬかるみと石ころだらけの道を歩き出した。十分以上歩きつづけたが、よく雨が降らなかったものだと考えた。というのも、重いトランクをさげて歩くだけでも大変なのに、そこに雨が降れば、道がたちまちぬかるんで歩行できなくなることが分かったからだ。村はひどくさびれていて、人影ひとつ見えなかったので、何軒かの家から煙が立ちのぼっているのが見えた時は、ほっとした。

村の入り口で足を止めたが、人の姿は見えなかった。一本しかない通りの両側には日干しレンガで造った見すぼらしい家が建ち並び、あたりは静まりかえっていたので、夢の中を歩いているような錯覚にとらえられた。一軒の家に近づいたが、その家には窓がなく、ドアが開け放たれていた。歩道にトランクを置き、大声で呼びながら中に入った。中はまっ暗で、明かりと言ってもドアから差し込む光だけだったので、目が慣れるまでに少し時間がかかった。その時、土を踏み固めた床の上で遊んでいるふたりの子供の姿が目に入ったが、子供たちはおびえたように目を見開いてじっと彼を見つめていた。裏庭にいた女が前掛けで手を拭きながらやってきた。彼がいることに気づくと、額にかかった前髪を掻き上げようとするように無意識に手をあげた。彼が挨拶すると、女は歯が抜けているのを見られまいとして、口に手を当てて挨拶を返した。トゥルエバは馬車を貸してもらいたいと言ったが、通じなかったのか、女は返事をせず、子供たちを前掛けで隠し、無表情な顔で彼をじっと見つめた。彼は仕方なくその家を出て、荷物を持って先へ進んだ。

村の中を歩きまわったが、誰にも出会わなかった。あきらめかけた時、背後で馬の蹄の音が聞こえた。うしろから壊れかけた馬車に乗った薪売りが近づいてきた。彼はその前に立ちはだかって、馬車を停めた。

「金ははずむから、ラス・トレス・マリーアスまで行ってくれないか」と彼は大声で言った。

「あんなところへ行ってなにをなさるんです、旦那」と男は尋ねた。「あそこは人の住まない、無法地帯の岩場ですぜ」

けっきょく男は彼を連れて行くことにして、薪の間にトランクを積み込むのを手伝った。トゥルエバは御者台にのぼり、男の隣に腰をおろした。何軒かの家から子供が飛び出してきて、馬車のあとを追ってきたが、それを見てトゥルエバはかつてなかったほど深い孤独感にとらえられた。

サン・ルーカス村を出て、雑草が生い茂り、穴ぼこだらけの荒れ果てた道を十一キロばかり行くと、目の前に所有者の名前を彫った板が現われた。その板は千切れかけた鎖にぶらさがっていて、風が吹くたびに支柱にぶつかって鈍い音を立てていたが、彼はその音を聞いて、葬式の時の太鼓の音を思い出した。あの荒れ果てた土地を蘇らせるには超人的な努力が必要だということは、ひと目で分かった。小道は雑草に覆われ、まわりを見回しても見えるものと言えば、岩と灌木、それに山だけだった。牧草地とブドウ畑があったはずだが、それらは跡形もなく消滅しており、彼を出迎えるものもいなかった。馬車は家畜と人間が鬱蒼と生い茂る草むらの中につけた踏み跡の上をゆっくり進んだ。しばらく行くと、農場の建物が見えたが、建っているのが不思議なくらいぼろぼろになっていた。まわりには瓦礫やゴミが散乱し、鶏小屋の金網が地面にころがっており、見ただけで胸が痛んだ。屋根は半分落ち、窓から入り込んだ野生のツタが壁面をびっしり覆っていた。建物のまわりには、日干しレンガを積んだだけの小屋が建っていたが、壁には石灰が塗っていないし、窓がなく、藁葺き屋根は煤でまっ黒になっていた。中庭では二頭の犬が狂ったように咬み合っていた。

馬車の騒々しい車輪の音と薪売りの喚き声を聞きつけて、住人がぞろぞろ出てきた。彼らはふたりの男をいぶかしそうに眺めたが、その目には不信感がこもっていた。この十五年間というもの、主人が一度も顔を見せなかったので、ここには主人などいないのだと考えるようになっていたのだ。厳しい表情を浮かべて目の前に立っている背の高い男が、ずっと以前中庭で遊んでいた栗色の巻き毛の少年と同一人物だとは夢にも思わなかった。エステーバンも彼らを見つめた。見覚えのあるものはいなかった。そこに集まっていたのは見るもあわれな連中だった。女たちの中には、肌がひび割れかさかさに乾いていて、何歳か見当のつかないものやお腹の大きいものもいたが、全員素足で、色の褪せたぼろぼろの服を着ていた。さまざまな年齢の子供たちが少なくとも十二人はいた。年のゆかない子供たちは裸のままだった。外に出てくるのがこわくて、戸口からこちらをのぞいているものもいた。エステーバンは挨拶するようなジェスチャーをしたが、誰ひとり応え返してこなかった。子供たちの中にはおびえて母親のうしろに隠れるものもいた。

エステーバンは荷車から降りると、荷物をおろし、薪売りに金を渡した。

「旦那、ここで待ってましょうか」と男が尋ねた。

「いや、おれはここに残るからいい」

彼は家のほうに歩いてゆくと、ドアを開けて中に入った。壊れた小窓や落ちた屋根から朝の光が差し込み、家の中は思ったほど暗くなかった。長年打ち捨てたままになっていたので、家の中はほこりが積もり、クモの巣だらけになっていた。その様子からすると、長年住む人もいなかったこの広い家に、小屋を捨てた農夫が住みついてはいないようだった。家具にも手がつけられておらず幼い頃のまま、もとの場所におさまっていた。ただ、記憶に残っている家具に比べると、こちらのほうは醜くうす汚れ、ひどく傷んでいた。雑草やほこり、枯れ葉が家の中を絨緞のように覆いつくしていた。墓場のような臭いが鼻をついた。骨と皮に痩せた犬が狂ったように吠え立てたが、エステーバン・トゥルエバが取り合わなかったので、最後にはくたびれて片隅に寝そべり、ノミに嚙まれたところを搔きはじめた。彼はテーブルの上にトランクを二つ置くと、家の中を見てまわったが、言いようのない悲しみがこみ上げてきた。部屋をひとつひとつ見てまわったが、あらゆるものが時間の作用を受けて荒廃し、見るも無残なほどうす汚れていた。それを見て、これならまだ鉱山の穴のほうがましだな、と考えた。台所は天井が高く広々としていたが、そこもやはりひどく汚れていた。壁は薪や炭を使っていたせいで黒ずみ、かびが生え崩れかけていた。その壁に打ちこんだ釘から、銅と鉄製の鍋やフライパンがまだぶら下がっていたが、それらはこの十五年間使われたこともなければ、手で触れられたこともなかった。寝室にはベッドと父親が昔買った姿見のついた大きな衣装ダンスがそのまま残っていた。けれども、マットレスの羊毛は腐ってぼろぼろになり、その中に虫が巣食っていた。格天井《ごう》を走りまわるネズミの足音が聞こえた。床はひどく汚れていて、板張りなのか敷石をしきつめてあるのか上から見ただけでは分からなかった。家具類は、灰色のほこりで厚く覆われて輪郭が分からなくなっていた。以前客間だったところには、脚の折れたドイツ製のピアノがまだ置いてあったが、色が黄ばんでいる鍵盤を叩くと、チェンバロのような音を立てた。本棚には、湿気でページがくっついてしまって読めなくなった本が何冊か並んでおり、足もとには、風に吹きとばされページの欠けた古雑誌が転がっていた。ひじかけ椅子を見ると、バネが顔をのぞかせ、関節炎にかかって指が手鉤のように曲がってしまうまでは母親がそこに腰を掛けて編み物をしていた安楽椅子はネズミの巣になっていた。

屋敷内をざっと見てまわって、だいたいの事情は呑み込めた。それにしてもこの家がここまで荒れ果てているのだから、他のところも推して知るべしで、打ち捨てたままになっているのだろうが、これは大変なことになった、とエステーバンは考えた。ふと、トランクを荷車に積み込んで、もと来た駅にひき返そうかとも思ったが、思い直した。ローサを失った怒りと悲しみをまぎらすには、この荒廃した土地で身を粉にして働くよりほかに道はない、そう考えて思いとどまった。彼はオーヴァーを脱ぎ捨て、大きく息を吸い込むと、中庭に出て行った。薪売りがまだそこに立っていたが、そばに、小作人たちがいかにもびくびくした様子で集まっていた。薪売りと小作人たちはおたがいに相手をもの珍しそうに見ていた。トゥルエバが二歩ばかり前に進み出ると、小作人たちのグループは後ずさりした。はなを垂らしている子供や目やにだらけの老人、暗い顔つきの女たちに向かって彼は作り笑いを浮かべようとしたが、顔が歪んだだけで、笑顔にはならなかった。

「男たちはどこにいるんだ？」と尋ねた。

たったひとりしかいない男が前に進み出た。年はエステーバン・トゥルエバとあまり変わらないはずだが、ずっと老けて見えた。

「みんな出て行きました」と男は答えた。

「なんという名だ？」

「ペドロ・セグンド・ガルシアです、旦那」と男は自分の名前を言った。

「今日からはおれがここの主人だ。遊び呆けるのは今日でおしまいだ。明日からは仕事にかかってもらう。気に入らんものはすぐにここから出てゆけ。残ったものには食べ物を与えるが、一生懸命働いてもらう。怠けものや言うことの聞けんものはここから叩き出す。分かったか？」

彼らは目を丸くしてたがいに顔を見合わせた。話の内容は半分も理解できなかったが、その口ぶりからこの人がきっと主人にちがいないと考えた。

「分かりました、旦那」とペドロ・セグンド・ガルシアが答えた。「わしたちはこれまでずっとここで暮らしてきたんで、ほかに行くところがないんです。ですからここに残ります」

子供がしゃがみこんだかと思うと大便をしはじめた。疥癬かきの犬がそばに寄ってその臭いを嗅いだ。エステーバンは眉をひそめると、子供を向こうに連れてゆき、中庭を洗って、その犬を殺せと命じた。彼の新しい生活はこんなふうにしてはじまり、やがて彼はローサのことを忘れるようになった。

誰がなんと言おうが、わしは申し分のない主人だったと思っている。昔の荒れ果てたラス・トレス・マリーアスを知っている人間が、現在の立派な農場を見たら、なるほどと納得するだろう。だから、孫娘の奴が階級闘争がどうのこうのと言いおっても聞く気にはなれんのだ。あわれな農民たちは今、五十年前よりもはるかに苦しい生活を強いられているが、もとはと言えばあの農業改革というやつがなにもかも台なしにしてしまったのだ。

ローサと式を挙げるために溜めた結婚資金と鉱山の監督が送ってくる金をすべて注ぎ込んで、なんとかラス・トレス・マリーアスを立て直そうとしたが、あの土地を救ったのは金ではなく、労働力と組織だった。ラス・トレス・マリーアスに新しい主人がやって来て、牛を使って石を起こし、畑を耕しているという噂が広まった。賃金をはずみ、たっぷり食べ物を与えたので、間もなく何人かの男たちが日雇人夫として使ってほしいと言ってきた。家畜も買い込んだが、わしにとって家畜というのは神聖なものであり、肉がなくなってそれを屠殺するくらいなら、いっそ一年間肉を口にしないほうがいいと考えていた。おかげで家畜はどんどん増えていった。男たちを何班かに分け、農作業が終わると、屋敷の再建にとりかかった。大工や左官の心得のあるものがひとりもいなかったので、手引書を買い込んで連中に一から手をとって教え込んだ。屋根を修繕して鉛板を張り、屋根の外側と内側に石灰を塗って、白く輝くような家にした。家具類は小作人に分けてやったが、すべてを食らい尽くした白蟻が手をつけなかった食堂テーブルと両親の使っていた鍛鉄製のベッドだけは残した。フェルラに頼んで首都から家具を送ってもらうまでは、その二つの家具と椅子がわりに使っていた木の箱しかないがらんとしたあの屋敷で暮らした。ようやく届いた家具は、田舎暮らしをする人が何代にもわたって使えるように作られた大きくて重い、どっしりした代物だったが、丈夫一式のこの家はある年に起こった地震で倒れるまで壊れなかった。それらの家具を、見た目よりも使いやすさを考えて壁際に並べたが、あの屋敷が家らしくなるとともに気持も落ち着いてきて、この先ずっと、いやことによると一生このラス・トレス・マリーアスで暮らすことになるかもしれないと考えるようになった。

小作人たちの妻が交替でやってきて、家事を見、野菜畑の手入れをした。自分の手で庭を作ったが（その庭は多少手を加えはしたものの、現在の庭と変わっていない）、そこに初めて花が咲いた。あの時代は誰もが愚痴ひとつこぼさず働いたものだ。わしがいたから、彼らも安心して働くことができたのだろう。彼らの目の前で、荒れ果てた土地が少しずつ実り豊かな土地に変わっていった。みんな貧しくて無知だったが、素直で善良だった。騒ぎを引き起こすような人間はひとりもいなかった。わしが向こうに行くまで、彼らは猫の額ほどの狭い土地を耕して、餓死しない程度の作物を植えてほそぼそと暮らしていた。しかし干魃や霜、疫病、あるいは蟻やカタツムリの大発生といった災厄に見舞われるとたちまち悲惨な生活を強いられることになったものだ。そうした事情が一変したのは、このわしのおかげなのだ。みんなで畑を一枚一枚蘇らせ、鶏小屋や廏舎を作り直した。また、種播きも天候に頼っているだけではいけない、科学的な方法を取り入れなくてはというので、灌漑用の用水路を作る計画も立てた。しかし、毎日の生活は、辛く厳しいものだった。牛や鶏を診てもらい、そのついでに何人かの病人も診察してもらうために、時々村まで獣医を迎えに行ったこともある。家畜を診ることができるのなら、当然貧しい人間の診察もできるだろう、そう考えておじいちゃんは獣医さんを呼んだのね、孫娘はこのわしを怒らせようとする時、いつもそう言うのだが、あれは誤解だ。じつを言うと、あのような辺鄙な土地には医者などなかなか来てはくれんのだ。農民たちはあの獣医よりも、薬草と、暗示の効力を信じていた。インディオの女呪術師を信じきっていて、なにかと言えばその女に相談したものだった。産婆もいるにはいたが、ロバに乗って長い道のりを駆けつけなければならなかったので、たいてい間に合わなかった(あの産婆は子供を取り上げるだけでなく、産道につかえた子牛を取り出すことまでやってくれた)。だから、産婦はたいてい近所の女たちとお祈りの助けをかりて、子供を産み落としたのだ。女呪術師の魔法も獣医の調合した水薬も効かないような重病人が出ると、ペドロ・セグンド・ガルシアかこのわしが荷車に乗せて、尼僧の経営する病院まで運んだ。その病院は時々当直の医師がいて病人が死ぬまで看取ってくれた。そうして亡くなった人の骨は火山のふもとにある忘れ去られた教会の小さな墓地に埋めたが、あの墓地は今もそのまま残っているはずだ。また年に一、二度司祭を呼び寄せて、結婚した夫婦や家畜、機械に祝福を与えてもらい、子供に洗礼を受けさせ、遅ればせながらではあるが、亡くなった人にお祈りをあげてもらった。あそこでの楽しみと言えば、豚や牛の去勢、闘鶏、石蹴り遊び、それに今は天国で安らかに眠っているペドロ・ガルシア老人の語ってくれる信じられないような話に耳を傾けるくらいのものだった。あの老人はペドロ・セグンドの父親で、なんでも老人の祖父はスペイン人をこの南アメリカから追い出した愛国者たちといっしょに武器をとって戦ったとのことだった。彼は子供たちをつかまえて、毒グモに手を咬まれた時はな、毒が回らないように妊婦のおしっこを飲めばいいんだよ、といったことを教えていた。薬草に関してはあの女呪術師に負けないくらい詳しかったが、いざそれを使う段になるとうろたえてしまい、これまでに何度か取り返しのつかない失敗をやらかしていた。けれども歯を抜くことにかけてはあのあたりでも評判の腕前で、老人の右に出るものはいなかった。赤ブドウ酒と主の祈りで患者を眠らせておいて歯を抜くのだ。わしも一度やってもらったことがあるが、まったく痛みを感じなかった。あの老人が生きていれば、かかりつけの歯医者になってもらうところだ。

そのうち田舎の生活が楽しくなりはじめた。近くの村までは、馬で行ってもかなりあった。わしはもともと人付き合いが苦手で、ひとりでいるほうがよかったし、それに仕事も忙しかったのでめったに出かけてゆくことはなかった。そのせいで、言葉も忘れ語彙も少なくなって、野蛮人のようになり、ひどく怒りっぽくなりはじめた。人前に出ることがなくなったので、持ち前の不機嫌な性格が表に出るようになったのだ。些細なことでも腹を立てるようになった。子供が台所をうろついてパンをくすねたり、中庭で鶏が騒いだり、トウモロコシ畑にスズメが飛んできたりすると、怒鳴り散らすようになった。不機嫌さが高じて自分でも手に負えなくなると、よく狩りに出かけたものだ。暗いうちから起き出して、肩に猟銃をかけ、獲物袋を持ち、猟犬を連れて家を出て行った。まっ暗な中を馬に乗って駆けまわるのはじつに爽快なものだ。朝まだきの冷気に包まれて、もの陰に身を潜めてじっと待ちつづける、あたりは静まり返り、火薬と血の匂いが鼻をくすぐる、引金を引くと銃の台尻がずしっと肩に食い込み、獲物がバタバタ下に落ちるのが見える、ただそれだけのことなのだが、それで気持が安らいだものだった。猟を終え、獲物袋にあわれな兎を何羽か入れて、綿のように疲れきり、泥まみれになって家に戻ったが、その時はなんとも言えず爽やかで幸せな気持にひたったものだ。

あの頃のことを思い返すと、いまだに深い悲しみがこみ上げてくる。光陰矢の如しと言うが、あの頃がまさにそれだった。もう一度やり直すことができるなら、きっとあの時代にやらなかったような過ちを犯すだろうが、それはそれでいい。ともかく、わしは申し分のない主人だった。これだけは自信を持って言うことができる。

最初の数か月間、エステーバン・トゥルエバは灌漑用の水路を作ったり、井戸を掘ったり、石を起こしたり、畑を耕したり、鶏小屋や廏舎を修繕したりと、目のまわるように忙しい毎日を送っていたので、ものを考える暇などなかった。くたくたになってベッドにもぐり込み、日の出とともに起き出すと、台所で粗末な朝食をすませ、馬に乗って農作業を見てまわった。帰るのは日が暮れてからで、ちゃんとした夕食をとったが、いつも食堂でひとりきりで食べた。イギリス人の入植者は、アジアやアフリカの奥地の村へ行くと権威と尊厳を失ってはいけないというので、夕食前に必ずシャワーを浴び、服を着替えると教えられたので、彼も最初のうちは必ずシャワーを浴び、服を着替えるように心がけた。毎晩、一張羅の服を着、髭を剃り、お気に入りのオペラのアリアのレコードをかけていた。けれども、少しずつ田舎暮らしに馴染んでくるにつれて、やはり自分は都会派のダンディな男に生まれついていないのだと思うようになった。それに、あれほど努力しているというのに、誰ひとり認めてくれなかった。いつの間にか髭を当たらなくなり、髪の毛も肩にかかるまで切ろうとしなくなった。ただ、シャワーだけは習慣になっていたので、必ず浴びていた。けれども、服装や礼儀作法はまったく構いつけなくなった。そんなふうにして、彼は野蛮人に変わっていった。彼は寝る前に少し本を読んだり、チェスをしたりしたが、おかげで、本を相手にチェスの真剣勝負をして、負けても頭に血がのぼらないところまで自分をコントロールできるようになった。けれども、鬱勃たる性欲のほうは、少々働いて疲れたくらいではおさまらなかった。夜の寝つきが悪くなった。毛布は重すぎるし、シーツは柔らかすぎるように思えた。馬までが彼を誘っているように思え、その巨大な体軀が固くひきしまった野性的な肉体を備えた逞ましい女に見えた。野菜畑の香ぐわしく生温かいメロンを見ても女性の大きな乳房に見まちがえた。初めて抱いた娼婦のつけていた、かすかに記憶に残っている禁じられた芳香を嗅ごうとして、鼻を刺すような臭いのする馬の汗がしみこんだ鞍敷きに顔を埋めたこともあった。夜になると、腐った貝や家畜の大きな肉片、血、精液、涙の出てくる悪夢にさいなまれてびっしょり寝汗をかいた。体が硬直したようになってはっと目をさましたが、そんな時は股間のペニスが鉄のように固くなり、気持がひどく高ぶっていた。気をまぎらそうと、裸のまま川に飛び込み、息の続くかぎり水の中にもぐったが、それでもなお目に見えない手が両脚をやさしく愛撫しているように感じられた。くたくたになって水面に浮かび、流れに身をまかせると、水の流れが彼をやさしく抱き締め、オタマジャクシが口づけをし、岸辺の藺草《いぐさ》が体をぴしりと打った。しばらくすると、抑えようのない性欲がまたしても彼を責めさいなんだ。そうなると、夜の川に飛び込んだり、シナモンティーを飲んだり、火打ち石を枕の下に入れても効き目はなかったし、寄宿舎に入っている少年たちが夢中になってそれにふけり、事後果てしない自責の念に駆られる恥ずべき手すさびをしてもおさまらなかった。彼は、裏庭にいる鶏や野菜畑で素裸になって遊んでいる子供たち、生パンのこね玉などをみだりがわしい目で見つめていたが、その時ふと、僧侶のように代用品でごまかしたところで自分の性欲はおさまるはずがない、ということに思い当たった。実行力のある彼はただちに、女を見つければいいのだと考えたが、そのとたんに自分を責めさいなんでいた欲望が静まり、高ぶっていた気持もおさまった。夜が明ける頃になって久しぶりに彼の顔に笑みが戻った。

彼が口笛を吹きながら廏舎に向かうのを見て、ペドロ・ガルシア老人は心配そうに首を振った。

その日は一日中、トウモロコシを植えるために草を刈りとったばかりの畑を耕した。そのあと、ペドロ・セグンド・ガルシアを連れて、産道に子牛がつかえて苦しんでいる牝牛のところへ行った。彼は肘のところまで腕を突っ込み、子牛をくるりとひっくり返してやったが、おかげで間もなく頭から出てきた。母牛のほうはけっきょく死んでしまったが、彼は珍しく怒らなかった。哺乳瓶で子牛に乳を飲ませるように言うと、洗面器で手を洗い、ふたたび馬にまたがった。そろそろ食事の時間だったが、空腹を感じなかった。相手に目星をつけていたので、彼は別に急ぐでもなく馬を進ませた。

彼が選んだ相手というのは、それまでも何度か見かけたことのある若い娘だった。彼女は腰のところにはな水を垂らしている弟をのせ、袋をかついだり、井戸水の入った水がめを頭に載せていた。川の中の平たい石の上にしゃがみ、浅黒い肌の太腿をのぞかせ、野良仕事で荒れた手で服を洗ったり、色褪せたぼろ切れをすすいでいるところをこっそりのぞき見したことがあった。骨太で、色が浅黒く、インディオ特有の平べったい顔をしており、やさしくて穏やかな表情を浮かべていた。唇は厚く、歯が一本も欠けていなかったので、時々笑うと唇のあいだからまぶしいほど白い歯がのぞいた。まだ若々しくて美しかった。けれども、インディオの女は子供をたくさん生み、休みなく働き、死んだ人を手厚く葬るような生活の中でたちまち老け込んでしまうのだ。彼女ももちろん例外ではなく、エステーバン・トゥルエバもそのことを知らないわけではなかった。彼女はパンチャ・ガルシアという名前で、齢は十五歳だった。

エステーバン・トゥルエバは、日が暮れて涼しくなってから、彼女を探しに出かけた。通りがかりの人に彼女の居場所を尋ねながら、耕作地を区切っている長い並木道をゆっくり馬で走った。とうとう、家に帰ろうと道を急いでいるパンチャを見つけた。彼女は台所のかまどで燃やすサンザシの束を背負い、その重さで体を二つ折りにしながら歩いていたが、足にはなにも履いていなかった。馬の上からそんな彼女を見つめたが、急に何か月ものあいだ自分を責めさいなんできた欲望が激しく突き上げてきた。だく足で馬を進め、彼女の横を歩かせた。パンチャは馬の足音を聞きつけたが、男の前ではけっして顔をあげてはいけないという、一族の女たちが守っている古いしきたりに従ってうつむいていた。エステーバンは馬の上でかがみ込むと、薪の束をつかみ、それを持ち上げて道の脇に乱暴に投げすてた。そのあと、腕を伸ばして彼女の腰のあたりをつかむと、獣のような唸り声をあげて彼女を引きずり上げ、鞍の前のところに座らせた。その間、彼女は少しも抵抗しなかった。馬に拍車をくれると、全速力で川のほうに向かった。ふたりはひと言も口をきかずに馬から降り、互いに目で相手の出方をうかがった。エステーバンが幅の広いベルトをはずすのを見て彼女は後ずさりしたが、彼はそんな彼女をつかみ、ふたりはもつれ合うようにしてユーカリの枯れ葉の上に倒れた。

エステーバンは服を着たまま、まるで野獣のように荒々しく乱暴に彼女を突き通した。服についた血のしみを見て、処女だったということに気がついたが、すでに手遅れだった。彼女がインディオの娘だということもあって、激しい欲望にせめたてられていた時は、相手が処女かどうか考える余裕がなかったのだ。パンチャ・ガルシアは抵抗もしなければ悲鳴もあげず、まじまじと目を見開いていた。仰向けになり、おびえたような表情を浮かべてじっと空を見つめていたが、やがて相手の男がうめき声をあげて自分のそばに横たわるのを感じた。そのあと彼女は静かにすすり泣きはじめた。自分の前には母親が、母親の前には祖母が牝犬のように犯されたが、彼女も同じ運命をたどったのだ。エステーバン・トゥルエバはズボンをひっぱりあげてベルトを締めると、彼女に手を貸して立たせてやり、鞍のうしろに座らせた。ふたりは家のほうに戻って行った。彼は口笛を吹いていたが、彼女はまだ泣いていた。彼女を家まで送ると、その口に口づけした。

「明日からわしの家で働くんだ」と彼は言った。

パンチャはうつむいたままうなずいた。彼女の母親や祖母もやはり主人の家で働いたことがあったのだ。

その夜エステーバンは天使のようにぐっすり眠り、ローサの夢も見なかった。翌朝目が覚めると、体中に生気がみなぎり、体もひとまわり大きく逞ましくなったように感じられた。鼻歌をうたいながら畑に行き、戻ってみると、パンチャが台所にいて、大きな銅製の鍋で白い色をした料理を作っていた。その夜、彼はいらいらして彼女を待ち受けた。日干しレンガ造りの古い屋敷内に響いていた家事の音が途絶え、ネズミがかさこそ這いまわりはじめたが、その時彼はあの若い娘がドアのところにいるのに気づいた。

「こちらに来るんだ、パンチャ」と彼は呼びつけた。しかし、それは命令というよりもむしろ哀願に近かった。

今度はエステーバンも彼女の肉体を味わい、彼女を喜ばせてやるだけの余裕があった。ゆっくりとその肉体を愛撫し、灰で洗ったあと、炭火で温めてアイロンをかけた服とその体から漂ってくる煙の匂いを嗅ぎ、くせのない黒い髪や衣服の下になっている箇所は柔らかいが、そのほかのところはタコができてごつごつしているその肌、みずみずしい唇、穏やかに彼を受け入れるセックス、ゆったりとした下腹部をゆっくり見ることができた。やさしく彼女を所有し、太古から伝わる愛の秘儀を授けてやった。おそらくその夜とそのあと何日かは幸せな夜を過ごしたにちがいない。以前彼の父が使用し、今では傾いているが、まだなんとかふたりの愛の営みに耐えられる鍛鉄製のベッドの上で、子犬のようにじゃれ合った。

やがてパンチャ・ガルシアの胸がふくらみ、腰のあたりが丸みを帯びてきた。エステーバン・トゥルエバはあまり怒らなくなった。小作人のことを気にかけるようになり、彼らの貧しい小屋を訪れた。そのうちの一軒では、薄暗い中で、新聞紙を敷いた箱の中に乳呑み子と生まれたばかりの牝犬がいっしょに眠っていた。べつの小屋には、四年前から寝たきりの老婆がいたが、床ずれがひどく、背中の骨がのぞいていた。中庭には、首に縄をかけられ、支柱に縛られている白痴の若者がいた。その若者は素裸で、ロバのように大きなペニスをしきりに地面にこすりつけ、涎をくりながら訳の分からないことを喚き立てていた。荒廃しているのは土地でもなければ家畜でもない。彼の父が母の持参金と遺産を賭博で蕩尽して以来なおざりにされてきたラス・トレス・マリーアスの住民が荒廃しているのだということに初めて気づいた。山と海に囲まれたこの僻地に少しばかり文明を持ち込んでやろう、彼はそう決意した。

ラス・トレス・マリーアスは長い眠りから覚めて、熱に浮かされたように活動をはじめた。エステーバン・トゥルエバは農民たちの尻を叩いて仕事に追い立てたが、こんなことはいまだかつてなかったことだった。長年打ち棄てられたままになっていた農場をわずか数か月で元通りにしようと考えていた彼は、男たちはもちろん、老人や女、さらにはよちよち歩きをはじめたばかりの子供まで駆り出した。穀物倉や冬に備えて食料を貯えておく貯蔵室を作り、塩漬の馬肉の燻製を作るように言い、女たちに命じてお菓子や果物の砂糖煮を作らせた。牛糞がうずたかくつもり、蝿が飛びまわっている牛舎が乳しぼり場として使われていたが、そこを改造してもっとたくさん牛乳がしぼれるようにした。ラス・トレス・マリーアスの青少年はひとり残らず読み書きと計算くらいはできなければいけないという野心的な考えを抱いていた彼は、教室が六つある小学校の建設にとりかかった。もっとも、農民はその地位と境遇にふさわしい知識をつけるだけでいいと考えていたので、それ以上のことを教えるつもりは毛頭なかった。けれども、あのような辺鄙なところで教鞭をとってもいいというような奇特な教師は見つからなかったし、飴と鞭を使って彼自身が教えようとしたものの、けっきょくは生徒たちが集まらなかったために、その夢は実現せず、建物はべつの用途にあてられることになった。姉のフェルラが彼の頼んだ本を首都から送ってくれたが、そのほとんどが実用書だった。それを読んだおかげで、自分の脚に注射をうったり、鉱石ラジオを組み立てることができるようになった。初めての収入で、安物の布やミシン、効能書といっしょに同種療法の丸薬が入っている箱、百科事典、大量の教科書、ノート、鉛筆を買い込んだ。丈夫で健康な子供たちを育て、一日も早く労働力を確保しなければならないが、そのためには日に一度はきちんとした食事をとらせてやることだ、そう考えて大きな食堂の建設も計画したが、広い農場の端から子供たちを呼び集めることなどできない相談だということに気づいて、その建物を裁縫工場にあてることにした。パンチャ・ガルシアが神秘的なミシンと格闘する羽目になった。最初、彼女はあの機械はそれ自体に生命が備わっている悪魔の道具だと考えて、近づこうとしなかった。けれども、彼がどうしてもやれと言ったので仕方なく機械をいじるようになった。トゥルエバは小さな店も開いた。おかげで小作人たちはわざわざサン・ルーカスまで足を延ばさなくても、日用品を買えるようになった。彼は商品を卸値で買い、小作人たちにそのままの値段で売ってやった。その一方で金券も発行した。当初は掛け売りの時だけに使われていたが、やがて紙幣と同じように流通するようになった。そのピンク色の紙を持って店に行けば、好きなものが手に入ったし、給料もその紙で支払われた。農民はあの有名な紙切れのほかに、手の空いた時に耕せるようなわずかばかりの土地をもらい、また一家族あたり年に六羽の鶏と野菜の種、生活に必要なだけの作物、一日分のパンとミルクなどをもらっていた。また、降誕祭と建国記念日には、男たちに五十ペソずつの手当てが出た。女たちも男に負けないくらいよく働いたが、家長でないという理由で、未亡人を除いてはその手当てにあずかることができなかった。洗濯石けんや編み物用の毛糸、肺を強くするシロップなども無料で配布されたが、それというのも、エステーバン・トゥルエバが、小作人たちがうす汚い服を着たり、寒さにふるえたり、病気にかかることをひどく嫌がっていたからだった。ある日、百科事典をぱらぱらと繰っていて、バランスのとれた食事が健康に良いと記載されているのを読み、それ以来ビタミン、ビタミンとうるさく言うようになったが、その癖は死ぬまで直らなかった。農民は子供たちにパンだけを与え、牛乳と卵を豚の餌にしていたが、そのことを知って彼はひどく腹を立て、小学校に全員を集め、ビタミンの効用について一席ぶったあと、話のついでに、鉱石ラジオで聞き込んだニュースを伝えてやった。間もなく鉱石ラジオに飽き、首都に手紙を書いて、大きなバッテリーが二つついた短波放送用のラジオを注文した。そのラジオのおかげで、海外から流れてくる耳を聾するような雑音の中から、いくつかの筋道の通ったニュースを聞き取ることができるようになった。ヨーロッパで戦争が起こっていることを知ったのもそのラジオのおかげだが、彼はさっそく小学校の黒板に地図を貼りつけると、軍隊が前進した箇所に押しピンで印をつけるようにした。農民たちは、今日地図の青い色のところに押してあったピンが次の日になると緑色のところまで進んでいるのがどういうことなのかまったく理解できず、口をポカンと開けて眺めていた。黒板に貼ってあるのが世界地図であり、ピンの頭が軍隊の位置を示しているということがどうしても呑み込めなかったのだ。じつのところ、外国で戦争が起こったり、科学的な発明がなされ、金の価格が変動し、とんでもないファッションが流行しているといったことなど、彼らにしてみればどうでもいいことだったのだ。それは妖精物語みたいなもので、彼らの閉ざされた世界を少しも変えはしなかった。どんな話を聞いても不安になることのない聴衆たちにとって、ラジオから流れてくるニュースは自分たちとは無縁な世界のできごとでしかなかった。そのうちラジオが天気の予報も満足にできないと分かって、誰ひとり関心を示さなくなった。その空中を伝わってくるニュースに興味を抱いていたのは、ペドロ・セグンド・ガルシアだけだった。

エステーバン・トゥルエバは、最初は鉱石ラジオのそばで、その後はバッテリーつきのラジオの前でペドロ・セグンド・ガルシアと長い時間を過ごした。彼らは遠くから届いてくる匿名の声を通して文明と触れ合うことができると思っていたのだ。けれども、ふたりは最後まで心を許し合うことはなかった。あの粗野な農民がほかのものたちよりも頭のいいことはトゥルエバも認めていた。字が読めて、自分と多少とも会話のできる人間といえば彼くらいのものだったし、百キロ四方を見渡しても、友達らしい人間はほかにいなかった。けれども、あまりにも誇り高いトゥルエバはあの男の美点をどうしても認めることができず、小作人としては出来のいいほうだ、くらいにしか思っていなかった。それに、彼は自分の使っている人間と親しく付き合うことなど考えもしなかった。一方、ペドロ・セグンドのほうは、彼を憎んでいたが、自分の胸の中で燃え上がっているその苦しい思いをなんと名づけてよいか分からず、困惑していた。恐怖と怨恨、それに賞賛の念の入りまじった複雑な思いに責めさいなまれていた。相手が主人である以上、面と向かって反抗するわけにはゆかないと考えていた。これからも主人は突然怒り出したり、無理なことを命じたり、横柄な態度をとるだろうが、自分は死ぬまでそれに耐えてゆかなければならないと感じていた。ラス・トレス・マリーアスが誰からも顧みられなかった頃は、彼が自然にみんなの指揮をとり、人々から忘れられたあの土地でなんとか生き延びてきた。いつしか人からうやまわれ、命令や決定を下すことに慣れきってしまい、頭の上には空しか存在しないと考えるようになっていた。そこへだしぬけに主人がやってきたために、自分の生活が一変してしまったが、その一方で主人のおかげで生活が楽になり、空腹に苦しめられることなく、安心して毎日が送れるようになったことは確かだった。時々トゥルエバは彼の目の中に自分を殺しかねないほど激しい憎悪の炎が燃えているのに気づくことがあったが、その目つきをとがめるわけにはいかなかった。ペドロ・セグンドはおとなしく言いつけに従い、黙々と働き、正直で、見たところ主人に忠実であるように思われた。妹のパンチャが主人の家の廊下を、満ち足りた牝犬のようにものうげに歩きまわっていたが、彼はそんな妹を見ても、黙ってうなだれていた。

パンチャ・ガルシアは年が若かったし、主人は精気に満ちあふれていた。二、三か月すると、ふたりが結ばれた証しが形をとって現われた。浅黒い肌の彼女の脚の血管がミミズのようにふくれ、動作が緩慢になり、ぼんやり遠くを見るようになった。さらに、鍛鉄製のベッドの上で恥ずかしげもなくたわむれることもなくなった。腰のあたりの肉付きが急によくなり、体の内部で育っている新しい生命の重みで乳房が垂れ下がりはじめた。エステーバン・トゥルエバはほとんど彼女を見なかったし、最初の熱情がさめると体にも触れなくなったので、そのことに気づかなかった。その日の性欲を処理し、夢を見ないでぐっすり眠るための健康法として彼女をもてあそんでいたにすぎなかったのだ。けれども、パンチャが妊娠したことをいやでも知らされる日がやってきた。彼はしかし、疎ましく思っただけだった。中にぶよぶよしたゼラチン状の物質が詰まっている巨大な袋のようなものだと考え、その中にいるのが自分の子供だとはどうしても信じられなかった。パンチャは主人の屋敷を出て、両親の住む掘っ立て小屋に戻った。誰もなにも言わなかった。相変わらず主人の家の台所で仕事をし、パンをこねたり、ミシンがけをしたりしていたが、日毎に妊婦らしい体になっていった。もはやふたりで分かちあうものがなにもなかったので、エステーバンの給仕をしなくなり、できるだけ顔を合わさないようにした。彼女がベッドから出て行って一週間後に、彼はふたたびローサの夢を見、シーツを濡らして目を覚ました。なに気なく窓の外に目をやると、痩せた若い娘がいて、針金に洗濯物を干していた。年はまだ十三、四歳だったが、体はもうすっかり大人びていた。その少女がふり返って彼の顔を見つめたが、その目は一人前の女の目だった。

主人が口笛を吹きながら厩舎のほうに向かうのを見て、ペドロ・ガルシアは心配そうに首を振った。

以後十年のあいだにエステーバン・トゥルエバはあのあたりでもっとも畏敬される地主になった。小作人用にレンガ造りの家を造り、小学校の先生をひとり呼び寄せ、自分の土地に住む人間の生活水準を上げてやった。ラス・トレス・マリーアスは立派な農場に成長し、金鉱からの援助を必要としなかった。それどころか、鉱山の採掘権の延長を申請する時に、農場を所有していることがかえって有利に働くようになった。トゥルエバの怒りっぽい性格は今では伝説化し、自分でももてあますほどになった。口答えや反論を一切許さず、些細なことで意見が食いちがってもすぐにかっとなった。その一方で彼の猟色ぶりも度を過ごすようになった。少女から一人前の女に成長するまでのあいだに、女たちはひとり残らず森の中や川岸、あるいは鍛鉄製のベッドの上で処女を奪われた。ラス・トレス・マリーアスに手頃な女がいなくなると、よその農場にまで足を伸ばし、野原のまん中で慌しく事をすませたが、時間はたいてい夕暮れ時だった。恐れるものがいなかったので、人目をはばかることなくやってのけた。時には女の兄弟や父親、夫、あるいは農場主がラス・トレス・マリーアスまで押しかけてきて彼を難詰することがあったが、荒れ狂う彼の態度に恐れをなして、正当な裁きや復讐のためにやってくる人間の数は減っていった。彼の暴虐非道ぶりはその地方一帯に知れ渡り、同じ階級の農場主たちは、感嘆と羨望の入りまじった思いで彼を見ていた。彼が通りかかると農民たちは娘を物陰に隠したが、正面切って反抗することができず、ただ黙って拳を握り締めるしかなかった。喧嘩をするにもエステーバン・トゥルエバでは相手が悪かったし、官憲も彼を罰することはできなかった。よその農場の農民が猟銃で撃ち殺されるという事件が二度も起こった。犯人がラス・トレス・マリーアスの人間であることは明らかだったが、字も満足に読めない田舎町の警官は、ミミズがのたくったような字で調書に事件を書き留めると、ものを盗もうとしたところを見つけられたのですな、と付け加えた。事はそれだけでおさまらなかった。トゥルエバは相変わらず暴君ぶりを発揮して、その地方に数多くの私生児を作り、人々の憎しみを買い、罪深い所業を重ねた。しかし、なにごとも進歩のためだという大義名分があったので、良心は眠り、魂も麻痺しており、自分の行動を反省することはなかった。ペドロ・セグンド・ガルシアと尼僧の経営する病院の老司祭が彼をつかまえて、良き地主、良きキリスト教徒になりたければ、いくらレンガ造りの家を建てたり、ミルクを配ってもだめだ、ピンク色の紙切れで農民をごまかしたりせずきちんと給金を払ってやり、体を痛めるほど働かせるのではなく、労働時間をきちんと決めてやり、その上で多少とも彼らをうやまい、自尊心を傷つけないようにしてやってもらいたい、と懸命になって説得したが、無駄骨に終わった。エステーバン・トゥルエバは、どうも共産主義の臭いがすると言って、そういう話には一切耳を傾けようとしなかった。

「ばかばかしいにもほどがある」と彼はつぶやいた。「ボルシェヴィキ的な考えを吹き込んで、おれんところの農民を煽り立てるつもりだろう。あいつらは気づいていないが、この土地のあわれな農民どもは教養もなければ、教育も受けていないんだ。子供と同じで、責任ある行動はとれないし、なにをどうしてよいかも分かっておらん。おれがいなくなれば、元の悲惨な暮らしに戻ってしまうにきまっている。ちょっと目を離しただけでこれまでの努力がたちまち水の泡になり、彼らはまたぞろ愚行を重ねることになる。それほど連中は無知なのだ。彼らは現在なに不自由なく幸せに暮らしている、それ以上このおれにどうしろというのだ。不平を鳴らすものがいれば、そいつこそ恩知らずな人間だ。彼らはレンガ造りの家で快適な生活を送っている。子供がはなを垂らしていれば、それをかんでやり、寄生虫を駆除し、ワクチンを取り寄せ、教育をつけてやっているが、それもこれもみんなおれがしてやったことだ。このあたりの農場で、私設の学校を持っているようなところがいったいどこにあるというのだ。みんながミサを受けられるようにと、機会のあるごとに司祭を連れてきているではないか。それなのに、どうしてあの司祭から正義がどうのこうのと言われなければならんのだ。あの人もあの人だ、事情も分からずに、人のことにまで首を突っ込んでもらっては困る。なんなら、あの司祭にこの土地をまかしてもいい、おそらくきれいごとを並べてはおれんようになるだろう。この連中を相手にする時は、びしびしやることだ。口で言って分からん奴は殴るしかない。ちょっと甘い顔を見せると、あいつらはつけ上がってくるからな。確かにおれはこれまで厳しくやりすぎた、それは認めるが、つねに公正であろうと心がけてきたつもりだ。一から十まで、それこそ食事にいたるまで、連中を教育しなければならなかったのだ。自分たちはパンだけで食事をすませ、ちょっと目を離したすきに、ミルクや卵を豚の餌にしてしまうんだからな。便所へ行っても尻も満足に拭けんくせに、投票というといそいそ出かけてゆく。バス停がどこにあるかも分からん連中に、政治のなにが分かるというのだ。あの連中は北部の鉱夫と同じで、共産主義者にでも投票しかねん。そう言えば、鉱夫たちは金属の値段が最高値を呼んでいるこのような時にストを打ちおったが、おかげで国は大損害をこうむっている。おれなら、北部に軍隊を送って、連中に銃弾をくらわせて、少しこらしめてやるんだが。不幸なことにはちがいないが、このあたりの国では、拷問用の締木を使うしかないのだ。ヨーロッパとはちがうんだ。今必要なのは強力な政府、強力な地主だ。すべての人間が平等なら、どれだけいいかしれんが、誰が見ても分かるとおり、現実はそうではない。ここで仕事のできる人間といえばこのおれひとりだ。ほかにいったい誰がいる？　このいまいましい土地で朝はいちばんに起き、ベッドに入るのもいちばんあとだ。おれだってできることなら、こんな土地を捨てて、首都へ行き、王侯貴族のような生活をしたいが、ここを出てゆくわけにはゆかんのだ。たとえ一週間でもここをあければ、たちまち土地が荒れ果て、不幸な連中は餓死しはじめるだろう。九年、いや十年前におれがやってきた時は、なにもない荒れ地だった。ハゲワシが飛び交う、石ころだらけの廃墟で、人間など住んではいなかった。耕作地も打ち捨てられたままで、そこに用水路を引こうと考えたものなどひとりもいなかった。この連中は自分の家の庭に葉の黄色くなったレタスを四、五本も植えれば、それで満足してほかを顧みないものだから、なにもかもだめになってしまったのだ。おれが来てはじめてこの土地に秩序と法と労働が生まれたが、その点については今でも誇りに思っている。一生懸命働き、隣接する農場を二つ買い取った。おかげでその農場も近在一の立派なもので、誰もが羨む、模範的なすばらしい農場として知られるようになった。現在では、国道が横を走っているので、地価も二倍にはね上がった。ここを売り払えば、ヨーロッパへ行っても年金でのんびり暮らせるだけのものが手に入るはずだ。だが、おれは出てゆくつもりはない。ここに残って、身を粉にして働きつづける覚悟でいる。それもこれも、すべて農民たちを思ってのことなのだ。正直に言って、ここの人間は使い走りも満足にできん。いつも言っていることだが、子供とまったく同じだ。おれがうしろにいて、尻を叩いてやらんことには、なにをしてよいのか分からんのだ。それなのに、人間はすべて平等だなどとぬかしおる。まったくもって、話にならん……」

彼は母親と姉に、果物や塩漬の肉、ハム、新鮮な卵、生きたままの鶏や塩漬の鶏肉を詰めた箱や小麦、米、その他の穀類の入った袋、田舎造りのチーズ、それに自分では使うこともなかったので必要なだけの生活費を送っていた。彼は話を聞きにくる人がいると、いつも、ラス・トレス・マリーアスと鉱山は、神がこの地上にくだされたものであり、それを初めて正当に取り出しただけのことだ、とよく言ったものだった。ドーニャ・エステールと、フェルラには、まさかと思うような贈り物を届けてやったが、あの頃は目の回るほど忙しく、北部へ行く途中にちょっと立ち寄ることはあっても、ゆっくりしゃべっている時間がなかった。農場、新しく買った土地、それに手がけたばかりの新しい事業などに手を取られて、病人のベッドのそばについているわけにはゆかなかった。それに、連絡したいことがあれば手紙を一本書けばよかったし、鉄道でなんでも送ることができたので、わざわざ会いにゆくまでもなかった。家族とは手紙で絶えず連絡していたが、やはり人に言えないこともあり、それは手紙に書けなかった。つまり、私生児の数が魔法でもかけたようにどんどん増えはじめたのだ。畑の中で少女を押し倒すと、もうそれだけで子供ができてしまうのだ。どう考えても、悪魔の仕業としか思えなかった。異常なまでに子供の数が増えたので、彼はそのうちの半分はおそらく他人の子供だろうと考えた。それゆえ彼は、処女だということがはっきりしていたパンチャ・ガルシアの息子、彼と同じ名のエステーバンと名づけられたその子はべつとして、ほかの子供たちは自分の子供かもしれないが、そうでない可能性もある、それならいっそのこと子供でないと考えたほうがいい、と心に決めた。家に戻ると、子供を抱いた女が待っていて、名前をつけていただくか、なんらかの形で生活を援助してもらいたいと言ったが、そんな時は紙幣を二、三枚つかませて道路まで連れてゆき、二度とこんなことをするんじゃない、さもないと鞭をくらわせて追い払うぞ、手近な男に言い寄って、いざ子供ができると、わしの子供だと言っていいがかりをつけるのはよせ、そう言って脅した。自分の子供が何人いるのか、正確な数は分からなかったが、べつに知りたいとも思っていなかった。子供が欲しければ、同じ階級の女性を見つけて、教会で祝福を受けて式を挙げればいい、そうして生まれた子供にだけ父方の姓をつけ、あとの子供は無視すればいいのだと考えていた。生まれてくる子供が全員同じ権利を有し、遺産も平等に分けるなどというのは、彼にしてみれば気違い沙汰で、そんなことをすれば文明が滅亡して、石器時代に逆戻りしてしまうだろう。彼はローサの母親、ニベアのことを思い出した。彼女は、夫が毒入りブランデー事件で政治に嫌気がさして引退したあと、自分で独自に活動をはじめた。ほかの女性と手を組んで、国会や最高裁判所の正門の前に集まり、夫の名を恥ずかしめるようなとんでもない活動をやっていた。ニベアは夜になると家を抜け出して、市内の建物の壁に婦人参政権を求めるビラを貼って歩いたし、場合によっては、手にほうきを持ち、頭に三角帽子をかぶって、陽光のふりそそぐ日曜日の中心街を練り歩いて、女性にも男性と同じ権利を、女性に参政権と大学に入学する権利を要求し、さらに、たとえそれが庶子であっても、すべての子供に法の庇護を求める行動を起こしかねなかった。

「自然に反するようなああいう行動をするとは」とトゥルエバはよく言ったものだ。「あの夫人も頭がどうかしたのだろう。二足す二という足し算も満足にできない女性に、メスなど握れるはずがない。女性の本分は母親になって、家庭を守ることだ。この分では、今に国会議員や判事、挙句の果ては共和国大統領になりたいという女性も出てくるだろう。そのうち世の中の秩序が乱れて混乱が生じ、大きな不幸が襲ってくるにちがいない。彼女たちは品のないパンフレットを発行し、ラジオを通して自分の考えを主張し、さらには公けの場に集まって鎖で体を縛りつけている。おかげで警察は鍛冶屋を連れて出動しそれを断ち切らせる仕末だ。むろん、逮捕者も出ているが、これは当然の報いだ。しかし、悲しいかな、こういう女性には、有力者の夫や腰抜けの判事、煽動屋の国会議員などがうしろについていて、すぐ釈放されるので、イタチごっこだ……。今必要なのは、断固たる処置なのだ」

ヨーロッパでの戦争が終わり、死体を満載した列車が悲しげな音を立てて走っていたが、その余波が新大陸にまで及んできた。海の向こうから、ラジオや電報といった制御できない風に乗って、反乱をそそのかす破壊的な思想が伝わり、さらには移民を満載した船が続々とやってきた。彼らは、爆弾の音と畑の畝で腐敗している死体に怖気《おぞけ》をふるい、なんとか空腹を満たしたいと願って海の向こうからやってきたが、一様に戸惑ったような表情を浮かべていた。その年に大統領選挙があり、国内の情勢は予断を許さない状況にあった。国が目覚めつつあったのだ。国民の中に不満がつのり、それが波のようにあの寡頭政治社会の強固な基盤をゆるがしつつあった。農地では、干魃、カタツムリの異常発生、鵝口瘡《がこうそう》熱とさまざまな災厄が相次いで起こった。北部では失業者がふえ、首都でも、旧大陸における戦争の影響が出はじめた。悲惨な事件が相次いだその年には、さらに追いうちをかけるように地震が起こった。

けれども、権力と富を手中にした上流階級の人々は、危うい均衡の上に立っている自分たちの地位を揺るがすような危険がさし迫っていることに気づいていなかった。金持連中はチャールストンやジャズ、フォックス・トロット、驚くほどみだりがわしい黒人の音楽クンビアの新しいリズムにのって踊り狂っていた。戦争のために四年間中断されていたヨーロッパへの船旅が再開され、その一方で北アメリカへの船旅がブームを呼んでいた。ゴルフが新しいスポーツとして移入されたが、上流階級の人々は二百年前に同じ場所でインディオたちがやっていたように、棒切れで小さな球をひっぱたくようになった。御婦人方は膝まで届きそうな模造真珠の長いネックレスをかけ、吊鐘型の帽子を眉のあたりまで深くかぶるようになった。男のように髪を短く切り、娼婦のように厚化粧し、コルセットをはずし、脚を深く組んでタバコを吸うようになった。一方、紳士方は北アメリカで作られた車にうつつをぬかし、ひどく値が張るにもかかわらず、朝方港に着いた車はその日の夕方に売り切れるありさまだった。車というのは、夢の乗りものではなく馬や野生動物が通るための悪路を、ひとつまちがえば自殺しかねないような速度でぶっとばすだけの、騒音と排気ガスを撒きちらす機械でしかなかった。遺産や戦後の好景気でもうかった金が賭博台の上でやりとりされ、シャンパンの栓が抜かれた。さらにまた都会かぶれし堕落した人々はコカインに手を出すようになった。集団的な狂気はもはやとどまるところを知らなかった。

けれども、地方では車といっても、裾の短い衣装と同じでまだ手の届かない遠い夢でしかなかった。カタツムリの災害と鵝口瘡熱から解放された人々は、これでようやくいい年が迎えられるのではないかと考えていた。エステーバン・トゥルエバやあのあたりの地主たちは町のクラブに集まってきたるべき選挙に備えて政治活動を行おうと相談した。農民たちはまだ植民地時代と同じ暮らしをしており、組合や日曜日の休息、最低賃金制のことなどはなにひとつ知らされていなかった。けれどもすでに新しい左翼政党の工作員があちこちの農場に入り込んでいた。彼らは福音伝道者になりすまし、片方の脇の下に聖書、もう一方の脇の下にマルクス主義のパンフレットをしのばせて、禁酒せよと説く一方で、革命のための死を説いて歩いた。地主たちは昼食の時にあれこれ謀議をこらしたが、そのあとはたいていローマ風の乱痴気騒ぎになるか、闘鶏に出かけたものだった。日が暮れると、ファロリート・ローホへ繰り出した。その店では十二歳くらいの娼婦や、あの娼家、いや町中でただひとりのオカマのカルメーロが、古色蒼然たる蓄音機の音楽に合わせて踊っていた。店の主人ソフィーアは、若い女の子といっしょにはしゃぎまわるほど若くなかったが、それほど老いこんでもいなかったので、不粋な警官が飛び込んできて、せっかくの楽しい夜をぶち壊したり、地主連中が金も払わずに店の女と楽しんだりしないよう目を光らせていた。あの店ではトランシト・ソトがいちばんの踊り上手で、しつこく絡んでくる酔客をあしらうのもうまかった。彼女は疲れるということを知らず、けっして弱音を吐かなかった。チベット人のように、自分の華奢な肉体を客の手に預けて、魂だけをどこか遠くにさまよわせる術を心得ているような感じさえした。彼女は新しい愛の技巧を試みたり、荒っぽいことをしてもいやな顔をしなかったので、エステーバン・トゥルエバは彼女が気に入っていた。それにある時、私はいつかどこか遠いところへ行くつもりなの、と打ち明けたことがあるが、その言葉が彼を面白がらせた。

「いつかここをやめて、首都に出ようと思っているの。向こうでお金をもうけて、有名になりたいのよ」と彼女は言った。

　エステーバンはちょくちょくあの店に足を向けたが、べつに娼婦漁りが好きだったからではなく、遊ぶところと言えばそこしかなかったからなのだ。女なら他の方法でいくらでも手に入るのに、なにもわざわざ金を払ってまで行くことはない、と彼は考えていた。けれども、若いトランシト・ソトだけはいつも笑わせてくれた。

ある日、事が果てたあと、彼はいつになく機嫌がよくなって、トランシト・ソトになにか欲しいものはないかと尋ねた。

「五十ペソ貸していただけないかしら」と彼女は即座に答えを返した。

「五十ペソといえば大金だが、なにに使うんだ？」

「汽車の切符に赤い服でしょう、それにヒールのついた靴に香水を買いたいの、できればパーマもあてたいな。そうして、一からやり直してみたいのよ。お金は利子をつけてきっと返すわ」

その日は子牛が五頭売れて、ポケットの中には札束がぎっしり詰まっていたし、喜びを味わったあとのけだるい疲れのせいで少し気が弛んでいたので、彼女にぽんと五十ペソ与えた。

「すっかり深馴染みになったから、これでもうおまえに会えないかと思うと、少々寂しいな」

「きっとまた会えるわ。人生は長いんだし、その間にいろいろなことがあるもの」

クラブでたっぷり昼食をとり、闘鶏をし、午後は娼家でドンチャン騒ぎをしているうちに農民たちに投票させる計画ができ上がった。けっして独創的とは言えないが、なかなかよくできた筋書だった。まず農民たちを呼び集めて、パイとブドウ酒の大盤振る舞いをし、牛を何頭か屠《ほふ》ってバーベキューを作り、ギターの伴奏で歌を聞かせた。そのあと、愛国的な演説をぶち、保守派の候補者が当選すれば、賞与を出してやるが、ほかの候補者が当選するようなことがあれば、全員クビだと申し渡した。また警察を買収して、不正選挙までやろうとした。さらに酒盛りがすむと、地主たちは農民を荷馬車に押し込み、彼らをからかったり、大声で笑いながらも、厳しい監視の目を光らせて、投票場まで連れていった。農民たちにしてみれば、主人を間近に見るのはそれが初めてのことだった。あそこにいるのがうちの旦那だ、こちらがうちの旦那だよ、旦那、どうかご安心下さい、ちゃんとおっしゃったとおりにやりますから、そう、その心がけだ、愛国心を失くしちゃいかん、いいか、自由派だの急進派というのは下らん奴ばかりだ、それに共産主義者というのは、信仰心のかけらもない無神論者で、子供をとって食うような連中なんだ。

選挙当日はすべてが予定どおり順調に運んだ。春にしては珍しく明るく晴れたあの日は、軍隊が出動し、民主的手続きをへて平穏に選挙が行われるよう監視していた。「今回の選挙は革命を起こしてはそれまでの独裁者を倒して新しい独裁者を生み出している、インディオと黒人のひしめく大陸にとってひとつの手本となるものであります。わが国は他国とちがって、真の共和国であり、そのことをわれわれは誇っていいのであります。今回、保守党は、秩序と平安を守るために軍隊の出動を要請することなく、清潔な選挙で勝利を収めました。そのことひとつとってみても、独裁者がたがいに殺し合い、その間にアメリカ人どもが資源を根こそぎ持ち帰ってしまう他の独裁国と一線を画しております」選挙の結果が伝えられた時に、エステーバン・トゥルエバは、クラブのダイニングルームで、グラスを片手にそう演説した。

三日後にはもういつもの生活に戻っていたが、そんな彼のもとにフェルラから手紙が届いた。前日の夜、エステーバン・トゥルエバは久しぶりでローサの夢を見た。夢に出てきた彼女は、柳のような髪の毛を植物のマントのように腰まで垂らしており、雪花石膏のように肌理《きめ》が細かく色の白い肌は、固く氷のように冷たかった。一糸まとわぬ裸で、腕になにか抱いていた。緑色の光で全身を包まれた彼女は、夢の世界の人間のような足取りで歩いていた。彼女がそばに近づいてきたので、手で触れようとすると、腕に抱いていたものを足もとに乱暴に投げつけた。彼はあわててかがみ込み、拾い上げたが、それは目のない女の子で、彼に向かってパパと呼びかけた。目が覚めたあとも気分がすぐれず、午前中はずっと不機嫌なままだった。フェルラの手紙はまだ届いていなかったが、夢のせいで気持が落ち着かなかった。いつものように朝食をとろうと、台所に入ってゆくと、雌鶏が一羽、床に落ちたパン屑をついばんでいたので、したたかに蹴りつけた。雌鶏は腹が裂け、内臓がはみ出し、翼をバタつかせていた。それだけでは気分がおさまらなかった。それどころか、いっそう腹立たしい気分になり、息が詰まりそうになった。馬に乗ると、家畜に焼印を押してゆくところを見にゆこうと考えて、全速力で駆け出した。彼と入れちがいに、ペドロ・セグンド・ガルシアが戻ってきた。彼は小包を送るためにサン・ルーカス駅まで行き、帰りに町の郵便局に立ち寄って郵便物を持ち帰ったのだが、その中にフェルラからの手紙も入っていた。

朝のあいだその封筒は、玄関先のテーブルに放置されていた。エステーバン・トゥルエバは戻ってくると、体が汗とほこりにまみれ、焼印を押した家畜の臭いがしみついていたので、そのままバスルームに飛び込んだ。そのあと、テーブルに座って帳簿をつけ、夕食をお盆に載せて持ってくるように命じた。夜、寝る前にはいつも明かりと戸締まりを調べてまわることにしていたが、その時初めて姉から手紙が来ていることに気づいた。手紙はいつもと同じ封筒に入っていたが、手に持っただけで、開く前から自分の人生を変えるようなことが書いてあるのが分かった。何年も前に、ローサの死を知らせる姉の電報が届いたが、あの時と同じ予感がした。

悪い予感で、こめかみのあたりが熱くなるのを感じながら封を切った。手紙には、ドーニャ・エステール・トゥルエバが危篤状態にあり、長年フェルラが看病し、奴隷のようにつかえてきたというのに、実の娘が見分けられず、夜となく昼となく、死ぬ前に一度息子のエステーバンに会いたいとうわごとのように言っている、と手短に記してあった。生まれてこの方、エステーバンは母を一度も愛したことがなかったし、母の前に出るといつも気持が落ち着かなかったが、その手紙を読んだ時はさすがに体が震えた。あれこれ口実を設けてこれまで一度も見舞いにゆかなかったが、今度はそうもゆくまい、首都に戻って、しょっちゅう悪夢に出てくるあの女性と最後の対面をしなくてはならないだろう、と考えた。不快な薬の臭いがし、いつも弱々しいうめき声をあげ、いつまでもお祈りをあげている女性、今、死の床にあるあの女性のせいで、少年時代はなにをするのも禁じられ、おびえて暮らしたたし、大きくなるとなったで重い責任と罪の意識を無理やり植えつけられたのだ。彼はペドロ・セグンド・ガルシアを呼びつけると、事情を説明した。彼をテーブルのところまで連れてゆき、元帳と経営している店の勘定書を見せた。そのあと、ブドウ酒倉の鍵だけをべつにして、全部の鍵がついている鍵束を渡し、今から自分が戻るまで、ラス・トレス・マリーアスの全責任をお前が負うことになる、下らん失敗をやらかすと、ただではすまんぞ、と言い渡した。ペドロ・セグンド・ガルシアは鍵を受け取り、帳簿をかかえると、情けなさそうな笑いを浮かべた。

「精いっぱいやってみます」肩をすくめながら彼はそう言った。

翌日、エステーバン・トゥルエバは、農場から母の家に向けて旅立ったが、その道は長年通ったことがなかった。革張りのトランクを二つ積んだ荷馬車に乗ってサン・ルーカス駅まで行き、イギリス人が経営していた頃に走っていたのと同じ汽車の一等車に乗り込んで、山脈の裾に広がる広大な平原を突っ走った。

目をつむって眠ろうとしたが、母の姿が目の前に浮かんで寝つくことができなかった。

3　透視者クラーラ

　クラーラがもう誰とも口をきくまいと決心して、沈黙の世界に入り込んだのは十歳の時だった。それ以来、彼女の生活は大きく変わった。かかりつけの医者の丸々太って温厚なクエバス医師は、なんとか口をきけるようにしてやろうと自分の考案した丸薬やビタミン入りのシロップを飲ませたり、喉にホウ酸ナトリウムの入った蜂蜜を塗ったりしたが、はかばかしい効果は得られなかった。そのうち医師は薬が効かない上に、自分がそばに寄るだけであの子がひどくおびえることに気づいた。自分の姿を見ただけで、クラーラは金切り声を上げ、追いつめられた獣のように部屋の片隅に逃げ込むのを見て、医師は治療をあきらめ、その頃町中で評判になっていたロスティポヴというルーマニア人のところへ連れてゆくように勧めた。ロスティポヴはあちこちの演芸場に手品師として出演していたが、ある時、大聖堂の尖塔から広場をはさんでその向かい側に建っているガリシア協会の建物の円屋根にワイヤーロープを張り、その上をバランスを取るための棒を一本持っただけで歩いて渡るという破天荒なことをやってのけた。そういう派手なことをやる反面、仕事のない時にはマグネット棒と催眠術を使ってヒステリーを治療したものだから、科学者の間でもいろいろ取り沙汰されていた。ニベアとセベーロは、あのルーマニア人がホテルで開いている診療室にクラーラを連れていった。ロスティポヴは彼女を丁寧に診察したあと、この子は話すことができないのではなく、話す気がないので、自分の手に負いかねると言った。けれども、両親がなんとしても直してやってほしいと頼んだので、砂糖でくるんだ紫色の丸薬を与え、これはシベリア人が聾啞者を治療する時に用いる薬だと説明した。けれども、薬は効かず、二本目の瓶はちょっと油断した隙にバラバースが呑み込んでしまったが、バラバースはそのあともけろりとしていた。薬がだめならというので、セベーロとニベアは、脅したりすかしたり、いろいろな手を用いてなんとか娘にしゃべらせようとした。挙句の果ては、お腹が空いたら、ごはんを食べたいと言うだろうというので、食事を与えないようにしたが、それでも彼女は頑として口を開こうとしなかった。

乳母は、思いっきりおどかしてやったら、口をきくようになるかもしれないと考えた。その後九年間にわたって、なんとかクラーラをびっくりさせてやろうと絶望的になっていろいろな方法を試みたが、けっきょく、クラーラはなにがあってもびっくりしたりおびえたりせず、平然としていられるようになっただけのことだった。部屋の中に青白い顔をした栄養失調気味の化け物が出てきたり、吸血コウモリや悪魔が窓をコツコツ叩いても平気な顔をしていた。乳母は、首のない海賊やロンドン塔の死刑執行人、狼犬、角の生えた悪魔など、その時々の思いつきやホラーものの雑誌から着想を得たさまざまなお化けに扮装した。彼女は字も読めないのにわざわざそういう雑誌を買い込み、挿絵の真似をしたのだった。廊下を音もなく歩いて暗闇の中でクラーラをおどかしたり、ドアのうしろで狼のように吠えたり、ベッドの中に生きた虫を隠したりしたが、いつの間にかそれが日課のようになった。けれども、どうやってもクラーラはひと言も口をきかなかった。時々我慢しきれなくなると、床に寝ころがって、足をバタバタさせたり喚き立てたりしたが、言葉らしいものはけっして口に出さなかった。時にはまた、いつも持ち歩いている黒板にひどいののしりの言葉を書きつけることがあったが、そんな時乳母は自分の気持が分かってもらえないのが情けなくて台所で泣いたものだった。

「お嬢さまのためを思ってしているというのに」乳母はそう言って、消し炭で顔を黒く塗ったまま、血まみれのシーツにくるまってすすり泣いた。

ニベアは乳母に、もうこれ以上娘をおどかさないようにと言った。というのも、精神状態が不安定になったためにクラーラの超能力がいっそう強まり、彼女をとりまいている亡霊たちが混乱しはじめたことにニベアは気づいたからだった。その上、薄気味悪い化け物が家の中を歩きまわるので、バラバースまでがおかしくなり、もともとあまり鼻のよくなかったあの犬は、乳母が変装しただけで誰だか分からなくなってしまった。加えて、座ったままおしっこを洩らして水溜りを作ったり、しきりに歯ぎしりするようになった。けれども乳母は母親がちょっと気を許した隙を見ては、相変わらず変装を続けしていたが、彼女にしてみればびっくりさせてしゃっくりを直すように、こんなふうにしていればいつかクラーラが口をきくようになるだろうと思い込んでいたのだ。こんなふうにクラーラは姉たちが通っていた尼僧の経営する学校をやめさせられ、その代わりに家で家庭教師について勉強することになった。セベーロは、背が高くて髪も肌も琥珀色をした、左官のように大きな手のミス・アガサを家庭教師としてイギリスから呼び寄せたが、こちらの気候や辛い食べ物、それに食堂テーブルの上を走りまわる塩壺に怖気をふるって、リヴァプールに帰ってしまった。その次に来たスイス人の女性も同じ憂き目にあった。フランス大使と親しくしていた関係で、今度はその大使を通してフランス人の女性を呼び寄せた。この家庭教師は全身がピンク色で、ぽっちゃりした気立てのいい女性だったが、こちらに来て二、三か月するとお腹が大きくなった。事情を調べてみると、お腹の子の父親というのが、なんとクラーラの兄のルイスだということが分かり、セベーロは有無を言わさず、ふたりを結婚させた。ニベアと彼女の友人たちは、どうせうまくいきっこないと噂し合ったが、意外なことにふたりは大変幸せに暮らした。そんなこともあって、ニベアは、クラーラのように超能力の備わっている娘に外国語を教えるよりは、ピアノのレッスンを受けさせたり、裁縫でも習わせるほうがずっといいのではないか、とセベーロに言った。

末娘のクラーラはとても本好きだった。彼女は乱読型で、マルコス叔父の魔法のトランクに入っている神秘的な書物から、父親の書斎にある自由党の資料にいたるまで、なんでも手当たり次第に読んだ。たくさんのノートに自分の覚え書をびっしり書き込み、それと並行して当時のできごとも書き留めていた。そのおかげで、あの頃の事件が忘却の霧の中に消えることなく残され、私はそれを利用して、過去のできごとを掘り起こすことができるのだ。

千里眼のクラーラは夢占いもできた。マルコス叔父も夢占いに凝ったことがあり、苦労してしち難しいカバラの書物を読んでいたが、その割にはちっとも当たらなかった。クラーラの場合、その能力は先天的なものだった。いちばん最初にそのことに気づいたのは庭師のオノーリオだった。彼はある夜、蛇が足もとにいる夢を見た。追い払おうと何度も踏みつけてやっと十九回目に踏み潰すことができた。庭師は、クラーラをとても愛していて、彼女が口をきかなくなったと聞いて胸を痛めていたが、そのクラーラを面白がらせてやろうとして庭師は、バラの剪定をしながら、その話をしてやった。クラーラは話を聞くと、前掛けのポケットから小型の黒板を取り出して、オノーリオに夢の意味を書いてやった。「お前は大金を手に入れるでしょう、それは長く続きません、なんの努力もせずそのお金を手に入れることになります。十九に賭けなさい」庭師は字が読めなかったので、ニベアが代わりにからかったり、笑ったりしながらそれを読んでやった。庭師はさっそく炭屋の裏にある不法賭博の店に行き、クラーラに言われたとおり十九番に賭けて、八十ペソもうけた。

彼はその金で服を一着買い、友人たちとのちのちの語り草になるほどのドンチャン騒ぎをし、さらにクラーラのために陶製の人形を買ってやった。それ以来、彼女は母に隠れて夢占いをするようになった。オノーリオの話が広まってからというもの、次々に人が押しかけてきて、息つく間もないほど忙しくなった。白馬に乗ってある塔の上を飛び越える夢、はしけで漂流し、未亡人のような声の人魚の歌声を聞いた夢、背中のくっついたシャム双生児が生まれたが、その子たちはそれぞれ手に剣を持っていたという夢などがあったが、クラーラは話を聞くと、その場で黒板に塔というのは死で、その上を飛び越えるということは事故死を免れるということです、船が難破して人魚の歌声を聞くというのは、近々失業して生活が苦しくなるでしょうが、いっしょに商売をはじめた女性があなたを救ってくれるでしょう、双生児というのは、同じ運命で結ばれた夫婦のことで、剣を手にしているというのは、たがいにその剣で傷つけ合っているということです、といった具合に夢占いをしてやった。

クラーラができたのは夢占いだけではなかった。未来のできごとを予言したり、人が心の奥に秘めている考えや生涯大切に守り通し、年とともにそれにいっそう磨きがかけられていった美徳を見抜くこともできた。名親のドン・サロモン・バルデースの死を予言したのも彼女だった。ドン・サロモンは株の仲買人をしていたが、全財産を失ったと思い込んで、優雅なオフィスのシャンデリアにロープをかけて首をくくったのだ。クラーラは千里眼でそれを見抜き、例の黒板に絵を描いて知らせたが、その絵のとおりあわれな羊肉のようにぶらさがっているドン・サロモンの遺体が発見された。父親のヘルニアや地震をはじめとする天変地異をすべて言い当てた。また、はじめて首都に雪が降り、そのためにスラム街の住民が凍死し、お屋敷町の庭園に植わったバラが枯れるだろうとか、警察がふたり目の死体を発見するよりもずっと前に、女学生殺しの犯人を言い当てていたが、誰ひとり彼女の言葉を信じるものはなかった。セベーロは、娘に家族となんのかかわりもない犯罪事件にまで口を出さないようにと言った。ヘトゥリオ・アルマンドという男がオーストラリア産の羊でひともうけしようと父親に持ちかけたが、その男のオーラの色を一目見て、彼女はペテン師だと見抜いた。黒板にその旨を書いて知らせたが、父親は取り合わなかった。彼が末娘の予言のことを思い出したのは、すでに財産の半分をとられたあとだった。一方、大金持になったヘトゥリオ・アルマンドは、その頃自分の持ち船に乗り、尻の大きな黒人女を大勢引きつれて、カリブ海を旅していた。

クラーラには手で触れなくても物体を動かすことのできる力が備わっていたが、その能力は、乳母が予言したのとは裏腹に、月経のはじまる年になっても失われなかった。それどころか、いっそう強くなり、蓋をしたままのピアノのキーを動かすこともできるようになった。彼女としては部屋の中にあるものを動かしたかったのだが、そこまではできなかった。そんなとんでもないいたずらをして毎日を送っていたが、透視力のほうはますます磨きがかけられた。カード当てなら見なくてもほとんど言い当てることができたし、風変わりなゲームを考え出して、兄弟たちを楽しませた。それを見て父親は、家族のカードで未来を占うのはやめるんだ、また亡霊やいたずら妖精を呼び寄せると、家族のものはびっくりするし、召使いたちもおびえるのでやらないように、と娘に言い渡した。けれどもニベアは、これ以上あの娘を締め付けたり、ショックを与えたりすれば、精神状態がますますおかしくなるだろうと考えて、相変わらずひと言も口をきかずに心霊術師の真似ごとをしたり、予言者ごっこをしたりしていてもなにも言わずにそっとしておいた。そして、つとめてあるがままの娘を受け入れ、無条件に愛してやろうと心に決めた。クエバス医師はヨーロッパから伝わった狂人の治療に効果のある冷水浴や電気ショック療法などを勧めたが、けっきょくクラーラはそのまま野生の植物のようにすくすく成長していった。

バラバースは、定期的に訪れてくる交尾期をのぞいて、一日中クラーラのそばを離れなかった。彼女と同じように黙りこくったまま、まるで巨大な影のように彼女のまわりを歩きまわり、椅子に腰をおろすと、その足もとに寝そべり、夜になると、機関車のようないびきを立ててベッドのそばで眠った。そのうち乳母ともすっかり仲良しになり、彼女が夢遊病者のような足どりで歩きはじめると、あの犬もそのあとを追って同じような格好で歩くようになった。満月の夜になると、青白い月の光を浴びて乳母と犬が亡霊のように廊下を歩きまわっている姿がよく見られたものだった。成長するにつれて、あの犬の好きな遊びが決まってきた。あの犬はガラスが透明だということがどうしても理解できず、蠅と遊んでいるうちに興奮してきて、最後は窓ガラスに体当たりするのだった。窓ガラスが大きな音を立てて割れ、犬は向こう側に転げ落ちるのだが、そんな時はびっくりしたような、それでいてなんとも悲しそうな表情を浮かべた。当時、ガラスはフランスから船便で取り寄せていたので、あの犬が窓ガラスを割るというのは頭痛の種だったが、クラーラが窮余の策で一計を案じ、ガラスに猫の絵を描くことにした。小さい頃はピアノの脚と交尾していたが、成長するとともに生殖本能が目覚め、近くで交尾期にある雌犬の匂いがするとうるさく騒ぐようになった。そうなると、ロープで縛ったりドアを閉めてもなんの役にも立たなかった。目の前にどんな障害があっても、それを乗り越えて、通りに飛び出してゆき、二、三日戻ってこなかった。いつも、その巨大な性器で雌犬を突き刺したまま、ぶら下げるような格好で帰ってきた。それを見ると、庭師が飛び出して行って、冷水をぶっかけたり、足で蹴とばしたりしてなんとか二匹を引き離そうとするのだが、子供たちは見てはいけないというので家の中に追いやられた。バラバースからやっとのことで解放された雌犬は屋敷の中庭で息もたえだえになって横たわっていたが、セベーロはそれを見ると銃で止《とど》めの一撃を加えてやった。

クラーラは、中庭が三つある両親の屋敷で穏やかな思春期を送った。兄や姉に甘やかされ、父からは兄弟の誰よりもかわいがってもらい、母や乳母からはあふれんばかりの愛情を受けて育った。とりわけ乳母は、夜になるとお化けに扮装して彼女をおどかすという困った癖があったが、クラーラのことをほかの誰よりも気遣っていた。兄弟たちが結婚したり旅行や仕事でよその土地に行ってしまったので、大勢の家族で賑わっていたあの屋敷も火が消えたようになり、鍵のかかった部屋が目につくようになった。クラーラは家庭教師から解放されると、本を読んだり、手を使わずにいろいろなものを動かしたり、バラバースと追っかけっこをしたり、占いごっこをしたり、編み物をしたりして時間を潰したが、じつを言うと、家事に類することでは、それしかできなかったのだ。レストレーポ神父がクラーラを悪魔憑きと呼んで以来、彼女には暗い影がつきまとっていたが、両親の愛情と兄弟たちの思いやりのおかげでその影が大きくならずにすんだ。けれども、彼女に異常な力が備わっているという噂は、女性たちの間でひそひそささやかれていた。ある時、ニベアは自分の娘が誰からも招待されず、従兄弟たちでさえ娘を避けていることに気づいた。友達がいなくて寂しい思いをしているだろうと考えて、ニベアはできるかぎりそばに付いてやるようにしていたが、それが功を奏して、クラーラは明るい娘にすくすく成長し、のちになっても、少女時代は友達もいなかったし、誰とも口をきかなかったが、自分の一生でもっとも輝かしい時代だったと思い返すようになった。午後はいつも母親といっしょに裁縫室で過ごすことにしていたが、その当時のことは生涯忘れることができなかった。ニベアは貧しい子供たちのためにミシンで服を縫いながら、クラーラに一家のものにまつわるさまざまな話やエピソードを語って聞かせた。壁にかかっている銀板写真を指さして、過去のできごとを教えてやった。

「ほら、あそこに海賊みたいなお髭をはやした、こわい顔をした人がいるでしょう。あの人がマテオ叔父さんなの。あの方は、ブラジルまでエメラルドをとりに行ったんだけど、火のように激しい気性の混血女に呪いをかけられてしまったの。髪の毛が抜け落ち、爪は剝がれ、歯まで抜けてしまったのよ。そこで、あわてててブードゥ教の司祭をしている、炭のようにまっ黒な黒人の呪術師のところへ行って、お守りをもらったんだけど、そのおかげで元どおり歯が生え、新しい爪が出てきて、髪の毛までふさふさしてきたの。ほら、見てごらん、叔父さんの髪の毛はインディオよりもふさふさしているでしょう。髪の毛が元どおりに生えてきたなんて人は、あとにも先にもあの叔父さんひとりなのよ」

クラーラは黙ったままにこにこ笑っているだけだったが、娘が口をきかないことに慣れていたので、ニベアはさらに話を続けた。けれどもその一方で彼女は、こんなふうにいろいろなことを教えてやれば、そのうちひょっとしてなにか尋ねてきて、しゃべるようになるかもしれないと期待してもいた。

「こちらに写っているのが」と彼女は続けた。「ファン叔父さんよ。私はこの叔父さんがとても好きだったの。ある時おならをしたんだけど、その不幸な事件のせいで、亡くなってしまわれたの。ある春の、香ぐわしい花の香りのする日に、従兄弟がそろってピクニックに出かけたの。あの時、私たちはモスリンの服に花とリボンの飾りがついた帽子をかぶり、若い男の人たちはみんな一張羅の晴れ着を着ていたわ。ファンは白い上着をさっと脱いだんだけど、あの時の姿が今も目に浮かぶようだわ。そして腕まくりをして、軽業師のように身軽なところを見せようと、格好よく木の枝に飛びついたの。じつを言うと、ファンは収穫の女王に選ばれたことのあるコンスタンサ・アンドラーデにひと目惚れして、すっかりのぼせ上がっていたので、いいところを見せようとしたのね。ファンは二度ばかり体を屈伸させると、それはみごとにくるりと一回転し、次の動作に移ろうとしたんだけど、その時に大きなおならが出たの。これ、笑うんじゃありません。それで大変なことになったんだから。そのせいでみんなは急にしんとしてしまったのよ。だけど収穫の女王はとうとうこらえきれなくなってぷっと吹き出してしまったの。ファンはまっ青になり、上着を着ると、ゆっくりみんなから離れていったんだけどそれっきり消息が知れなくなったの。みんなはあちこち捜しまわったわ。外人部隊に問い合わせたり、各国の領事に尋ねたりしたけど、まったく手がかりがつかめなかったのよ。あの人はきっと宣教師になって、海の孤島イースター島に渡り、そこでレプラ患者の看護をしていたにちがいないわ。正規の航路からはずれ、オランダ人の描いた地図にも出てこないあそこなら、過去のことをすべて忘れることができるし、人からも忘れ去られるからね。それ以来、あの人は〈おならのファン〉と呼ばれるようになったんだよ」

ニベアは娘を窓のところまで連れてゆくと、枯れたポプラの木の幹を指差してこう言った。

「あれは大きな木だったんだけど、最初の男の子が産まれる前に切らせたの。言い伝えだと、あのてっぺんに登ると、町全体が見渡せるほど高い木だったそうよ。てっぺんまで登った人は、見ようにも目が見えなかったの。デル・バージェ家の男は、大きくなると、勇気を試すために、必ずあの木に登らなければいけなかったの。通過儀礼だったのね。切り倒された時に私もこの目で見たけど、あの木には無数の印がつけられていたわ。下のほうの中くらいの枝、といっても煙突くらいの太さのあるあたりから印がついていたけど、それは祖父たちが少年時代につけたものなの。そこに刻まれたイニシアルを見ただけで、誰がいちばん高くまで登ったか、誰がいちばん勇敢だったか、ひと目で分かるのよ。ある日、従兄弟のヘロニモが登ることになったんだけど、この人は目が見えなかったの。木の枝を手で確かめながらするする上に登っていったわ。下が見えないものだから怖くなかったんでしょうね。てっぺんまで登って、自分のイニシアルを刻みつけようとした時に手をすべらせて、樋嘴《ひはし》が落ちるように転落し、父親や兄弟の足もとにまっさかさまに落ちてしまったの。ちょうど十五歳だったかしらね。遺体はシーツにくるまれて母親のもとに運ばれたんだけど、かわいそうな母親は、あたりかまわず人の顔に唾を吐きちらし、水夫のように下品なののしりの言葉を喚き散らし、自分の息子をそそのかして木に登らせた男たちを呪ったものだから、施療院の尼僧たちがやってきて、拘束服を着せて無理やり連れて行ったの。私は、いずれ自分の子供たちも、一族の野蛮な伝統に従ってあの木に登らされるだろうと考えて、切り倒させたんだよ。ルイスをはじめほかの子供たちが、あの死刑台の木の影が窓に落ちるようなところで育ってもらいたくなかったからね」

　母親と婦人参政権運動をしている二、三人の女友達は工場見学に行くことがあり、クラーラも時々ついて行った。工場に着くと彼女たちは箱の上に上って、女工たちに演説をぶったが、少し離れたところでは職場長や工場主がばかにしたような笑みを浮かべ、敵意をむきだしにしてその様子をじっと見つめていた。クラーラはまだ幼かったし、世間のことはなにひとつ知らなかったが、それでも母親たちのしていることがいかにばかげたことであるかはちゃんと分かっていた。女工たちをつかまえて、抑圧や平等、人権についてとうとうと弁じ立てている彼女たちは毛皮のコートにスウェードのブーツを履いているというのに、あきらめきったような悲しげな表情を浮かべている女工たちのほうは、粗末なドリル織りの前掛けをし、しもやけで手をまっ赤に腫れ上がらせていたのだ。クラーラはそのことをノートに書いて母親に伝えた。工場を出ると、彼女たちは武器広場にある喫茶店へ行き、そこでケーキを食べ、紅茶を飲みながら、自分たちの運動がどれほど浸透しているかをあれこれ話し合ったが、喫茶店でのんびりお茶を飲んで暇潰しすることが、自分たちの唱える理想とはおよそかけ離れたものであるとは考えもしなかった。母親は、またクラーラを連れて、町はずれのスラム街や貧民街を訪れることがあった。そんな時は、ニベアと友人たちが貧しい人たちのために作った衣服や食料を馬車に積み込んで出かけて行った。その時もクラーラは、いくらこのような慈善事業をしても、巨大な不正を正すことはできないと直感的に感じて、そのことをノートに書いて母親に見せた。いずれにしてもクラーラは母親といつもいっしょにいて明るい娘に育った。ニベアには十五人もの子供がいたが、クラーラをまるでひとり娘のようにかわいがっていた。このふたりの緊密な関係はやがて一族の伝統として何世代も受け継がれることになった。

乳母はすっかり年老いてしまったが、体のほうは若い頃と少しも変わらずいたって丈夫で、昼間は三番目の中庭のまん中でごうごうと燃えている火の上にかけられた、銅製の鍋の中を棒でさかんに搔きまわし、夜は夜で、クラーラをびっくりさせて口をきくようにさせてやろうと家中をぴょんぴょん跳ねまわっていた。あの鍋の中ではマルメロを溶かしたトパーズ色のどろりとした液体がグツグツ煮立っていたが、それをいろいろな大きさに冷やして固めたものをニベアは貧しい子供たちに分けてやっていた。乳母はいつも大勢の子供たちに囲まれて暮らしてきたので、ほかの兄弟が大きくなって、家を出てゆくと、その愛情をクラーラひとりに注ぐようになった。クラーラはもうそんな年でもなかったが、乳母はまるで赤ん坊を湯浴みさせるように七宝焼の浴槽でバジルとジャスミンの香りのするハーブの風呂を使わせてやり、スポンジで体をこすり、耳のうしろから足の裏まで丁寧に全身を洗い、オーデコロンを擦り込み、白鳥の羽根の刷毛《はけ》でパウダーをはたき、髪の毛が海草のように柔らかくなり艶が出るまで何度もくしけずってやった。そのあと服を着せ、ベッドに入れてやり、次の朝になるとお盆に朝食を載せてベッドまで運んだ。また、種々のハーブティー、たとえば、精神安定に効果のある菩提樹や、消化を助けるカモミール、肌が透き通るレモン、疫病よけに効くルー、息が爽やかになるミントなどのハーブティーも飲ませてやった。そのおかげで、クラーラは天使のように美しい少女に育ち、カールした髪の毛にリボンを飾り、糊のきいたペチコートをかさかさいわせながら、花の香りに包まれて中庭や廊下を歩きまわるようになった。

クラーラは、静かな沈黙が支配し、驚異にみちたさまざまな物語が語られる世界、すなわち四方を壁に囲まれたあの屋敷で少女時代を過ごし、青春時代を迎えた。そこを流れる時間は、時計やカレンダーで計ることはできなかった。そこでは、物体はそれ自身に生命が備わり、亡霊はテーブルについて人間と会話を交わし、過去と未来はひとつに溶け合い、今現在の現実は乱雑に鏡を並べた万華鏡のように変幻きわまりないもので、なにが起ころうとも少しも不思議ではなかった。今は消滅してしまったあの魔術的な世界を描いている当時のクラーラのノートを読むのは、私にとってこの上ない喜びになっている。人生の荒波から守られて、クラーラは自分のために作られた世界の中で生きていた。そこでは、事物の散文的な真実が夢の混沌とした真実とひとつに溶け合い、物理学や論理学の法則は一切通用しなかった。当時クラーラは、大気、水、大地の精といっしょに空想の世界に生きていたが、幸せな毎日を送っていたので、九年間は人と話す必要を感じなかった。十九歳の誕生日を迎えた日、その頃はもうクラーラは一生口をきくことはないだろうと誰もが考えていたが、その日チョコレート・ケーキの上の十九本のローソクを吹き消したあと、長年守りつづけてきた沈黙を破って初めて口をきいたが、その声は調子の狂った楽器のような声だった。

「近々結婚するわ」と彼女は言った。

「相手は誰だね?」とセベーロが尋ねた。

「ローサの婚約者よ」と彼女は答えた。
その時初めて、クラーラが長年にわたる沈黙を破って口をきいたことに気づき、家中大騒ぎになり、家族のものは涙を流した。その話は口から口へ伝わり、あっという間に町中に広まった。クエバス医師にも伝えられたが、医師は信じようとしなかった。クラーラが口をきいたというので大騒ぎになったのはいいが、彼女がなにを言ったのかは誰も覚えていなかった。それから二か月後、ローサの葬式以来姿を見せなかったエステーバン・トゥルエバが、クラーラを妻に迎えたいと言って屋敷を訪れるまでは、誰ひとり彼女の言った言葉を覚えていなかった。

エステーバン・トゥルエバは列車から降りると、自分で二つのトランクを運んだ。イギリス人が国有鉄道の使用権を所有していた時代に、ヴィクトリア駅を真似て造ったあの駅の鉄製の円屋根は、最後に列車に乗った数年前と少しも変わっていなかった。そのガラスは相変わらずうす汚れ、靴磨きの少年がうろつき、軽食やお菓子の売り子や黒っぽい帽子をかぶったポーターが忙しそうに走りまわっていた。ポーターの帽子にはイギリスの王冠のマークが入っていたが、どうして誰もかわりに国旗の色をマークにすることを思いつかなかったのか、不思議に思われた。彼は馬車をひろうと、母の家の住所を告げた。近代化の押し進められている雑然としたあの町は、ひどくよそよそしく思えた。大胆にふくらはぎをむきだしにした女性やチョッキにプリーツの入ったズボンをはいた男性が市中を闊歩し、日雇い労務者たちは歩道に穴を掘り、木を抜いて電柱を立て、電柱を抜いてビルを建て、ビルを壊して木を植えていた。驚くほどよく砥げる砥石やピーナツを売っている男たち、あるいは旦那、どうです、手で触ってもなにもないでしょう、そう言って針金も糸もないのに、ひとりで踊る人形を売る街頭販売人たちが道路にあふれていた。風に乗って、ゴミ捨て場や屋台の立食い屋、工場、馬車のせいで動けなくなった車の排気ガス、馬力トロリーバス（町の人たちは老馬に引かせて走る乗合い馬車のことをそう呼んでいた）の匂いが漂ってきたし、大勢の人の人いきれや時間に追われて、いらだたしげに道を急ぐ人のざわめきも聞こえてきた。エステーバンは息が詰まりそうになった。昔からこの町はあまり好きではなかったが、今では激しく憎んでさえいた。彼はポプラの茂る野原や雨で一日の時間をはかる向こうの生活、人影ひとつ見えない広々とした畑、川や静かな屋敷の快いやすらぎを懐かしく思い出した。

「ここは幻影の町だな」とつぶやいた。

馬車はだく足で彼の育った家に向かった。金持連中は高台に引越し、町は山裾にまで広がってしまったので、ここ数年の間にこのあたりはすっかりさびれていたが、その様子を見て彼は思わず身震いした。子供の頃遊んだ広場は跡形もなくなり、今では空地にかわり、商品を積んだ馬車が所狭しと並び、犬が残飯をあさっていた。彼の家はすっかり古び、荒れ果てており、いたるところに時の刻印が押されていた。すでに流行遅れになった、傷みのはげしいステンドグラスのドアには奇妙な鳥のモチーフが描かれており、そこに玉を支えている女性の手を象《かたど》ったノッカーがついていた。彼はノッカーを叩き、いつまでともしれないほど長いあいだ待たされたが、やがてドアノブから階段の上まで続いている紐が引かれて、ドアが開いた。一階はボタン工場に貸してあったので、母親は二階で暮らしていた。エステーバンはぎしぎしきしむ階段を上りはじめたが、長年ロウを引いていないようだった。女中のいることをすっかり忘れていたが、ひどく年老いてしまった女中が階段の上で待ち受けていて、彼を出迎えた。十五年前、公証人事務所で財産譲渡書類や委任状を写して、生活の資を稼いでいたが、その頃に家へ戻った時のように、目に涙を浮かべ、顔をくしゃくしゃにして出迎えてくれた。家具の置いてある位置をはじめなにひとつ当時と変わっていなかったが、なにもかも以前とちがって見えた。板張りの廊下は擦りへり、ガラスの割れたところには段ボール紙が貼ってあり、錆ついた缶や欠けた陶製の壺に植わっているほこりまみれのシダは萎れ、胸のむかつくような食べ物と小水の臭いが漂っていた。「ひどい暮らしだな」エステーバンは、人並み以上の生活ができるようにと思って仕送りを続けてきたが、いったいあの金をなにに使ったのだろうといぶかしく思った。

フェルラが悲しそうな表情で彼を出迎えたが、すっかり面変わりしているのに驚かされた。数年前のふくよかな感じがなくなり、ひどく痩せていた。頬がこけているせいで、鼻がいやに大きく見えたし、顔つきも暗く沈んでいて、ラヴェンダーと古着の鼻を刺すような臭いがした。ふたりは黙ったまま抱擁し合った。

「母さんの容態はどうだい」とエステーバンが尋ねた。

「あなたの帰りをずっと待っていたわ、会いに行ってやって」と彼女が言った。

ふたりは続き部屋の廊下を通って奥に入っていった。部屋はどれも同じ造りで、うす暗くて天井が高く、窓が小さかった。陰気な感じのする壁には、色褪せた花やものうげな少女の図柄をプリントした壁紙が貼ってあったが、長年とり替えていないせいでストーヴの煤でまっ黒になり、あちこちにしみがついていて、生活の貧しさを物語っていた。遠くから、ロス博士の錠剤、便秘、不眠、口臭に悩む方に、小粒ながら効き目抜群のこの薬を、これは効きます、と宣伝しているラジオのアナウンサーの声が聞こえてきた。ふたりはドーニャ・エステール・トゥルエバの寝室の前で立ち止まったが、ドアは閉まっていた。

「ここよ」とフェルラが言った。

エステーバンはドアを開けたが、暗闇に目が慣れるまでしばらく時間がかかった。薬と腐臭で息が詰まりそうになり、閉め切った部屋特有の汗と湿気のすえたような甘ずっぱい臭いが漂ってきた。そのあと、最初はなんの臭いか見当もつかなかったが、やがて肉体の腐敗している臭いだと分かった悪臭が鼻をつき、その臭いは体にしみついてとれなかった。半ば開いた窓から差し込むかすかな光のおかげで、ようやく彫刻のしてある大きな木製のベッドが目に入った。天蓋に天使の浮き彫りがあり、使い古したせいであちこちにしみがつき、擦り切れている錦を張ったそのベッドで父が息を引きとり、母は結婚して以来ずっと寝起きしていたのだった。母はそこに半ば座るような格好で横たわっていた。脂肪とぼろ屑に包まれた化け物じみたピラミッド状の肉塊、それが母だった。その上にちょこんとのった小さな頭部の中で、目だけは慈愛にあふれ、驚くほど生き生きとしていて、青く無邪気に澄んでいた。関節炎のせいで体全体が固まってしまい、関節を曲げるどころか、首を回すこともできなかったし、指もまるで化石のように曲がったままで、まっすぐにならなかった。母親にあのような姿勢をとらせるために、木の梁《はり》を壁に固定し、そこにクッションをあてがってあったが、壁についた梁の跡を見ただけで、長年にわたって苦痛にさいなまれ苦しみ抜いたことがひと目で分かった。

「母さん……」そう言ったきりで、あとは言葉にならず、押し殺したような声で泣きはじめた。涙とともに、数々の悲しい思い出や貧しかった少年時代、ものの腐ったような臭い、凍てつくような冷たい朝、子供の頃食べていた脂っぽいスープ、病気で寝たきりの母親、いつも家にいない父親、もの心がつきはじめてから苦しめられ続けてきた身を嚙むような激しい怒り、そうしたものすべてを忘れ去った。そして、今ベッドに横たわっている見知らぬ女が抱き締めてくれた幼い頃のこと、熱をみるために額を触ってくれたこと、子守歌をうたってくれたこと、いっしょになってかがみ込んで本を読んでくれたこと、まだ子供なのに、明け方起きて仕事にゆかねばならないのは不憫だと言って泣いてくれたこと、夜に戻ると、よく帰ってきたねと言って嬉し泣きしてくれたこと、そうした心楽しい思い出だけが蘇ってきた。母さん、あれはぼくのために泣いてくれたんだよね。

ドーニャ・エステールが手を差しのべたが、それはよく来てくれたという意味ではなく、彼を押しとどめようとしたのだった。

「そばに寄らないで」その声は、あの健康で歌うような調子でしゃべっていた若い頃と少しも変わっていなかった。

「ひどく臭うのよ」とフェルラがぶっきらぼうに言った。「それに一度しみつくと、なかなか消えないの」

エステーバンが擦り切れたダマスク織りの掛けぶとんをめくると、その下から母親の脚が現われた。紫色に変色し、象の脚のように腫れ上がったその脚にはあちこちに潰瘍ができており、蠅のサナギやらウジ虫が巣を作り、肉を食い破っていた。生きながら腐敗しているその脚の先には、これも大きく腫れ上がり、血の気が失せて青白くなっている足がついていたが、爪が剝がれ、膿と血にまみれ、そこにもウジ虫が這いまわって、腐肉をくらっていた。なんてことだ、これが血を分けた母さんなのか。

「医者は切れ、切れって言うんだけど」と、ドーニャ・エステールは少女のように落ち着いた声で言った。「もうこの年だから、苦しむのは嫌なんだよ。このままあちらに行くほうがいいと思ってね。だけどその前に一度お前の顔を見ておきたかったんだよ。このところずっと、ひょっとしてお前はもう死んでしまったんじゃないか、お前からの手紙は私を悲しませまいとしてフェルラが代筆しているんじゃないかと考えていたもんだからね。さあ、明るいところで、よく顔を見せておくれ。おや、まるで、野蛮人みたいな顔だね」

「田舎で暮らしているからだよ、母さん」

「だけど、以前よりも逞ましくなったようだね、今年でいくつにおなりだい」

「三十五です」

「そろそろ結婚して落ち着いてもいい年だね。そうしたら、私も安心してあの世に旅立つことができるし」

「まだまだ死んだりはしないよ、母さん」とエステーバンは叫んだ。

「私の血を引く孫が生まれて、その子がわが家の家名を継いでくれる、そうなれば、安心して死んでゆけるからね。フェルラはもう結婚をあきらめているから、お前が自分でいい人を見つけなきゃ。キリスト教徒で、家柄のいい娘さんを迎えるんだよ。その前にまず、むさくるしいその髪の毛と髭を切っておしまい、聞いてるのかい」

　エステーバンはうなずいた。母親のそばにひざまずくと、腫れ上がったその手に顔を埋めたが、あまりのひどい臭いに思わず顔をそむけた。フェルラが腕を取って、悪臭の立ちこめる部屋から彼を連れ出した。外に出ると大きく深呼吸したが、あの臭いはまだ消えなかった。その時、急にいつもの怒りの発作がこみ上げてきた。顔が赤くなり、目がまっ赤に充血しはじめ、下品なののしりの言葉が口をついて出た。何年ものあいだ母親のことを考えもしなかった自分が、母を見るどころか、愛することも、看病もしてやらなかった自分が無性に腹立たしかったのだ。下卑た娼婦の息子め、いや、なにも母さんを娼婦呼ばわりするつもりはなかったんだ、母さんは今死にかけているんだ、それなのに自分はなにもしてやれない。苦痛を和らげることも、腐敗を止めることもできん、あの悪臭を、生きながらウジ虫に食われるという苦しみを取り除いてやることもできないのだ。母さん。

その二日後に、ドーニャ・エステール・トゥルエバはベッドの上で息を引きとったが、死を迎えるまでの数年間はそのベッドの上で苦しみ抜いた。その日は、そばには誰も付き添っていなかった。というのも、フェルラは毎週金曜日に、ミセリコルディア地区にあるスラム街へ行って、貧しい人たちや無神論者、娼婦、孤児たちのためにロザリオの祈りをあげることにしていたので家にいなかった。あの地区に住む人々は、ごみ屑を投げつけたり、溲瓶の中味をぶちまけたり、唾を吐きかけたりしたが、彼女はくじけることなく、スラム街の狭い路地にひざまずいて、主の祈りやアヴェ・マリアの祈りをうむことなく連禱であげつづけた。スラム街の住人がぶちまける汚物や無神論者の吐きかける唾、娼婦や孤児が投げつける残飯やごみ屑にまみれ、屈辱に涙を流しながらも、自分がなにをしているのかも分からない人々のために施しをしていた。全身が萎えたようになり、耐え難い倦怠感に襲われて脚に力が入らなかった。夏の暑さのせいで下腹部が妙に熱っぽく感じられたので、彼女は、主よ、我より杯を遠ざけたまえ、なんとなれば下腹部が地獄の劫火に焼かれております。ああ、聖なる火を、恐れの火を、我を誘惑より守りたまえ、イエスよ、と叫んだ。

ドーニャ・エステールが苦しみつづけたベッドの上でそっと息を引きとった時は、エステーバンもそばについていなかった。その時彼は、独身の娘が残ってはいないだろうかと思って、デル・バージェ家を訪れていたのだ。長年家を空けて田舎暮らしをしていたので、妻を探すにもどこから手をつけていいか分からなかった。母に、嫡出の子孫を作ると約束した以上、まず妻となるべき女性を見つけなければならなかった。そこで彼は、美貌のローサが生きていた頃、セベーロとニベアは自分を娘婿として迎え入れてくれたのだから今度もきっと迎えてくれるにちがいない、とりわけ今では地面を掘って金を集めなくても、必要なものはなんでも買えるだけの銀行預金があるのだから、と考えたのだ。

その夜、エステーバンとフェルラは母親がベッドの上で冷たくなっているのを発見した。さすがの病魔も最後の最後まで彼女を苦しめつづけるのは気の毒だと思って手を弛めたのか、穏やかな笑みを浮かべて母親は、息絶えていた。

挨拶にやってきたエステーバン・トゥルエバの顔を見たとたんに、セベーロ・デル・バージェとニベアは、クラーラが長年にわたる沈黙を破って初めて口にした言葉を思い出した。だから、エステーバンが、お宅に自分の結婚相手にふさわしい、年頃のお嬢さんはおられないでしょうかと切り出した時も、べつに驚きはしなかった。ふたりは娘たちの名を挙げ、アナは尼僧になってしまったし、テレーサは重い病気で寝たきりだし、あとの娘たちはみんな結婚してしまって、残っているのは末娘のクラーラひとりだけで、この娘は年頃にはちがいないけれども少し風変わりなところがあって、とても責任ある主婦として一家を切り盛りするようなことはできないだろうと言った。さらに、クラーラの奇矯な行動を詳しく話し、ルーマニア人のロスティポヴが断言し、クエバス医師が何度も検査してその言葉を裏付けたように、あの娘は口がきけないからではなく、口をききたくないという理由で九年ものあいだ沈黙を守りつづけたことも正直に打ち明けた。けれども、エステーバン・トゥルエバは、亡霊が廊下を歩きまわったり、遠くにある物体を念力で動かしたり、不吉な運命を予言するといった話を聞かされて怖気づくような人間ではなかった。それどころか、長年沈黙を守りつづけたというのは、褒めてしかるべき美徳だとさえ考えた。話を聞き終わると、いくらそういう変わったところがあっても、健康な嫡子を産む上ではなんの支障もないわけですから、いっこうにかまいません、ぜひお嬢さんに会わせて下さいと頼んだ。ニベアが娘を呼びに行ったので、セベーロとエステーバンのふたりが客間に残された。エステーバンはその機会を利用して、持ち前の気のおけない態度で何の前置きもせず自分の資産や収入のことを話しはじめた。

「エステーバン、そう先を急がんでくれ」とセベーロは彼を制止した。「まずうちの娘に会って、どんな子かよく見てもらわなくてはいかん。それにあの子の意向も聞いてみなくては」

やがてニベアがクラーラを連れて戻ってきた。クラーラは頬を赤く染めて客間に入ってきたが、それまで庭師の手伝いをしてダリヤの球根を植えていたので、爪がまっ黒になっていた。あの時は細心の注意をはらって球根を植えていたので、未来の夫が来ることを予知できなかったのだ。エステーバンはクラーラの顔を見て、びっくりして立ち上がった。記憶にあるクラーラは喘息の持病がある、痩せてなんの魅力も感じさせない女の子だったが、今目の前にいる女性は繊細な象牙の浮彫りを思わせるほど美しかった。その顔には穏やかな表情がたたえられ、巻き毛の栗色の髪をきちんと結っていたが、首を軽く反らすようにして、明るくころころ笑うと、その目に人をからかうような生き生きとした表情が現われた。彼女はもの怖じするふうもなく彼のそばに行き、その手を強く握り締めた。

「ずっとお待ちしていましたわ」と、言った。

それから二時間ばかり、甘いブドウ酒を飲んだり、パフケーキをつまんだりしながら、オペラシーズンのことやヨーロッパ旅行、政治情勢、冬の風邪などのことを礼儀正しく話し合った。その間エステーバンはつとめて気取られないようにしながら、クラーラをそっと観察したが、自分が少しずつあの若い娘に惹かれてゆくのを感じていた。ローサと出会い、武器広場の菓子店でアニス入りのキャンディを買った時からこちら、これほどつよく惹かれたことはなかったと考えた。あの姉妹を比べて見るとローサはたしかに美しさという点では上だが、愛らしさという点ではクラーラのほうがまさっているのではないだろうかと考えた。いつの間にか日が暮れ、女中がふたり、部屋に入ってくると、カーテンを閉めて明かりをつけた。それを見て、エステーバンは長居しすぎたことに気づいた。彼はじつに礼儀正しかった。セベーロとニベアにきちんと挨拶すると、またクラーラに会いに来てもよいだろうかと尋ねた。

「クラーラ、あなたを退屈させなければいいんですがね」彼は赤くなりながらそう言った。「なにしろ、田舎の生活しか知らない武骨者で、年も十五歳も上なものですから、あなたのように若いお嬢さんを前にすると、なにを話してよいか分からないんですよ……」

「私と結婚して下さいます」とクラーラが尋ねたが、くりくりとした丸い目が皮肉っぽくきらきら光ったのに彼は気づいた。

「まあ、この子ったら、なんてことを言うんです」と母親がびっくりして叫んだ。「ごめんなさいね、エステーバン、いつもこの調子で、なにを言い出すか分からないんですよ」

「時間を無駄にしたくないから尋ねたのよ」とクラーラがやり返した。

「私もこんなふうにずばり言われたほうがありがたいんですよ」とエステーバンが嬉しそうに笑いながら言った。「そのつもりだよ、クラーラ。ここに来たのも、じつはそのためなんだ」

クラーラは彼の腕をとると、玄関まで送って行った。最後に顔を見合わせた時、クラーラが自分を婚約者として受け入れてくれたことが分かったので、彼は飛び上がらんばかりに喜んだ。馬車に乗った時も、自分の幸運が信じられず、顔が笑み崩れていた。クラーラのように若くて魅力的な女性が、どうしてよく知りもしない自分のようなものを婚約者として受け入れてくれたのだろうかといぶかしく思った。彼女は前もって自分の運命を読みとっていた。だからこそ愛のない結婚をしようと心に決めて彼を思念の力で呼び寄せたのだが、彼はそのことを知るよしもなかった。

エステーバンは数か月間喪に服していた。その間、ローサの時と同じように古くさいやり方でクラーラを喜ばせようとしたが、じつを言うとクラーラはアニス入りのキャラメルが大嫌いで、しかも折句を読むと吹き出してしまうのだった。年の瀬も押しつまった、クリスマスの前に、ふたりの婚約が正式に新聞紙上に発表され、親族や親しい友人たちの見守る中で指輪がはめられた。百人以上もの人が集まったそのパンタグリュエル的な披露宴の席には、詰めものをした七面鳥やカラメルをかけた豚肉、冷水で冷やした八ツ目ウナギ、イセエビのグラタン、生ガキ、カルメル会の修道尼が作ったオレンジとレモンのパイ、ドミニコ会の尼僧が作ったアーモンドとクルミのケーキ、クラーラ修道女会の尼僧が作ったチョコレート、それにカスタード・クリーム、職権を利用して密輸を行っているフランス領事を通して手に入れたフランスのシャンパンの箱などが所狭しと並べられた。表向きは内々の慎ましやかなパーティということになっていたので、古くからいる女中たちが普段着けている黒のエプロンをしてさりげなく料理を運び給仕していた。カスティーリャ地方やバスク地方から移民としてやってきた先祖が血の滲むような苦労をしたせいか、あの社会ではいまだに厳しく貧素で、陰気なところがあり、派手派手しいことをするのは、下品なこと、世俗的な虚栄心と悪趣味をひけらかす罪深い行いであるという考え方が支配的だったのだ。あの日、クラーラは白のシャンティイのレースの服に身を包み、髪に椿の花を挿して現われた。九年間の沈黙の償いをつけようと幸せなオウムのようにはしゃぎ、天蓋と灯火の下で婚約者と踊った。精霊たちがカーテンの陰から合図を送ったが、大勢の客でごった返していたので、彼女はそれに気がつかなかった。指輪の儀式は、植民地時代そのままに行われた。夜の十時に、召使いがガラスの鐘を鳴らして招待客のあいだを歩きまわると、音楽が止み、ダンスが中断され、人々はいちばん大きな客間に集まった。大ミサ用の衣装を着けた小柄で無邪気な司祭が自分の手で書き上げた分かりにくい説教を読み上げて、大袈裟で無意味な措辞を使ってふたりの美徳を褒めあげた。けれども、クラーラはその説教を聞いていなかった。というのも、音楽が止まり、踊っていた人たちが足をとめて、あたりが静かになると、カーテンの陰からささやきかけてくる精霊たちの声が耳に入り、その時はじめてバラバースが何時間も姿を見せないことに気づいたのだ。彼女はあたりを見回し、五感を研ぎすました。けれども、母親に肘で突かれたので、あわてて儀式に注意を向けた。司祭は説教を終えると、二つの指輪に祝福を与えた。そのあと、エステーバンがひとつを新婦に、もうひとつを自分の指にはめた。

とつぜん恐怖におびえたような叫び声があがり、招待客の間に動揺が走った。人々が道を開けると、そこを通っていつもよりも黒く大きく見えるバラバースが、肉屋のナイフを柄まで深々と突き立てられ、牡牛のように血を流しながら近づいてきた。細長いグラスを思わせる長い脚はぶるぶる震え、口から血を流し、傷ついた恐竜のようにおぼつかない足取りで一歩また一歩とゆっくり近づいてきた。クラーラはフランスの絹を張ったソファの上に倒れ込んだ。あの巨大な犬は彼女のそばまで行くと、千年も生きてきたような大きな頭をスカートの上にのせ、恋するものの目でじっと彼女を見つめたが、その目はどんよりと濁り、なにも見えないようだった。その間も、白いシャンティイのレースやソファに張ったフランスの絹、ペルシャ絨緞、寄木細工の床が流れ出る血を吸っていた。バラバースはクラーラをじっと見つめたまま、ゆっくりと息を引きとったが、クラーラはそんなバラバースの耳のうしろを掻き、慰めの言葉をささやきかけてやった。犬はついにガックリ首を垂れ、ぴくぴく痙攣すると、体を硬直させた。招待客はそれを見て、悪夢から覚めたようになり、おびえたようになにごとかひそひそささやき合った。彼らはあわただしく別れを告げると、毛皮のストールやシルクハット、ステッキ、傘、ビーズのバッグなどをつかみ、床に溜まった血を避けておおあわてで逃げ出した。客間には、膝の上に犬の頭をのせたクラーラと不吉な予兆におびえてしっかり抱き合っている彼女の両親、それにたかが犬が死んだくらいのことでなにを大騒ぎしているのだろうと怪訝そうな顔をしているエステーバンだけが残された。けれども、彼はクラーラが放心したようになっているのに気づいて、半ば気を失った彼女を抱き上げて、寝室まで運んでやった。そこで、乳母とクエバス医師は、ふたたび昏睡状態におちいって、口をきかなくなってはいけないというので、甲斐甲斐しく看護し、丸薬を使って治療した。エステーバン・トゥルエバは庭師を呼んで、ふたりがかりでバラバースの死骸を馬車まで運んだが、死んだせいで、持ち上げることもできないほど重くなっているのに気づいた。

次の年は結婚の準備で明け暮れた。ニベアはクラーラの嫁入り道具をそろえるのにかかりきりになっていたが、クラーラのほうは白檀のトランクの中に詰め込まれているものにまったく関心を示さず、相変わらず三本脚のテーブルの上でカード占いの実験をしていた。みごとな刺繡をほどこしたシーツやリンネルのテーブルクロス、十年前に尼僧たちがローサのために作った、トゥルエバとデル・バージェ家のイニシアルがあしらってある下着類も嫁入り道具として持ってゆくことになった。ニベアは、旅行着や戸外で着る服、パーティ用のドレス、しゃれた帽子、トカゲの革やスウェードの靴やサイフなどをブエノスアイレス、パリ、ロンドンに注文し、そのほかのものはシルクペーパーに包み、ラヴェンダーと樟脳を入れて大切にしまい込んだが、クラーラはそうしたものをちらっと見ただけで、興味を示さなかった。

エステーバン・トゥルエバは左官や大工、鉛管工を指揮して、何年たっても壊れないほど頑丈で、明るい光の差し込む、トゥルエバ家正統の血を引く大家族が何世代も住めるような邸宅の建築にとりかかった。フランス人の建築家に頼んで設計図を引かせる一方、外国からドイツ製のステンドグラスの窓やオーストリアで彫刻した建物の基礎、イギリス製のブロンズの蛇口、床に張るイタリア産の大理石といった資材の一部を取り寄せたが、それらを使ってほかでは見られないような家ができるはずだった。錠前もカタログを見てアメリカに注文したが、届いた荷物を開けてみると、説明書はべつの錠前のものだったし、肝心の鍵も入っていなかった。フェルラは彼の浪費ぶりを見て青くなり、フランス製のシャンデリア、トルコ絨緞を買うような気違い沙汰はやめて、そんなことをすると今に破産して、濫費家だった父親と同じ目にあうわよと言っていさめたが、エステーバンはこれくらいの出費ならべつにどうということはない、なんならドアの一枚一枚に銀板を張ってやろうかと言った。それを聞いて彼女は浪費というのは大罪なのよ、お金があるのなら、貧しい人を救ってやればいいのよ、そんな下らないことにお金を湯水のように使ったりしたら、きっと神様に罰せられるわ、とやり返した。

エステーバン・トゥルエバは新しいものが好きではなかった。それどころか新奇で奇抜なものを嫌ってさえいたが、自分の家は古典的なスタイルを保つにせよ、やはり住み心地が第一だから、最近アメリカやヨーロッパで造られている邸宅に似たものがよい、このあたりで見られる屋敷とはできるだけかけ離れた家にしよう、と心に決めていた。三つある中庭、廊下、苔むした噴水、うす暗い部屋、石灰で白く塗った日干しレンガの壁、ほこりのつもった屋根といったものは気に入らなかった。同じ造るなら、壮麗な二、三階建ての家で、そこに白い列柱をめぐらせ、半円を描いて、白の大理石を敷きつめたホールと階上とをつなぐ立派な階段をつけ、窓も大きくて明るいものがいい、外見も、自分たちの新生活にふさわしいように、外国の町でよく見かける調和と秩序のある、清潔で文明の息吹きを感じさせるようなものにしようと考えていた。家というのは、彼とその家族、そして父親が一度は泥を塗ったが、名家にはちがいない家名を反映するようなものでなければならないというのが彼の信念だった。また、すばらしい建物であることが道行く人にも分かるように、フランス風の庭園を設計させ、そこの植込みをヴェルサイユ宮殿風の装飾的な刈り込みにし、花壇やみごとな芝生、撒水器を設置し、さらにはオリンポスの神々、南アメリカの歴史に登場する勇敢なインディオの彫像を並べた。その裸で羽根飾りをつけたインディオの像は、彼の愛国心の慎しやかな現われだった。立方体のかっちりした、厳しくてしかも華麗なあの邸宅は、幾何学的に設計された緑の絨緞の上に、まるで帽子のように置かれていたが、やがてそこに次々と増築がなされてゆくことになるとは夢にも思わなかった。つまり、どこに通じるか分からない曲がりくねった階段、小塔、閉め切りの小窓、宙に吊るされたドア、ねじれた廊下、昼寝の時におしゃべりをするための部屋に通じている舷窓、そうしたものが、クラーラのインスピレーションに従って次々に作られていった。新しい客を泊めなければならなくなると、クラーラは適当なところに部屋を作るように命じた。また精霊たちから、建物の基礎に隠された財宝、あるいは埋葬されていない死体があると教えられると、壁を壊したりした。そのせいで、建築法や市の条例に抵触する、とても掃除などおぼつかないような魔法の迷宮に変わってしまった。けれども、トゥルエバが人から「角の邸宅《おやしき》」と呼ばれるようになったあの屋敷を建てた時は、いかにも厳しい外見で、まわりの家を圧倒していたが、彼としてはその屋敷を建てることで貧しく辛かった少年時代の償いをつけていたのだ。屋敷ができ上がるまで、クラーラは一度もそこに足を向けなかった。自分の嫁入り道具と同じように家にもまったく関心がない様子で、すべてを将来の夫と将来の義姉にゆだねていた。

母親が亡くなると、フェルラはすることもなくひとり取り残され、しかも結婚するには年を取りすぎていた。しばらくのあいだは、毎日のようにスラム街に出かけて行って、慈善事業に身を入れて打ち込んだが、やがて慢性の気管支炎にかかり、けっきょく苦悩する自らの魂の平安を得ることはできなかった。エステーバンは、旅行したり、服を買ったりすればいい、毎日暗い顔をして暮らさないで、楽しんできたらどうかと勧めたが、彼女はもともと質素な暮らしに慣れていたし、家に閉じこもりきりの生活をしてきたので、なにをするのも恐ろしかったのだ。エステーバンは彼女にとって唯一の支えだったが、その彼が結婚してしまうと、ますます自分から離れてゆくことになると不安に思っていた。やがては良家の独身女性が入る老人ホームに入れられて、編み物をしながら一生を終えることになるのではないだろうかと心配していた。だから、クラーラが家事はまったくできず、なにかを決めなければならないような時はいつもぼんやりしたはっきりしない態度を取るのに気づいて、フェルラは嬉しくて仕方がなかった。「あの子はきっと少し頭が弱いんだわ」そう考えて、彼女はほっと胸を撫でおろした。自分が助けてやらないことには、とてもひとりで弟が現在建てている邸宅を切り盛りしてゆけないことは目に見えていた。エステーバンをつかまえて、今度奥さんになるあの人ではとてもやってゆけない、自分なら、これまで身を犠牲にして人に尽くしてきたので、よかったら手助けしてあげてもいい、とそれとなく言ってみた。けれども、話題がそのことになると、エステーバンはすぐに話を逸らした。結婚式の日が近づき、いよいよ自分の身の振り方を考えなければならなくなると、フェルラは絶望感にひたされるようになった。弟ではらちがあかないと考えて、彼女はクラーラとふたりきりで話し合おうと心に決め、その機会をうかがっていたところ、ある土曜日の午後五時に、通りをひとりで歩いているクラーラを見かけた。フェルラは彼女を誘ってホテル・フランセーズへお茶を飲みに行った。ふたりは、クリームのたっぷりついたケーキとバヴァリアの陶器に囲まれて腰をおろしたが、奥のほうでは若い女の演奏家たちがもの悲しい弦楽四重奏を演奏していた。フェルラはさりげなくクラーラの様子をうかがってみたが、年はまだ十五歳くらいにしか見えず、声も長年沈黙を守ってきたせいで妙にしゃがれていた。彼女はどうしても話を切り出せなかった。ふたりは黙々とたくさんのケーキを食べ、ジャスミンティーを飲んだが、その間ひと言も口をきかなかった。長い沈黙のあと、クラーラは目にかかっている前髪を掻き上げると、フェルラの手をやさしく叩いてこう言った。

「心配なさることはありませんわ。これからは、姉妹としていっしょに暮らしましょう」

フェルラはその言葉を聞いて飛び上がるほど驚き、やはり、クラーラは人の考えが読めるという噂は本当だったのだろうかと考えた。しかし、クラーラの世話になるというのは彼女の誇りが許さなかった。やはり断るべきだと考えてそう言おうとしたが、クラーラは相手になにも言わせなかった。身をかがめるとその頰になんの邪心もなくやさしく口づけしたのだ。そのせいでフェルラはすっかり取り乱し、突然泣きはじめた。これまで長年、涙ひとつ見せずに、気丈に生きてきたが、改めて自分がどれほど人からやさしくしてもらいたいと思っていたかに思いあたってびっくりした。ごく自然に、やさしく人から触れられたのはいつのことか思い出すこともできなかった。彼女は長い間泣きつづけたが、おかげで数々の悲しみや耐えてきた寂しさがすべて洗い流された。クラーラが時々はなをかませてくれたし、すすり泣きを止めると、ケーキを食べさせてくれたり、お茶を飲ませてくれた。ふたりはそのまま泣きつづけ、夜の八時までいろいろなことを話し合った。ホテル・フランセーズで過ごした夜にふたりは固い友情を結び、それは長年変わることがなかった。

ドーニャ・エステールの喪があけ、角の邸宅ができあがるとすぐに、エステーバン・トゥルエバとクラーラ・デル・バージェは慎しやかな式を挙げて結婚した。エステーバンは新婦にダイヤの装身具を一式贈った。彼女はとてもすてきだわと言って、靴箱にしまい込んだが、たちまちどこにしまったのか忘れてしまった。ふたりはイタリアへ新婚旅行に出かけた。船に乗った二日目に、ひどく揺れたのでクラーラはひどい船酔いにかかり、部屋に閉じこもっていたせいで、喘息の発作まで起こしたが、エステーバンはそんなクラーラをまるで若い娘のようにいとおしく思っている自分に気づいた。狭い船室で彼女の横に座り、ハンカチを濡らして額を冷やし、彼女がもどす時には体を支えてやった。彼女がかわいそうでならなかったが、その一方で自分の幸せを嚙みしめ、抑えがたい激しさで彼女を求めていた。四日目の朝になると気分も良くなったようなので、ふたりで甲板に出て、海を眺めた。潮風を受けて鼻をまっ赤にし、なんでもないことでころころ笑い転げるクラーラを見ているうちに、エステーバンは、たとえ強引な手を用いてでも、いつか彼女にこのおれがいとおしくてならないと言わせてやる、と心に誓った。彼はクラーラがまだ自分のものになっていないことに気づいていた。亡霊が出没し、ひとりでに歩く三本脚のテーブルや未来を占うカードのある世界に生きているかぎり、彼女は永遠に自分のものにはならないだろう。彼女は肉感的なばかりでなく、のびのびしていて、妙に恥じらったりはしなかったが、エステーバンにしてみればそれだけでは満足できなかった。その肉体だけでは満足できず、彼女の内に秘められていて、歓びの絶頂にある時でさえ彼の手からするりと抜け出してゆく、あのとらえがたく、漠としたきらめくものを所有したいと願っていた。彼は自分の手があまりにもごつごつしており、足は大きく、胴間声《どうまごえ》で、髭が濃く、しかも女性を凌辱し、娼婦と寝る習慣がすっかり身にしみついていることは自分でもよく分かっていた。だから、彼女の心をとらえることができるのなら、手袋をくるりと裏返したように、まったくの別人に変わってもよいとまで考えていた。

ふたりは三か月後に新婚旅行から戻った。ペンキと真新しいコンクリートの匂いのする新居でフェルラがふたりを出迎えたが、彼女はエステーバンに命じられたとおり、家中に花を飾り、果物皿を並べておいた。エステーバンは初めて邸宅の敷居をまたぐ時に、妻を両腕で抱き上げた。フェルラはエステーバンのそのような姿を見てもべつに嫉妬を感じないことに自分でもびっくりしたし、エステーバンがすっかり若返ったことに気づいた。

「結婚してよかったわね」とフェルラは弟に言った。

彼はクラーラを連れて、屋敷を案内してまわった。彼女はあちこち目をやって、海上の日没やサン・マルコ広場、ダイヤの装身具を目にした時と同じように丁寧な口調で、すてきだわ、と言った。彼女の部屋までくると、エステーバンは目を閉じるように言って、手をとって部屋の中央まで導き入れた。

「もう開けてもいいよ」と、彼は嬉しそうに言った。

クラーラは目を開けて、部屋の中を見回した。広々とした部屋で、青い絹の張ってある壁の前には英国製の家具が並び、大きな窓は庭に面したバルコニーに通じていた。天蓋のついた薄紗のカーテンがかかっているベッドは、青い絹の静かな湖面を走るヨットのように見えた。

「すてきだわ」とクラーラが言った。

その時エステーバンは彼女の立っている足もとを指さした。彼女をびっくりさせてやろうとすばらしい贈り物を用意しておいたのだった。クラーラは足もとを見て、恐怖の叫びをあげた。そこには、なめされて敷きものに変わり果てたバラバースが四肢を広げて横たわっており、生きている時とそっくり同じ頭部の目にはめ込まれたガラス玉が、剝製にされた動物特有の頼りなげな目で彼女をじっと見つめていた。彼は、妻が気を失って床に倒れる前に体を支えてやった。

「やはり言ったとおりでしょう、エステーバン」とフェルラが横から言った。

バラバースのなめし皮はすぐに部屋から運び出され、神秘的な本が詰まっているマルコス叔父の魔法のトランクやその他の宝物がしまってある地下室の片隅に放り込まれた。さすがにバラバースの毛皮だけあって、誰ひとり手入れしなかったというのにいつまでたっても虫に食われず、やがて一族の子孫のものがそれを地下室から取り出すことになった。

間もなくクラーラの妊娠していることが分かった。フェルラはそれまで義理の妹に対してやさしい愛情を抱いていたが、そうと分かったとたん、熱情的に彼女の看護をし、どんな気まぐれや無理を言っても怒らなくなった。フェルラはこれまで、体が手の施しようもなく腐敗してゆく老母の看病をして一生を棒に振ってしまった。その彼女にとって、クラーラの世話をするということは、天にも昇るような喜びだった。バジルとジャスミンの香りのするハーブ風呂に入れ、スポンジで体をこすり、石けんで洗い、オーデコロンを擦り込み、白鳥の羽でパウダーをはたき、髪の毛が海草のように素直になって、輝くまでくしけずってやったが、これは乳母がクラーラにしてやったのと同じことだった。

結婚したばかりの頃は、なにかにつけていらだっていたが、そのいらだちがおさまる前に、エステーバン・トゥルエバはラス・トレス・マリーアスに戻らなければならなくなった。彼は一年以上あちらに足を向けていなかった。その間、ペドロ・セグンド・ガルシアが懸命になって彼の代理をつとめていたが、やはりどうしても主人が行かなければならない用件ができたのだ。以前は楽園のように思え、彼自身誇らしく思っていた農場だったが、今では見ただけでうんざりしてしまった。牧草地で草を食《は》んでいる無表情な牛や死ぬまで毎日同じ仕事をあきもせずくり返している農夫たちの単調な作業、雪をいただいた山脈の永遠に変わることのない稜線、火山から立ちのぼる噴煙などを見ているうちに、自分が囚人にでもなったような気持に襲われた。

彼が家を空けている間に、角の邸宅の毎日の暮らしが少しずつ変化して、女ばかりの静かな生活が営まれるようになった。病気の母をかかえていて、夜はまんじりともできなかったせいで、早起きの習慣が身についてしまったフェルラがいつも真っ先に起き出したが、彼女は義理の妹を遅くまで眠らせてやった。朝も遅くなってから自分の手で朝食を彼女のベッドまで運んでやり、窓から日差しが入るように青い絹のカーテンを引いた。そのあと、睡蓮の絵が描いてあるフランス製の陶器の浴槽に湯を張ると、クラーラが目を覚まして、目の前にいる精霊たちにひとりずつ挨拶してから、朝食の載っているお盆を引き寄せ、どろりとしたチョコレートにトーストをひたして食べるまで待ってやった。そのあと、母親のようにやさしく体を撫でてやりながらベッドから起こすと、新聞に出ている楽しいニュースを話してやった。けれども、近頃では楽しいニュースも少なくなっていたので、フェルラは近所の噂話や家庭内のこまごましたこと、クラーラの喜びそうなお話などを語ってきかせるようになったが、五分もするとクラーラは聞いたことをすっかり忘れてしまうので、同じ話を何度もくり返すことができたし、クラーラはその度にはじめて聞くように耳を傾けたものだった。

フェルラは、お腹の子供のためにも日光浴をしたほうがいいと言って、彼女をよく散歩に連れ出した。また、赤ちゃんが産まれるまでになにもかもそろえておいて、世界でいちばん上等の産着《うぶぎ》を用意しておきましょうと言って買い物に出かけたり、弟と結婚してあなたがどれだけ美しくなったか皆さんに見てもらわなくてはと言って、ゴルフクラブへ昼食をとりに行った。あまり御無沙汰していると、娘は自分たちのことを忘れてしまったのではないだろうかと御両親が悲しまれますよと言って、実家へ連れてゆき、家にばかり閉じこもっていてはいけませんと言って、芝居見物にも連れ出した。クラーラはおとなしく彼女の言うとおりにしていたが、ただばかみたいに後について行ったのではなく、気晴らしになると考えてのことだった。クラーラはまた、精神を集中させ、テレパシーを通してエステーバンと、意思を通じ合おうとしたり（これは、エステーバンが彼女のメッセージを受けとめることができなかったので、失敗に終わった）、千里眼の力に磨きをかけた。

フェルラは、記憶にあるかぎりでは今がいちばん幸せだと感じていた。誰よりも、自分の母親よりもクラーラのほうがいっそう身近な存在に思えたのだ。しかし、クラーラがいささか風変わりな女性だったからよかったようなものの、そうでなければ、義理の姉にあそこまで世話を焼かれ、たえず気にかけられていたのでは、うんざりしてしまうだろうし、あの押しつけがましい上に、細かなところに気のつく性格に耐えきれなくなっていたにちがいない。けれども、クラーラはフェルラとはべつの世界に生きていた。フェルラは、弟が農場から戻ってきて、あの屋敷にいすわると、せっかく作り上げた調和が壊れるので、ひどく嫌がっていた。弟が家にいると、女中にあれこれ言いつけたり、クラーラの世話を焼く場合でも、どうしても遠慮せざるをえなかった。毎晩、弟夫婦が部屋に引き上げる時間になると、一度も経験したことのない、説明のつかない憎しみがこみ上げてきて、暗い気持になった。気をまぎらそうとして、彼女はふたたび、スラム街へ行ってロザリオの祈りをあげたり、アントニオ神父に告白するようになった。

「アヴェ・マリア・プリシマ」

「汚れなく懐胎されたお方」

「なにを告解するのだね、娘よ」

「神父様、どう切り出せばよいのか分からないのです。自分のしたことは罪深いことだと思っておりますが……」

「肉の罪を犯したのかね」

「とんでもございません。肉はもう枯れております。でも心のほうはまだ。悪魔がこのわたくしを苦しめるのです」

「神のお慈悲は無限です」

「ひとり暮らしの女、それも男を知らない処女が頭の中でどのようなことを考えているか神父様にはお分かりにならないのですわ。私が処女なのは、その機会がなかったからではなく、神様が母を長い病の床に就かせられたために、その看病をしなければならなかったからなのです」

「娘よ、おまえが身を犠牲にして母に尽くしたことは天上にちゃんと記録されておる」

「罪深い考えを抱いてもでしょうか、神父様」

「それは考えたことにもよるが……」

「夜になると、息苦しくなって寝つけないのです。気を静めるためにベッドから起き上がり、中庭を散歩したり、家の中を歩きまわったりして、義理の妹の部屋に行き、ドアにぴったり耳を押しつけるのです。時には忍び足で、部屋の中に入って彼女の寝顔を見るのですが、まるで天使のようなその顔を見ていると、温かい肌と吐息のぬくもりを感じるためにベッドに入りたいという誘惑に駆られるのです」

「祈りなさい、娘よ。祈りがあなたを救ってくれるでしょう」

「お待ち下さい、神父様。まだすべてを話してはおりません。ただ、話そうにも、恥ずかしくて……」

「私なら、なにも恥ずかしがることはありません。私は、神の道具でしかないのですから」

「弟が農場から戻ってくると、事態はいっそう悪くなります。いくらお祈りをあげても、汗が吹き出し、体が震えてどうしても寝つけないのです。仕方なくベッドから起き上がって、まっ暗な家の中を歩きまわるのですが、その時は床がきしまないように細心の注意を払います。寝室まで行きドア越しに聞こえてくるふたりの話に耳を傾けるのですが、いつでしたか、ドアが少し開いていたものですから、中が見えたことがあります。ふたりはとても罪深いことをしていたと思うのですが、とても自分の目にしたことを申し上げるわけにはゆきませんわ、神父様。けれども、子供のように無邪気なクラーラにはなんの罪もありません。彼女を誘惑したのは弟なのです。弟はきっと罰せられることでしょう」

「娘よ、人を裁き、罰することができるのは神様しかおられません」

そのあと、フェルラは三十分かけてその時の様子をこと細かに話した。彼女はとても話し上手で、適当に間合を置き、抑揚に工夫をこらし、ジェスチャーを一切まじえずに、聞いている者がまるでその場に居合わせているような錯覚を抱かせるほど生き生きとその情景を語ってきかせた。ふたりの体の震え、濡れ具合、耳もとでささやきかける言葉、秘めやかな匂い、そうしたものを半開きになったドアから細大もらさず感じとったというのは信じがたいことだった。フェルラは心にわだかまっていたものをすべて吐き出すと、いつもの仮面のように無表情で厳しい顔つきになって屋敷に戻った。帰ると、さっそく召使いにあれこれ言いつけ、食器類の数をかぞえ、料理の支度をし、鍵をかけた。彼女が、それはここに置いてちょうだい、花瓶の花を換えないといけないわね、そろそろ窓ガラスを洗わなくては、と言うと、そのとおり実行された。なんてうるさい鶏だろうね、あんなに鳴き騒ぐと、クラーラ奥様は眠れないし、お腹の赤ちゃんにも悪い影響が出て、おかしな子供が生まれるかもしれないから、黙らしておくれ。フェルラは厳しい監視の目を光らせていて、なにひとつ見のがさなかったし、いつも忙しく動きまわっていた。一方、クラーラのほうは、なにを見てもすてきに思えたし、トリュフだろうが残り物のスープだろうが変わりなくおいしそうに食べ、羽毛ふとんの上だろうがひじかけ椅子だろうがぐっすり眠り、ハーブ風呂が立ててあればそれに入り、用意してなくてもべつに気にしなかった。お腹が大きくなるにつれて、彼女はだんだん現実の世界から離れてゆき、自分の中に閉じこもって、たえずお腹の中の赤ちゃんとひそひそ話をするようになった。

エステーバンは自分の名前を継いでくれ、トゥルエバ家の名を後世に伝えてくれる男の子をほしがっていた。

「生まれてくるのは女の子で、名前はブランカっていうのよ」クラーラは、妊娠していると告げられた日からそう言っていた。

そして、そのとおりになった。

クラーラはようやくクエバス医師を恐がらなくなったが、そのクエバス医師が出産は十月の中頃でしょうと診断した。けれども、十一月の初旬になってもクラーラはまだ大きなお腹をかかえ、夢遊病者のような眠そうな顔をしていた。放心したようにぼうーっとしていて、いつも疲れを訴え、喘息の発作が起こり、身のまわりのことにまったく無関心になった。時々夫の顔も分からなくなり、そばにいるエステーバンに向かって、なにかご用ですか、と尋ねることさえあった。どう計算しても出産日はとっくに過ぎていた。これはつまり、クラーラが通常分娩で子供を産むつもりがないということだ、そう考えて医師は母親のお腹を切開して、赤ん坊を取り出したが、産まれてきたブランカはふつうの赤ん坊より毛深くて醜かった。エステーバンはその子をひと目見るなり、身ぶるいした。これは運命が悪ふざけをしたのだ。母親にトゥルエバ家の名を継ぐ嫡子を作ると約束したのに、産まれてきたのは化け物みたいに醜い子で、おまけに女だと考えて、目の前がまっ暗になった。赤ん坊を詳しく調べてみたが、外から見るかぎり五体は満足にそろっていた。この赤ちゃんがかわいくないのは、あまりにも長いあいだ母体の中にいたことや帝王切開の苦痛、それに体がもともと華奢で痩せていて、色が黒くて毛深いせいですよ、そう言ってクエバス医師は彼を慰めた。けれども、クラーラは赤ん坊を溺愛した。まるで長い昏睡からさめて、生きる喜びを味わっているようにも見えた。その子を抱き上げると、時間を決めた哺乳やしつけといったことをまったく気にせず、まるでインディオの女のように恥ずかしがることもなく、一日中乳房をふくませて歩きまわっていた。おむつをすることはもちろん、髪を切ったり、ピアスをつけるための穴を耳に開けたり、乳母をやとって育てさせることを嫌がった。また、経済的に余裕のある家庭の母親がたいていそうしていたようにどこかの製薬会社のミルクを用いることを、彼女はひどく嫌がった。乳母が、牛乳を米のとぎ汁で薄めて飲ませるといいですよと言ったが、クラーラは耳を貸そうとしなかった。彼女に言わせれば、自然が人間の母親に乳房を与え、母乳で子供を育てるように作った以上、それに従うのは当然のことだったのだ。クラーラは赤ん坊に一日中話しかけていたが、けっして赤ちゃん言葉や指小辞を使ったりせず、まるで一人前の女の子に話しかけるように、きちんとしたスペイン語を使った。動物や植物に対しても分かりやすいスペイン語でゆっくり話しかけて効果を上げていたので、赤ん坊に対しても同じ方法を用いたのだ。母乳と会話が功を奏して、ブランカは健康で、美しいと言えるほどの女の子に成長し、生まれた時の獣じみたところがまったく見られなくなった。

ブランカが生まれて二、三週間後に、エステーバン・トゥルエバは青い絹の静かな湖面に浮かぶ帆船のようなベッドの上で妻とむつみ合ったが、その時、クラーラが母親になって魅力を失い、愛し合うことを嫌がるどころか、まったくその逆だということに気づいた。一方フェルラは、子供にしては肺が強く、肺活量が大きく、きかん気で食欲旺盛な赤ん坊の養育にかかりきりになっていて、スラム街へ祈りをあげに行ったり、アントニオ神父のもとへ告解に出かけて行ったり、ドアの隙間から部屋の中をのぞき込む余裕はなかった。

4 精霊たちの時代

同じ年頃の子供たちはまだおむつを当ててもらい、涎をくり、バブバブ言いながら四つん這いになってはいまわっているというのに、ブランカはまるで一人前の小人のように大人びていた。しょっちゅうものにつまずいてはいたが、ちゃんと二本の脚で立っていたし、母親が一人前の人間として育てたのが功を奏して、きちんとしたスペイン語をしゃべり、ひとりで食事をとり、歯も生えそろっていた。今年の夏は、クラーラがまだ話にしか聞いたことのないラス・トレス・マリーアスで過ごそうということに決まったが、その頃になるとブランカは衣装ダンスを開いて、中のものをひっかきまわすようになっていた。当時のブランカはまだ訳が分からず、好奇心がひどく強かったので、二階から落ちたり、オーヴンの中にもぐり込んだり、石けんを食べたりしないよう、フェルラは一日中あとについてまわった。ブランカを連れて行くのは、考えただけでも気骨の折れる仕事で、大して意味のないことに思えた。それに、どんな事故が起こるかしれなかった。なにも無理をして連れて行かなくても、エステーバンひとりでラス・トレス・

マリーアスへ行って、用件を片付ければいいので、その間女たちは首都で文明生活を楽しめるのに、とフェルラは考えた。けれども、クラーラはすっかりその気になっていた。フェルラから廏舎の話を聞いていたが、彼女はまだ一度も見たことがなかったので、農場と聞いただけで、ロマンチックな感じがした。家族のものは、二週間以上も旅行の準備に忙殺され、トランクや籠、スーツケースなどが家中に所狭しと積み上げられた。信じられないほど大量の荷物とフェルラが連れて行くことに決めた召使いたち、さらにクラーラがかわいそうでとても置いていけないと言った小鳥を入れた鳥籠や機械仕掛けの道化師、陶製の人形、ぬいぐるみの動物、踊り子の操り人形、関節が自由に曲がり人間の頭髪が植えてある人形、それとセットになっている着せかえ用の服や馬車、食器類などの詰まっているブランカのおもちゃ箱、そうしたものを積み込むために、列車を一両借り切らなければならなかった。大勢の人間がいらだたしそうに右往左往し、荷物が山のように積み上げられてゆくのを見て、エステーバンは生まれてはじめて敗北感を味わった。とりわけ、荷物の中に、型押しのサンダルを履き、やぶにらみの目をした聖アントニウスの等身大の像が立っているのを見た時は、絶望感に襲われた。まわりを見回してみて、やはり妻と娘を連れて行くべきではなかったと考えた。自分ひとりなら、例のトランクが二つあれば世界中どこへでも行けるのに、なぜ彼女たちが行くとなると山のようなガラクタや大勢の召使いといった余計なものが必要になるのだろうかと不思議に思った。

サン・ルーカスに着くと、馬車を三台借り、まるでジプシーの一団のようにもうもうたる土ぼこりを舞い上げて、ラス・トレス・マリーアスに向かった。農場の屋敷の中庭では、差配人のペドロ・セグンド・ガルシアを先頭に小作人たちが一行を出迎えたが、サーカスの一座のような仰々しい馬車の一行を見て、彼らは呆気にとられていた。フェルラに言われて、まず馬車から荷物を降ろし、それを家の中に運び込んだ。そこに、ブランカと同じくらいの年齢の子供がいたが、誰も気に留めなかった。その子は素裸で、はなを垂らし、寄生虫のせいで腹がふくれていたが、目だけはまるで老人のように知恵深く、美しく澄んでいた。その子は差配人の息子だったが、父親や祖父とまちがえてはいけないというので、ペドロ・テルセーロ・ガルシアと呼ばれていた。一行はまず家の中に入って、中の様子を見、野菜畑をひとまわりして、みんなに挨拶をすませると、聖アントニウスのために祭壇を作り、ベッドの上にいる鶏や衣装ダンスのネズミを追い出すのにかかりきりになっていたが、その隙にブランカはくるくるっと服を脱いで裸になると、ペドロ・テルセーロといっしょに外に飛び出して行った。ふたりは荷物の間で遊んだり、家具の下にもぐり込んだり、口づけをしたり、ひとつのパンをいっしょに食べたり、はな水をすすり合ったり、ウンチをなすり合ったりした。そして、おしまいにはは食堂テーブルの下で抱き合ったたまぐっすり眠り込んだ。夜の十時になって、クラーラがようやくそんなふたりを見つけだした。じつを言うと、それまでに、小作人たちはたいまつを燃やして、川岸や穀物倉、牧場、廏舎などをさんざん捜しまわったし、フェルラは聖アントニウスの像の前にひざまずいて、どうかブランカが見つかりますようにとお祈りをあげ、エステーバンはブランカの名前を呼びつづけてすっかり疲れきっていた。クラーラも自分の千里眼を用いようとしたが、うまくいかなかった。ふたりが発見された時、男の子は床に仰向けになっており、ブランカは新しいその友達の大きなお腹の上に頭をのせて体を丸くしていた。それから何年も後になって、ふたりは不幸なことにまったく同じ姿で眠っているところを人に見つけられたが、そのせいで生涯かかっても償えないほどの責めを負うことになった。

ラス・トレス・マリーアスに着いた日から、クラーラは自分の居場所はここだと考えていた。毎日のできごとを書き留めているノートにしるしているように、ようやく彼女は自分のなすべきつとめを見いだしたように感じた。透視能力に恵まれていた彼女は、農民たちがなにかにおびえ不安な思いを抱きながら、一方で主人を深く怨んでいることをひと目で見抜いた。また、うしろをふり返るとぴたりとやむささやき声を聞きとることで、夫の性格や過去の行状を多少とも知ることができた。そのせいで、レンガ造りの家や学校が建ち、食料があり余るほどあるのに気づいても、さして感激しなかった。それにしても旦那様はお変わりになったものだ。エステーバンはファロリート・ローホに足を向けなくなったし、午後のバカ騒ぎや闘鶏、賭けごともしなくなり、例の狂ったように怒ることもなくなった。とりわけ、小麦畑で若い娘を手ごめにするという悪癖がなくなったので、農民たちは、これもすべてクラーラさんのおかげだと言って喜んでいた。

クラーラも人が変わったようになった。一夜にして、あのもの憂げで怠惰な暮らしぶりが一変し、以前のようになにを見てもすてきだと思わなくなったし、目に見えない精霊たちとおしゃべりをしたり、念力で家具を動かしたりする癖もなくなった。夜が明けると夫とともに起き出し、服を着替えていっしょに朝食をとった。彼が農場の様子や農夫の仕事ぶりを見回りに行っているあいだ、フェルラは、田舎の不便な生活や畑から舞い込んでくる蠅に悩まされている召使いたちにあれこれ仕事を言いつけ、家事を見、ブランカの世話をした。クラーラは裁縫工場と食料雑貨の店、それに学校の間を一日中忙しく行き来していたが、学校が言ってみれば彼女の司令部で、そこで疥癬の薬を塗ったり、シラミとりのパラフィンをつけたり、発音練習帳を分かりやすく説明してやったり、子供たちに、ぼくは牝牛を飼っている、これはすてきな乳牛なんだ、といった歌を教えてやったり、女たちに牛乳の沸かし方や下痢の治療法、洗濯ものをまっ白に仕上げる方法などを教えてやった。日が暮れて、男たちが仕事から戻ってくる前に、フェルラは農場の女子供を集めて、ロザリオの祈りをあげた。彼らは信仰心など持ち合わせていなかったが、フェルラに対して親愛感を抱いていたので集まってきたのだ。独身のフェルラはそんな彼らといっしょにお祈りをあげながら、スラム街に通っていた幸せな時代のことを思い出していた。クラーラは義理の姉が主の祈りとアヴェ・マリアの神秘的な連禱をあげ終わると、集まった人たちに向かって自分の目の前で母親が国会議事堂の前の鉄格子に鎖で体を縛りつけた時に叫び立てた政治的スローガンをくり返した。女たちは困ったような笑みを浮かべて耳を傾けていたが、じつを言うと、フェルラといっしょにお祈りをあげたのと同じで、女主人の機嫌をそこねたくなかったからそうしていただけだった。あの煽動的な言葉も彼女たちにとっては、狂人のたわ言としか思えなかった。「男が自分の奥さんに手をあげるのはあたりまえのことですよ。もし奥さんを叩かないような旦那さんがいたら、その人は奥さんを愛していないか、だらしないだけなんですよ。男の人は一家の主人として命令を下す立場にあるんですから、自分の稼いだお金や大地が生み出すもの、鶏が産み落とすものを自分のものとして取るのはあたりまえのことですよ。女には成り成りて成り足らざるところがあるわけですから、男のまねをしようとしても無理な話です」と彼女たちは反論したが、それを聞いて、クラーラは絶望的な気持に襲われた。彼女たちがもしクラーラの勇ましい言葉をそのまま真に受けて実行に移せば、たちまち夫に殴られるだろう。フェルラが言っていたように、彼女たちはそうなっても当然だと思っていたので、たがいに肘でつつき合い、歯のない口をあけ、目尻に皺を寄せて気弱そうな笑いを浮かべていたが、その肌は強い日差しと厳しい生活のせいでひどく荒れていた。しばらくして、お祈りのあとの集まりでクラーラが演説をしているという話を聞いたエステーバンは激昂した。これまで一度も夫から怒鳴りつけられたことがなかったので、クラーラは夫がそんなふうに猛り狂うのを初めて見た。エステーバンは部屋の中を大股で歩きまわり、拳固で家具を殴りつけながら狂ったように大声を張り上げ、クラーラがもし母親と同じ道を歩もうとしているのなら、わしも男だ、夫として手を拱《こまぬ》いて見ているわけにはいかない、あの連中をつかまえて演説をぶつなどという不埒な考えを二度と抱かないよう、パンツを脱がせ、鞭で思い切り叩いてやる、今後はお祈りのためであれ、なんであれ集会は一切禁止だ、わしは女房にこけにされるような腰抜け亭主ではない、と喚き立てた。クラーラは、夫が大声で喚き、家具を殴りつけても黙っていた。そして相手が疲れた頃を見はからって、まったく聞いていなかったように、ねえ、あなた、耳を動かせる、と尋ねた。

休暇はそのまま延長され、学校での集会も続けられた。夏が終わり、秋が訪れた。畑は金色に輝き、あちこちで火が燃やされ、あたりの風景は一変した。何日か肌寒い日が続き、雨が降り、道がぬかるんだ。田舎暮らしにあきあきしていたフェルラはしきりに首都に帰ろうと言ったが、クラーラは帰るそぶりも見せなかった。夏のあいだは、午後になるとむせかえるように暑くなり、蠅がうるさくまつわりついた。中庭では土ぼこりが舞い上がり、まるで坑道の中にでもいるように家中ほこりだらけになった。浴槽の水は濁り、そこに香料の入った特別な塩を入れると、まるで中華料理のスープのようになった。ゴキブリが飛びまわり、シーツの中にまでもぐり込んできたし、ネズミが走り、蟻が行列を作った。朝起きると、ナイトテーブルの上の、水の入ったグラスの中で、クモがもがいていたし、図々しい鶏は靴の中に卵を産み、衣装ダンスの中の白い衣服の上に糞をたれた。フェルラはしきりにそうしたことをこぼしていたが、気候が変わるとともに、新しい悩みが生じてきた。中庭はぬかるみ、日脚が短くなって、五時になると外はまっ暗になった。訪れる人もいない夜はひどく長く感じられ、風がひょうひょうと吹き、風邪がはやった。フェルラはユーカリの湿布で治したが、つぎつぎほかのものに感染していった。楽しみといえばブランカの成長を見るくらいのもので、あとは自然の猛威を相手に戦いつづけるしかなかったが、フェルラはそれに疲れてしまった。ブランカは同じ階級に遊び相手になるような子供がいなかったので、薄汚れたペドロ・テルセーロ・ガルシアといつも遊んでいた。そのせいか、遊びの中で私は人喰い人種よ、と言っていたが、頬をまっ赤にし、ひざ小僧をいつも擦りむいているブランカは、人喰い人種にそっくりだった。「なんというしゃべり方かしら、まるで、インディオと変わりないわね。頭ジラミをとり、疥癬にかかったところに青メチレンを塗ってやらなければいけないんだけれど、もういいかげんくたびれてしまったわ」フェルラはぶつぶつこぼしてばかりいたが、毅然たる態度は少しも崩さず、かもじをつけ、糊のきいたブラウスを着、腰に鍵束をつけて歩きまわっていた。けっして汗をかかなかったし、体を掻いたりはしなかった。そしていつも、かすかなラヴェンダーとレモンの芳香を漂わせていた。フェルラだけはなにがあっても動じないだろう、と誰もが思っていたが、ある日、背中がむず痒くなった。たまらなくなって、そっとそのあたりを掻いてみたが、いっこうに痒みはおさまらなかった。とうとうたまりかねて、バスルームに飛び込むと、どんな激しい労働をする時でもはずしたことのないコルセットを脱ぎすてた。紐をゆるめると、一匹のネズミが床にどたりと落ちた。そのネズミはコルセットとフェルラの肉にはさまれて、なんとか逃げ出そうと朝のあいだずっともがきつづけていたのだ。彼女は生まれて初めて、神経症的な発作を起こして、きゃーっと叫んだ。その声を聞きつけてみんなが集まってきたが、見ると彼女は半裸姿のまま浴槽に飛び込み、恐ろしさでまっ青になり、狂ったように叫びながら震える指で、あの小さな生き物を指差していた。ネズミのほうは後ろ足でちょこんと座り、どこか安全な場所はないだろうかとあたりを見回していた。エステーバンは、更年期がはじまっただけのことだから、気にすることはないと言った。エステーバンの誕生日に二度目の発作を起こしたが、その時も誰ひとり気にしなかった。その日は朝から快晴だった。ドーニャ・エステールがまだ若かった大昔に一度やったきりで、それ以後ラス・トレス・マリーアスではパーティなど一度も行われたことがなかったので、屋敷では上を下への大騒ぎがもちあがっていた。招待された親戚のものや友人たちは首都から列車で駆けつけてきた。また、その地方の地主や町の名士たちも招かれていた。一週間前からパーティの準備がすすめられた。当日は、中庭で牛半頭がバーベキューになり、腎臓のパイや鶏のカセロール、トウモロコシの料理、ブラマンジェのケーキ、とっておきの蔵出しワインが振る舞われた。正午になると、馬車や馬に乗って、招待客が続々と詰めかけてきて、広い屋敷中に話し声や笑い声が響きわたった。フェルラは用を足すために、まわりに白い陶器が並んでいるせいで砂漠にいるような感じのする部屋の真ん中に便器がある、ばかでかいバスルームに入った。部屋の中央にまるで玉座のようにぽつんと置いてある便器に腰をおろしたが、そのときドアが開いて、食前酒を飲んで顔が少し赤くなった招待客のひとりが、ズボンの前ボタンをはずしながら入ってきた。それは町長だった。フェルラに気づいて、びっくりし、困ったような表情を浮かべて立ちどまった。そのあとなにを思ったか、作り笑いを浮かべて彼女のほうにつかつかと歩み寄ってこう挨拶した。

「初めまして、私はソロバベル・ブランコ・ハマスミエーでございます」

「あんな無作法な人たちといっしょに暮らすのはもうこりごりです。野蛮人の住む煉獄ですよ、ここは。あなたがたはここにお住み下さい。私は町に帰ってこれまでのようにキリスト教徒として生きてゆきます」フェルラはあの事件の話をしたあと、ひどく腹を立ててそう言ったが、泣く気にもなれなかった。けれども、彼女は首都に帰らなかった。クラーラと別れたくなかったのだ。彼女はクラーラを心から崇拝していた。もうお風呂に入れてやったり、いっしょに寝るわけにはゆかなかったが、クラーラのためになにくれとなく気を遣い、献身的に尽くして、愛情を示そうとした。自分だけでなく、他人に対しても厳しくて、ごきげんとりなどしたことのないフェルラだったが、クラーラの前に出た時だけはやさしく振る舞い、にこにこしていたし、ブランカも彼女の娘だったおかげで、かわいがってもらっていた。フェルラが、献身的に仕えて愛されたいと願っていたのはクラーラだけだった。彼女なら、自分の心に秘めている口に出して言えないような切望も婉曲な形で打ち明けることができた。長年のあいだ、悲しみに耐えて孤独な毎日を送ってきたせいで、心のうちのさまざまな感情が濾過されてゆき、あとに激しく崇高な熱情だけが残され、それが彼女の生きるよすがになっていた。そのせいで、ちょっとしたことでも心を掻き乱されたり、下らないことを根にもったり、羨望を押し隠したりする必要はなくなったし、慈善事業やうわべだけの愛情、人当たりのよい丁重な態度、毎日の生活の中の気くばりなどは一切かまいつけなくなっていた。彼女は、偉大な唯一の愛、激しい憎悪、黙示録的な復讐、崇高きわまりないヒロイズムを体現するために生まれてきたような人間だったが、運命がそのロマンチックな夢の実現を許さなかった。病人の伏せっている四方を壁に囲まれた部屋、貧しいスラム街、苦悩にみちた告解などの中で、単調で陰鬱な日々がむなしく過ぎていった。大柄で、肉付きがよく、燃えるような熱情を持ち合わせている彼女なら、きっと働きもので、真心あふれるいい母親になって、子供をたくさん産んだことだろうが、運命のせいでむなしく年老いていった。当時は四十五歳くらいで、すぐれた民族の血を引き、はるかな昔にムーア人の血を受け継いでもいたので、肌のきめは細かく、髪の毛も、前髪が少し白くなっているだけで、絹のように光沢のある黒い髪をしていた。体は痩せていたが頑健で、歩き方もいかにも健康そうにしっかりしていた。ただ、孤独な毎日を送っているせいか、手よりもはるかに老けて見えた。ちょうどその頃にブランカの誕生日があり、その時に撮ったフェルラの写真が、今私の手もとにある。時代がたちすっかり変色してセピア色になった写真だが、そこには堂々たる女丈夫といった感じのするフェルラの姿がはっきり写っていた。ただ、内面の苦悩を物語るように、その顔は苦々しげにゆがんでいた。クラーラにだけは心を許していたので、彼女といっしょに暮らしていたあの頃がフェルラにとっては、おそらくたった一度きりの幸せな時代だったにちがいない。彼女にとってクラーラは自分の思いのたけをすべて打ち明けることのできるたったひとりの人間だった。だからこそ、彼女はクラーラを崇拝し、献身的に尽くしていたのだ。ある時、思い切ってそのことを打ち明けたが、それを聞いてクラーラは、毎日の生活を書き留めている手帳に、自分はフェルラに過分なまでに愛されている、それに応えてやらなければと書きつけた。それほど深く愛していたからこそ、蟻の大群が襲ってきた時もフェルラはラス・トレス・マリーアスから逃げ出さなかったのだ。まず最初、牧場のほうで妙な鳴き声が聞こえた。見ると、まっ黒な影のようなものが押し寄せてきて、トウモロコシの穂や小麦、牧草、キンセンカなどをあっという間に食らい尽くしてしまった。ガソリンを撒いて火をつけたが、ふたたび勢いを盛り返して押し寄せてきた。木々の幹に生石灰を塗ったが、蟻はおかまいなしに、梨、リンゴ、オレンジの木に這いのぼっていった。野菜畑にも押し寄せ、メロンを食い尽くした。搾乳所にも入り込んだが、おかげでミルクの中に小さな死骸が無数に浮いて、苦くて飲めなくなった。鶏小屋にも侵入し、若鶏を生きたまま食べてしまい、あとには見るもあわれな羽と骨だけが残された。家の中にも入ってきて、配水管の中に侵入し、食料貯蔵室を占領した。食べ物は料理するとすぐに食べてしまわないと、テーブルの上に二、三分も置いておけば、わっと群がってきて、食らい尽くされた。ペドロ・セグンド・ガルシアは火と水で攻め立て、さらに甘い匂いに引かれて集まったところを一気に全滅させようと、蜂蜜をしみ込ませたスポンジを地面に埋めたが、思ったように効果は上がらなかった。エステーバン・トゥルエバは町へ行き、粉末、液体、錠剤などの、ありとあらゆる有名な会社の殺虫剤を山のように買い込んで戻ってきた。それをところきらわず散布したものだから、野菜は危険で食べられなくなった。それでもまだ、蟻は続々と押し寄せてきて、数がどんどん増え、ますます図太く大胆になっていった。エステーバンはもう一度町へ行くと、首都に電報を打った。それから三日後に、ミスター・ブラウンが駅に降り立った。神秘的なトランクを提げた小柄なそのアメリカ人を、エステーバンは、農業技師で、殺虫剤の専門家だといってみんなに紹介した。その男は果物を浮かしたブドウ酒をジャー一杯飲んで喉をうるおすと、テーブルの上で例のトランクの蓋を開け、中から見たこともないような器具をひっぱり出した。蟻を一匹つまみ、その器具で詳細に観察しはじめた。

「なにをそんなに熱心に調べておられるんです。蟻なんてみんな同じじゃないんですか」とペドロ・セグンド・ガルシアが言った。

アメリカ人は返事をしなかった。種《しゅ》を調べ、その生態、巣穴の位置、習癖、さらには隠された意図をさぐり出すのに一週間かかった。その間に蟻は、子供たちのベッドの中に入り込み、冬に備えて貯えてあった食料を食べ尽くし、ついには牛や馬に襲いかかりはじめた。ミスター・ブラウンは一週間後に、自分の発明した薬品で燻蒸消毒してまず雄蟻の生殖能力を奪いとる、これで蟻の増殖をとめて、そのあと、これも自分の発明になる薬品を散布して、雌蟻を弱らせてやれば、まちがいなく絶滅します、と説明した。

「で、日数はどれくらいかかるんだ」とエステーバン・トゥルエバはたまりかねて、いらいらした口調でそう尋ねた。

「まあ、一か月というところでしょうね」とミスター・ブラウンが答えた。

「その時分には、人間も蟻の餌食になってしまって、このあたりには人っ子ひとりいなくなっていますよ、ミスター」とペドロ・セグンド・ガルシアが言った。「じつはうちのおやじが三週間ほど前から、いい方法があるんだとしきりに言っているんですが、こちらに来させましょうか。老人のたわ言だとは思うんですが、一度やらせてみたらどうでしょう」

ペドロ・ガルシア老人が呼ばれた。足を引きずるようにしてやってきた老人は、すっかり体が小さくなり、色が黒く、歯が一本もなかったが、その姿を見て、エステーバンは改めて時の流れを感じさせられた。老人は帽子を手に持ち、地面をじっと見つめたまま歯の抜けた口をもぐもぐさせて話を聞いていた。そのあと、白いハンカチを一枚いただけませんかと言ったので、フェルラはエステーバンの衣装ダンスからとってきてやった。老人は屋敷を出ると、中庭を通り抜けて、まっすぐ果樹園に向かった。屋敷中の人間と小柄なアメリカ人がそのあとをぞろぞろついて行ったが、アメリカ人はばかにしたような薄笑いを浮かべ、「どうしようもない野蛮人どもだ」と口の中でつぶやいた。老人はゆっくりとかがみ込むと、蟻を集めはじめた。ひと握りの蟻を集めると、それをハンカチに入れ、四隅をくくって、帽子の中に入れた。

「いい子だ、これから道を教えてやるから、ここを出てゆくんだ、ほかの連中も連れてゆくんだぞ」と話しかけた。

老人は馬に乗ると、ゆっくりと立ち去っていったが、その間も蟻に話しかけたり忠告を与えたり、また知恵の祈りや呪文などを唱えていた。みんなは農場の境界線のほうに向かってゆく老人を見送った。あのアメリカ人は地面に座り込み、狂ったように笑い転げていた。ペドロ・セグンド・ガルシアは見かねて、彼の体を揺すってこう言った。

「あの老人は私のおやじなんですよ。笑うんなら、うちのおやじでなく、自分の祖母のことでも笑って下さいよ」

老人は夕方に戻ってきた。ゆっくり馬から降りると、農場主に、蟻たちに道を教えておきましたのでもう心配はいりません。わしはこれで帰らせてもらいます、と言った。老人は疲れ切っていた。次の日になると、台所はもちろん、食料貯蔵室にも蟻の姿は見当たらなかった。穀物倉や厩舎、鶏小屋といったところを捜し、牧場に行き、川まで足を延ばしていたるところを調べてみたが、蟻はただの一匹も見つからなかった。それを見て農業技師はたけり狂った。

「いったいなにをしたんだ！」と技師は喚いた。

「あいつらに話しかけただけですよ、ミスター。あなたも、蟻に、ここじゃお前たちのおかげで大変迷惑している、どこかへ行ってくれんかね、と言ってごらんなさい。きっと分かってくれますよ」とペドロ・ガルシア老人は説明した。

あのやり方がいちばん自然の理にかなっていると考えたのは、クラーラだけだった。フェルラはひどく腹を立てて、ここはまるで穴倉ですよ、神の掟や科学の進歩とはおよそ無縁な人外境で、今にきっとこのあたりの人たちはほうきに乗って空を飛ぶようになりますわ、と喚き立てた。エステーバン・トゥルエバはそんな彼女を押しとどめたが、それというのも、妻がまた妙な考えを抱くようになるのではないかと心配していたのだ。近頃、クラーラはまた例の気違いじみた遊びをはじめ、亡霊と話したり、毎日の生活を書き留めているノートに何時間もなにか書きつけるようになった。学校や裁縫工場、女性解放論を広める集会にも興味を示さなくなり、なにを見てもすてきだわと言うようになったので、みんなは彼女が二人目の子供を宿したことに気づいた。

「みんなあなたのせいよ」とフェルラは弟に向かって喚き立てた。

「わしはこの日を待っていたんだ」と彼は答え返した。

産み月まで農場にいて、町で子供を産んでもよかったのだが、それではとてもクラーラの体がもたないだろうというので、首都に引き返すことにした。クラーラが身重になったことを自分が侮辱されたように感じていたフェルラは、首都に帰ると聞いて、少し機嫌を直した。彼女は、山のような荷物と召使いを連れて先に帰り、角の邸宅を片付けて、クラーラの帰りを迎えることにした。それから数日後に、エステーバンは妻と娘を連れて首都に戻った。ラス・トレス・マリーアスは、それまで差配人をしていたペドロ・セグンド・ガルシアの手にふたたびゆだねられることになったが、それで余得があったわけではなく、仕事がふえただけのことだった。

ラス・トレス・マリーアスから首都までの強行軍でクラーラは体力を使い果たしてしまった。わしの目の前で、彼女はだんだん顔が青ざめ、目のまわりに隈ができ、喘息の発作まで起こすようになった。もともと乗り物に酔いやすい体質だったので、ほこりまみれになって馬車や列車に揺られているうちに、目に見えて元気がなくなりだした。体の具合の悪い時は、人から話しかけられるのも嫌がるので、わしとしてはなにもしてやれなかった。列車から降りた時は、支えてやらなければならないほど脚が弱っていた。

「体が宙に浮くようだわ」と彼女が言った。

「ここじゃだめだ」とわしは大声で叫んだが、あの時は本当にホームにいる乗客の頭の上を飛んでゆくのではないだろうかと考えて、動転してしまったのだ。

彼女は本当に宙に浮かぶつもりでそう言ったのではなく、体の不調や身重の体、全身を綿のように疲れさせている深い疲労から解き放たれて、体が軽くなったように感じると言っただけなのだった。そのあと、妻はふたたび長い間誰とも口をきかなくなった。あれは数か月間続いたはずだが、その間妻は以前と同じようにチョークを用いて自分の思いを伝えた。ブランカが生まれた時と同じように、いずれまたもとに戻るだろうと考えて、今回はわしもうろたえたりはしなかった。クエバス医師は妻が口をきかなくなるのは心が病んでいるせいだと言うが、わしはそうは思わない。外界を遮断し、自分の世界に閉じこもる唯一の手段、それが妻の場合は沈黙なのだ。フェルラは、母親を看病した時と同じように、異常なまでに熱心にクラーラの看護をし、まるで体の不自由な人を扱うように世話をして、片時もそばを離れなかった。おかげでブランカは構いつけてもらえず、ラス・トレス・マリーアスに帰りたいと言って一日中ぴーぴー泣いていた。クラーラはもの静かな巨大な影のように家の中を歩きまわり、まるで仏教徒のようにまわりのことに無関心になった。わしのそばを通っても家具が置いてあるくらいにしか思っていなかったのだろう、こちらを見ようともしなかった。わしのほうから声をかけても、ぼんやりしていて聞いていないか、まるで赤の他人でも見るようにこちらを見たものだ。寝室もべつべつになった。町では毎日なにもすることがなかったし、家は家で、妙な雰囲気になっていたので、わしはひどくいらだっていた。忙しくすれば気がまぎれるだろうと思ったが、うまくゆかず、相変わらず不機嫌な顔をして暮らしていた。毎日のように家を出て、自分の事業を見てまわった。株に手を出すようになったのはその頃のことで、外貨の変動を何時間も研究し、銀に投資したり、会社を作ったり、輸入業に手を出したりした。クラブへもよく足を向け、そこで長い時間を過ごした。政治にも興味を持つようになり、挙句の果てはトレーニングセンターに通うようになったが、そこの怪物のように巨大な体軀のトレーナーは、まさかそんなところにあるとは思えないような筋肉を無理やり使わせた。マッサージを受けるように勧められたが、わしはどうもマッサージという奴が好きになれなかった。いまだに、金を払って他人に体を揉ませる人間の気が知れんのだ。しかし、なにをしても充実感を味わうことはできなかった。気持が落ち着かず、退屈で仕方がなかった。農場に戻りたかったが、家を空ける気にはなれなかった。なにしろ、あそこにいるのはヒステリー女ばかりだから、わきまえのある男がひとりいないことにはどうにもならないような気がしたのだ。その上、クラーラのお腹があまりにも大きくなりすぎていた。もともと華奢な体だったので、とても支えきれないように思われた。裸の姿を人に見られるのを嫌がったが、夫であるわしに対してまで恥ずかしがることはないと言ってきかせた。フェルラに先を越されなければ、わしが自分で風呂に入れ、服を着せてやった。小柄で瘦せぎすの彼女が、大きなお腹をかかえて一日一日危険な出産の日が迫ってくるのを待ち受けている姿は、見ていて痛ましかった。ひょっとすると、子供を産んだあと死んでしまうのではないだろうかと考えて、眠れない日もあった。クエバス医師と部屋にこもり、彼女を助けるにはどうすればいちばんいいか相談した。難産ということになれば、もう一度帝王切開をするということで意見が一致した。わしは入院に反対したが、医師は食堂テーブルの上でもう一度手術するのだけは勘弁してもらいたいと言った。しかし、たしかにやりにくいだろうが、近頃の病院は衛生状態がひどく悪いので細菌がうようよしていて、入院すれば、死ぬ危険のほうが大きい、とわしは言い張った。

出産を間近にひかえたある日、クラーラは突然あの神秘の隠れ家から降りてきて、ふたたび口をきくようになった。チョコレートを飲みたいと言い、そのあと少し散歩させてほしいと頼んだが、それを聞いてわしは心臓が止まりそうになった。家中喜びでわき返り、シャンパンの栓が抜かれた。わしは家中の花瓶に新しい花を活けるように言い、あれの好きな椿を注文し、部屋中に敷きつめてやったが、喘息の発作を起こしたので、あわてて片付けた。ユダヤ人街の宝石店に駆けつけ、ダイヤのブローチを買ってやった。あれはひどく喜んで、とてもすてきだわと言ったが、あのブローチをつけたところをわしは一度も見たことがない。おそらくどこか考えもつかないようなところにしまい込んで、忘れてしまったのだろう。いっしょに暮らしている時は、いろいろな宝石を買ってやったが、あのブローチもそれらの宝石と同じ運命を辿ったにちがいない。わしはクエバス医師を呼んだ。医師はお茶をごちそうになろうと思いましてな、と言って現われたが、妻を診察しに来たことは言うまでもない。あれといっしょに部屋に入ると、そのあとフェルラとわしをつかまえて、心の病気のほうはもう心配ありませんが、お腹の子供が大きくなりすぎているので、難産になるでしょうなと言った。ちょうどその時クラーラが客間に入ってきて、最後の言葉を聞き留めたにちがいない。

「なにもかもうまく行きますから、心配いりませんわ」と言った。

「今度はわしの名前を継いでくれる男の子が欲しいもんだな」とわしは冗談めかして言った。

「子供はひとりじゃなくて、ふたりですわ」とクラーラが言った。「双子で、名前はハイメとニコラスとするつもりです」とあれは付け加えた。

わしはそれを聞いて無性に腹が立ってきた。ここ数か月間、抑えに抑えてきたものが爆発したのだろう。かっとなって、ハイメとニコラスというのは、外国の商人の名前だ、わしの一族にもおまえの一族にもそんな名前の人間などひとりもいないはずだ。ふたりのうちひとりはなんとしてもわしやわしの父親と同じエステーバンという名前にすると喚き立てた。けれどもクラーラは涼しい顔をして、同じ名前だと、毎日の生活を書き留めているノートに書く時にまぎらわしくて仕方ないと言い張って、頑としてこちらの言うことを聞こうとしなかった。脅してやろうと思って、陶器の花瓶をひとつ叩き割ったが、あれはたしか曾祖父が羽振りのよかった頃に買い込んだ思い出の品だったと思う。それでも、あれは顔色ひとつ変えなかったし、クエバス医師はティーカップで顔を隠して、くすくす笑っていたので、わしはますます腹が立ってきた。ドアを思い切り閉めると、そのままクラブに向かった。

その夜、わしはしたたかに酔っぱらった。ひとつには女を抱きたかったのと、クラーラに仕返しをしてやりたいという気持が働いて、歴史上の人物の名をとった、市内でもいちばん有名な娼家に向かった。山の中で長いあいだひとり暮らしをしていた時は、仕方なく娼婦と遊びはしたが、わしはもともと娼婦を抱くのは好きではない。このことはここではっきり言っておく。あの日は、自分でもなにがどうなっていたのかよく分からん。クラーラと言い争いをして気分がむしゃくしゃして、腹立ちのあまり、ついその気になったのだろう。その頃から娼家クリストバル・コロンは繁盛していたが、当時はまだイギリスの船会社の航海地図や旅行案内書にその名前が出たり、テレビで映されるほど有名ではなかった。脚の湾曲したフランス製の家具が並んでいるサロンに入ると、パリ風のアクセントでしゃべる女将《おかみ》がわしを出迎えてくれた。さっそく、値段表を出してわしに見せると、指名する女がいるかどうか尋ねてきた。わしは、自分はこれまで、ファロリート・ローホへ行ったのと、北部で鉱夫を相手にしているけちな娼婦を抱いたことしかないと正直に打ち明けて、若くてきれいな女なら誰でもいいと言った。

「あなたはとっても感じのいい方ね、ムッシュー」と女将は言った。「じゃあ、この店でいちばんいい女の子をつけてあげますわ」

女将に呼ばれて、ぴっちりした黒い繻子の衣装に豊満な肉体を包んだ女がやってきた。髪を片側に垂らし、わしの大嫌いな髪型に結っていた。ひどく甘ったるい匂いのする香水の香りをまき散らしながら近づいてきたが、その匂いはうめき声のようにいつまでも消えなかった。

「お会いできて嬉しいですわ」と女は言った。声だけは昔と少しも変わっていなかったので、その言葉を聞いて目の前にいるのがトランシト・ソトだと分かった。

彼女は手をとって墓場のように閉めきった部屋に招き入れたが、その窓には黒いカーテンがおろされていて、長年日の光が差し込んだことがないように思われた。しかし、いずれにしても、ファロリート・ローホのうす汚い部屋に比べるとそこは宮殿のように思えた。わしは自分の手でトランシト・ソトの黒い繻子の服を脱がせ、あのぞっとするような髪型を崩してやった。彼女はこの数年のあいだにすっかり成長し、肉付きもよくなり、見違えるほど美しくなっていた。

「すっかり大人になったな」とわしは言った。

「あの時貸していただいた五十ペソのおかげよ。あれで新しい生活をはじめることができたんだもの」と答え返してきた。「今ならあのお金を返すこともできるわ。でも、お金の値打ちが下がっているから、利子をつけなくてはいけないわね」

「いや、お前に貸しを作っておいたほうがいいようだ、トランシト」そう言って、わしは笑った。

　次に下着を脱がせてやった。ファロリート・ローホで働いていた頃は、痩せていて、肘や膝の骨がつき出していて、まだ子供子供した感じがしたが、今ではすっかり別人のようになっていた。ただその声と貪欲に快楽を求めようとする気質だけはいまだに変わっていなかった。体の毛を剃りおとしていたし、肌はレモン果汁とアメリカマンサクの液でこすっていたので、赤ん坊のようにすべすべして白いのだと説明してくれた。爪には赤いマニキュアを塗り、へそのまわりには蛇の入れ墨がしてあったが、彼女は体をまったく動かさずにその蛇をまるで生きているように動かした。器用に蛇を動かしながら、彼女は自分の生活を語ってくれた。

「あのままファロリート・ローホで働いていたら、今頃歯がみんな抜けて、よぼよぼのお婆さんみたいになっていたわね、きっと。この仕事はけっこうきついのよ、だからよほど体を大切にしないと。でも、街を流して歩くのはごめんだわ。あんな危ない仕事だけはぜったいにやりたくないの。どんな目にあうか分からないから、街を流すのなら、どうしてもヒモがいないとだめね。どうせまともな人間に見られないんだもの。でも、女って、どうして苦労して稼いだお金をみんな男に貢いでしまうのかしら。その意味じゃ女はやはりばかなのね。そのくせ、頭は固いのよ。自分ひとりじゃ不安でしようがないから男に頼るんだけど、その男がいちばん危ないんだってことにまるで気づいてないのよ。ひとりじゃ生きてけない、だから男になにもかも捧げてしまうのね。中でも娼婦がいちばんだらしないわ、本当よ。男のために働いて自分の人生を台なしにして、男にひっぱたかれると喜ぶの。そして、男がパリッとした服を着、金歯を入れ、指輪をしていると、まるで自分のことみたいに誇らしく思うの。その男が女を見限って、もっと若い女とくっつくと、『しようがないわね、あの人は男だもの』と言って、相手を許してしまうのよ。私はそんな女とちがうわ。これまで誰の世話にもならなかったし、たとえ気が狂っても男を養ったりはしないわ。私は自分のために働いているの。だから稼いだ分は好きなように使うわ。でも、女ひとりで生きてゆくって、これでけっこう大変なのよ。だいたい、娼家の女将って、女の子と直接交渉するのを嫌がるの、できればヒモと渡りをつけて雇いたがるのよね。それにひとりだと、誰も助けてくれないし、どうしても軽く見られるわ」

「しかし、この店じゃお前は高く買われているだろう。うちでもいちばんいい女の子ですって言ってたからな」

「そりゃそうよ。この店は私ひとりで持っているようなものだもの。それこそ馬車馬みたいに働いているのよ」と彼女は言った。「ほかの女はいてもいなくても同じなの。それに、やってくるのはおじいちゃんばっかり。もう時代がちがうのよ。もっと店を近代化して、昼間ぶらぶらしている公務員や若い人、学生なんかを引きつけないとだめだわ。部屋を広くして、もっと明るい感じの店にし、きれいに掃除をするの。それも徹底的にやるのよ。そうしたら、お客さんも安心して来られるし、性病にかかる心配もしなくていいでしょう。ほら、そこにある枕を持ち上げてみて、きっとナンキンムシがいるはずよ。女将さんにも言ったんだけど、耳を貸そうとしないのよ。やる気がないのね」

「お前にはあるのかい」

「もちろんよ。クリストバル・コロンをもっといい店にするために、いろいろなことを考えているわ。この仕事がとっても好きなの。愚痴ばかりこぼし、ちょっとうまくゆかないと運の悪いせいにするあの手の女たちとはちがうわ。分かるでしょう、この店でいちばんの売れっ子になったの。頑張ってゆけば、今にきっとこの国でいちばんの娼家の女将になれると思うの。そのために頑張っているのよ」

「そりゃ、いい考えだ、トランシト。どうして自分で店をやらないんだ。なんなら、わしが資金を出してもいい」こうした事業に資本を投資して手を広げるのも面白いと思ってそう言ったが、人間というのは、酔うとなにを言い出すかしれたものではない。

「お言葉だけいただいておきますわ」とトランシトは中国製のマニキュアを塗った爪でお腹の蛇を撫でながら答えた。「ある資本家からべつの資本家に鞍がえするというのは、私の性に合わないのよ。まず組合を作って、あの女将をここから追い出そうと考えているの。組合の話を聞いたことはなくって。気をつけたほうがいいわ。あなたの農場で働いている小作人たちが組合を作ったりしたら、大変よ。私は娼婦の組合を作ろうと考えているの。娼婦やオカマに加入してもらって、もっと事業を広げてゆくつもりよ。自分たちでお金を出し合い、労働を提供するわけだからパトロンはいらないの」

わしたちは荒々しく乱暴に愛し合ったので、静かな湖面を思わせる青い絹を張った部屋の、白い帆船のようなベッドで妻と愛し合ったことを忘れたほどだった。激しい欲望に駆られてしっかりと抱き合い、枕を下に落とし、シーツを乱して気を失うまで愛し合ったが、おかげで二十歳の昔に帰ったような気持になれた。上からのしかかっても潰れる心配のない逞ましい野性的な女を抱くのはいいものだ。彼女は、なんの気遣いもなく飛び乗れる頑丈な雌馬のような女だった。あれが相手なら、ずっしり重い自分の手や胴間声、大きな足、ざらざらした髭のことなど気にかけなくてよかった。耳もとで下品な言葉をささやきかけることができるし、やさしくしてやったり、甘い言葉でごきげんをとる必要もなかった。果てたあと、わしは満ち足りた気分で少し眠った。目を覚ますと、横たわったまま、彼女のがっしりした腰の線や細かくふるえているあの蛇を眺めた。

「いずれまた会うことがあるだろう、トランシト」と、わしは心づけを渡しながら言った。

「以前私がそれと同じことを言ったけど、覚えていて？」彼女はお腹の蛇を動かしながらそう言った。

正直なところ、わしは彼女ともう会うつもりはなかった。それどころか忘れてしまいたいとさえ思っていた。

この話をしたのも、じつを言うと、ずっとのちになって彼女がわしのために大変重要な役割を果たしてくれることになったので書き留めたのだ。わしはもともと娼婦があまり好きでないので、彼女がもしあの時仲介者になってわしたちを救い、それと同時にわしたちの思い出も救ってくれなかったら、この話を書かなかっただろう。

それから二、三日して、クエバス医師が今度もクラーラのお腹をもう一度帝王切開をして赤ん坊を取り出したほうがいいでしょうと家人を説得している時に、セベーロ・デル・バージェとニベアが亡くなった。あとには何人かの子供と四十七人の孫が残された。クラーラはほかのものたちよりも早く、夢でそのことを知ったが、フェルラ以外の誰にも打ち明けなかった。フェルラは、身重の体で神経が高ぶっていると、よく怖い夢を見るものですよと言って、クラーラを落ち着かせようとした。彼女は以前にもましてクラーラのことを気遣い、お腹に妊娠線ができないようスイートアーモンド・オイルを擦り込み、ひび割れができないよう乳首に蜂蜜を塗ってやった。また、いいお乳が出て、歯も強くなるようにと卵の殻を砕いて飲ませて、安産を願ってベレンのお祈りをあげもした。クラーラが悪夢を見た二日後に、エステーバン・トゥルエバはいつもより早く帰宅したが、その顔はまっ青でひどく取り乱していた。彼は姉のフェルラの腕をとると、ふたりで書斎に閉じこもった。

「妻の両親が事故で亡くなられたんだ」と彼は手短に説明した。「子供が生まれるまでクラーラには知らせたくないので、新聞やラジオに近づけないようにして、訪問客も断ってくれ。召使いにも、けっしてその事を口外しないように言ってもらいたい」

けれどもクラーラには予知能力が備わっていたので、彼のそうした心配りも功を奏さなかった。その夜、クラーラはふたたび両親が玉ネギ畑の中を歩いている夢を見たが、ニベアには首がなかった。新聞を読まなかったし、ラジオも聞かなかったが、その夢で彼女は両親の死を知った。目が覚めた時は、ひどく興奮していて、フェルラに、今から母親の首を捜しにゆくので、服を着るのを手伝ってほしいと頼んだ。フェルラはあたふたエステーバンのところに駆けつけ、エステーバンはすぐにクエバス医師を呼び寄せた。医師は、双子の胎児に悪い影響が出るかもしれないと思ったが、ともかく、精神病患者を二日間眠らせる処方をした。けれども、薬は少しも効かなかった。

デル・バージェ夫妻は、クラーラが夢で見たとおり、つまり、ニベアがよく冗談半分で、今にこの車でふたりとも死んでしまうわ、と言っていた、そのとおりの死に方をした。

「いつかきっと、このオンボロ車で私たちは死んでしまいますわ」ニベアは夫の乗りまわしている古い自動車を指差してよくそう言ったものだった。

セベーロ・デル・バージェは若い頃から新しい発明品に目がなかったが、自動車ももろん例外ではなかった。人々がまだ歩いたり、馬車や自転車を乗りまわしている頃に、彼は外国から輸入され、中心街のショーウインドーに麗々しく陳列してあった自動車を真っ先に買い込んだ。時速十五キロから二十キロで走る自動車というのはまさに驚異的な発明だった。歩行者は目を丸くして見とれ、泥水をはねかけられたり、ほこりまみれになった人は車に向かって悪態をついたものだった。最初のうちは、公共の安全を侵すというのであちこちからごうごうたる非難の声が上がった。有名な学者たちも新聞を通して、人間の体は時速二十キロで走ることにとても耐えられないし、ガソリンと呼ばれる混合物は発火する危険があり、連鎖反応を起こして、町全体が火に包まれるかもしれないと警告を発した。ついには教会までが口をはさむようになった。聖木曜日のミサの時にクラーラが例の騒ぎを引き起こして以来、デル・バージェ家に目をつけていたレストレーポ神父は、良風美俗の監視人として立ち上がり、そのガリシア訛りのスペイン語で「アミキス・レールム・ノウァールム」、すなわち新奇なものの友人たちに嚙みつき、自動車こそは、預言者エリアが天上に昇って姿を消した時に乗っていた火の馬車にも似た悪魔の機械だと言って非難した。けれども、セベーロはそうした騒ぎにまったく関心を示さなかった。しばらくすると、町の名士連中も彼にならって自動車を乗りまわすようになり、誰も珍しがらなくなった。彼は十年来ずっと同じ車に乗っていた。馬力があり、より安全な新型の車が町中を走りまわっていたが、馬が年老いて安らかに死んでゆくまでは、馬車を引く馬を処分したくないと考えていた妻と同じ考えを抱いていたので、いっこうに新しい車に乗り換えようとしなかった。彼の乗っているサンビームには、レースのカーテンがかかっていて、両側にガラスの花瓶がついていた。ニベアはそこにいつも新しい花を活けていた。車体はぴかぴかに磨きあげた木とロシア革が張ってあり、ブロンズの部品はまるで金のようにまぶしく輝いていた。車は英国製だったが、コバドンガというインディオの名前がつけられていた。あの自動車は、ブレーキがあまりきかない点をのぞいては、どこにも問題がなかった。セベーロはつねづね自分は機械には強いのだと自慢していた。時々自動車を解体して、もう一度組み立てることもあったが、そうでない時は、あの国でもいちばんの自動車修理工として知られていたイタリア人の修理工〈偉大な寝取られ男〉に預けた。あのイタリア人がそんな渾名をつけられたのは、彼の人生に暗い影を落としているある悲劇的な事件のせいだった。噂によると、彼の妻は亭主が自分の浮気にいっこうに気がつかないのに業を煮やして彼を棄てたのだが、家を出てゆく時に、修理工場の鉄格子の先に、肉屋で手に入れた羊の角をくりつけておいたのだ。次の日、彼が工場に行くと、子供や近所の連中が大勢集まっていて、彼を笑いものにした。しかし、その事件で、彼の修理工としての名声に傷がついたりはしなかった。そのイタリア人でさえ、コバドンガのブレーキだけはどうしても直せなかった。そこでセベーロは車に大きな石を積み込み、坂道で駐車する時は、ひとりがブレーキを踏んでいるあいだに、もうひとりが大急ぎで車から降りて、車輪の前にその石を置くようにした。このやり方でずっとうまく行っていたのだが、運命がふたりの生涯で最後の日曜日になると定めたあの日は、そうならなかった。天気のいい日曜日は、いつもふたりで郊外をドライヴすることにしていたので、あの日も出かけた。と、急にブレーキがまったくきかなくなった。ニベアが車から飛びおりて、石を置くか、セベーロがうまくハンドルを切ればよかったのだが、その前に自動車が坂道を転がりはじめた。セベーロはなんとかしてハンドルを切るか車を停めようとしたが、車はまるで悪魔に取り憑かれたような速度で坂道を走り、建築用の鋼材を積んだ荷車に衝突した。鋼板の一枚がフロントガラスから飛び込み、ニベアの首をすぱっと切り落とした。首がどこかへ飛んでいってしまったので、警察をはじめ、森番や近所の人たちが捜しまわり、犬まで駆り出して、二日間にわたって捜したがついに見つからなかった。三日目になると、遺体が臭いだしたので、仕方なく立派な葬儀を営んで、首のない遺体を埋葬することにした。その葬儀には、デル・バージェ家の一族をはじめ、信じられないほど大勢の友人、知人、それにあの国で最初の女性解放論者と考えられていたニベアの遺体に別れを告げにやってきた多くの女性が参列した。思想的に敵対している人たちは、生きている時に首が飛んでしまったのだから、死んでからも見つかるはずがないと憎まれ口を叩いた。大勢の召使いにかしずかれ、フェルラに監視され、クエバス医師から薬を飲まされたクラーラはけっきょく葬儀には出席しなかった。クラーラは母親の首がなくなったというぞっとするようなできごとを知ってはいたが、まわりのものがその悲しい事件を知らすまいと気遣ってくれているのを見て、なにも言わないことにした。けれども、葬儀が終わり、ふだんの生活が戻った頃を見はからって、彼女はフェルラに、母親の首を捜しに行くからいっしょに来てほしいと頼んだ。フェルラはもっとたくさんの水薬と錠剤を飲ませようとしたが、うまくゆかず、けっきょくクラーラに説き伏せられた。根負けしたフェルラは、これ以上お母さんの首がなくなったなんて悪い夢でも見たんでしょうと言い張るのは無理だ、どうしても首を見つけたいという気持を抑えて、精神に異常でもきたせばおおごとだから、いっそ協力して助けてやるほうがいいだろうと考えた。エステーバン・トゥルエバが家を出てゆくと、フェルラはすぐにクラーラに服を着せてやり、ハイヤーを呼んだ。クラーラが運転手に行き先を伝えたが、どこへ行くのかはっきりは言わなかった。

「とにかくまっすぐ走ってちょうだい、道はこちらから言いますから」人の目に見えないものを見る本能に導かれて、彼女はそう言った。

町を出ると、家があちこちに建ち、丘陵やなだらかな渓谷のある開けた空間が目の前に広がった。クラーラに指示されて車は脇道に入ったり、樺の木と玉ネギ畑の間を進んだ。ある茂みのそばまでくると、彼女が車を停めて、と運転手に言った。

「ここだわ」

「まさか、そんな！　事故のあったところはずっと向こうですよ」とフェルラが疑わしげに言った。

「ここにまちがいないわ」クラーラはそう言いながら、大きなお腹を揺らして大儀そうに車から降りた。お祈りを唱えているフェルラとなんのためにここまで来たのかまったく事情が呑み込めずに車を走らせてきた運転手が、彼女のあとを追った。クラーラは茂みの中にもぐり込もうとしたが、大きなお腹が邪魔になって入れなかった。

「悪いけど、この中にもぐり込んで下さらない。ある婦人の首があるから、それを取ってきてほしいの」と彼女は運転手に頼んだ。

とげだらけの茂みの中にもぐり込んだ運転手はメロンのようにぽつんとそこにあったニベアの首を見つけた。彼は髪の毛をつかむと、四つん這いになってそれを引きずり出した。運転手が近くの木にもたれてげーげーやっている間に、フェルラとクラーラは耳や鼻、口の中に入った土や小石を取りのぞき、少し乱れていた髪の毛を整えてやったが、目だけはどうしても閉じることができなかった。ふたりはそれをショールでくるむと、車のところに引き返した。

「急いでちょうだい。赤ちゃんが産まれそうなのよ」とクラーラは運転手に言った。

屋敷にたどり着くと、すぐにクラーラをベッドに寝かしつけた。召使いがクエバス医師と産婆を呼びに行っている間に、フェルラは出産の用意をした。車に揺られたし、ここ数日は心労が重なったにもかかわらず医師から水薬をもらっていたので、長女が産まれた時とちがって今回は安産だった。彼女は歯をくいしばり、帆船のベッドの後檣と前檣をしっかり握り締め、静かな湖面のような青い絹に包まれた世界の中に、ハイメとニコラスを産み落としたが、慌しく産まれたふたりの孫を、タンスの上から祖母のニベアが目を大きく見開いてじっと見つめていた。ラス・トレス・マリーアスで子馬や子牛が産まれるところを見たことがあったので、フェルラはその時の経験を生かして、赤ん坊のうなじの毛をつかんでひとりずつ引きずり出してやった。そして、医師と産婆がやってくる前に、ニベアの首をベッドの下に隠したが、それというのもいろいろ説明するのがめんどうだったからだった。ふたりはやってきたが、なにもすることがなかった。母親は静かにベッドに横になっていたし、双子の子供は、体こそ早産の赤ん坊のように小さかったが、五体は満足で健康状態もよく、疲れ切った伯母の腕の中でぐっすり眠っていた。

ニベアの首を、人目につかないところに隠すというのが大問題だった。散々知恵を絞ったすえ、フェルラは布に包んで、革製の帽子箱に隠した。ふたりは神様がお命じになっているとおりに埋葬するにはどうすればいいか相談した。しかし、墓を開いて首を埋めるということになれば、気の遠くなるほどたくさんの書類を書かされるだろうし、警官が見つけだせなかった首をクラーラがいとも簡単に見つけだしたことが表沙汰にでもなれば大騒ぎになることは目に見えていた。エステーバン・トゥルエバは人の笑いものにだけはなりたくないと考えていたので妙な噂が立たないような解決法を思いついた。彼にしてみれば、妻が妙なことをすれば、たちまち笑いものになることが分かっていたのだ。手を触れずにものを動かしたり、通常では考えられないようなことを予知する能力がクラーラに備わっていることはすでに知れわたっていた。クラーラが少女時代何年も口をきかなかったことや、教会があの国で最初の福者に認定しようとしている聖職者レストレーポ神父を名指しで批判したという昔の話を掘り起こしてきた人間もいた。ラス・トレス・マリーアスで二年ばかり過ごしたおかげで、ようやくそうした噂も消えかけてきて、人々も忘れかけていたが、ここでまたつまらないことをやらかせば――母親の首もその種になりうるが――、またぞろ、人々から妙な噂を立てられることは分かりきっていた。のちに噂されたようにけっしてそのまま放っておいたのではなく、そういう事情があったからこそ、ニベアの首はきちんとしたキリスト教の葬式をあげる機会が訪れるまで、帽子箱に入れて地下室に保管されたのだ。

双子の子供を産み落としたあと、クラーラはすぐに元気になり、義理の姉と乳母に子供の養育をまかせた。乳母は前の主人が亡くなったあと、同じ血筋の人に仕えたいと言ったので、その意向を汲んでトゥルエバ家に引き取られていた。彼女は、人の子供をあやし、他人の捨てた服を着、残りものを食べ、自分のではなく、他人の悲喜こもごもの人生を生き、人の家の屋根の下で年老い、いちばん奥の中庭にある小部屋の、自分のものでないベッドの上で息を引きとり、共同墓地のひとつに埋葬されるべく生まれついていた。年はもう七十近くなっていたが、年齢を感じさせないほどこまめに働き、なにがあっても動じることがなかった。今でも、もしクラーラが口をきかなくなって、チョークを持つようになれば、お化けの扮装をして、部屋の片隅に隠れておどかすだけの身軽さが残っていたし、双子の子供をしつける時は厳しく、ブランカが相手だと、その母親や祖母に対する時と同じようにひどく甘くなったものだった。あの邸宅では誰ひとり神を信じるものがいないことに気づいて、一族の生きているものはもちろん、亡くなった人たちのためにもお祈りをあげてやらなくてはいけないと考えるようになり、いつの頃からかたえずお祈りを口ずさむようになった。彼女にしてみれば、自分が仕えている家族のためにお祈りをあげるというのは当然のつとめだったのだ。年老いるとともに、誰のためにお祈りをあげているのか分からなくなったが、それでも自分はどなたかにお仕えしているのだという確信があったので、この習慣を変えなかった。信心深さという点だけはフェルラと共通していたが、あとはことごとく対立していた。

ある金曜日の午後、小さな手に霧のかかったような目をした、透き通るような肌の三人の婦人が、あの角の邸宅のドアをノックした。彼女たちは流行おくれの花飾りのついた帽子をかぶり、野生のスミレの強い香水の匂いを漂わせていたが、その匂いは家中に広がり、二、三日のあいだ消えずに残った。彼女たちはモラ三姉妹だった。その時クラーラは庭に出ていたが、どうやら午後のあいだじゅう彼女たちがやってくるのを待っていたようだった。彼女は両脇に子供をかかえて婦人たちを出迎えたが、その足もとではブランカが遊んでいた。彼女たちはたがいに顔を見かわし、相手を認め合って、にっこりほほえんだ。その時生まれた強い精神的な絆は生涯消えることなく続いた。彼女たちの予言がもし正しいとすれば、あの関係は今もあの世で続いていることだろう。

モラ三姉妹は心霊術や超自然現象につよい関心を抱いており、霊魂が形をとって現われうるという確固たる証拠を手に入れていた。つまり、テーブルのまわりにいたり、ぼうっとした羽のあるエクトプラズムになって彼女たちの頭上を飛んでいる霊魂を写した写真がそれだが、あれは現像の時についたしみだという人や、写真家がやったトリックだと言い切る疑い深い人もいた。三姉妹は、超能力者だけに許された神秘的な方法を用いてクラーラの存在を知り、テレパシーを使って彼女と交信し、すぐさま彼女が自分たちと同じ星の下に生まれた姉妹であることに気づいた。ひそかに調査して、彼女の地上の住所をさぐり当てた三姉妹は、霊験あらたかな水をしみこませた独特のトランプや食わせものの超心理学者の化けの皮を剝ぎとるために考え出した幾何学的な図形やカバラ的な数字を書き込んだカード、それにクラーラへの贈り物としてどこにでも売っているありふれたケーキを一皿持ってあの邸宅にやってきたのだ。クラーラと三姉妹はすぐに親しくなり、その日に、これからは毎週金曜日に集まって精霊を呼び出したり、さまざまな神秘や薬の調合を教え合うことにした。彼女たちはまた、あの角の邸宅からモラ三姉妹の住む市の反対側にある家まで精神エネルギーを送る方法を発見した。三姉妹の家は古い水車小屋を改造したまことに風変わりな住居だったが、その家のおかげで、逆に、毎日の生活の苦しい状況をなんとか乗り切ることができたのだ。モラ三姉妹は知己がたいへん多かったが、知人のほとんどが心霊術に興味を持っている人たちだった。その人たちも金曜日の集まりに顔を出すようになり、自分たちの知識や磁力を備えた液体をもたらしてくれた。エステーバン・トゥルエバはそういう人たちが家に出入りするのを見て、書斎に勝手に出入りしない、子供を心霊術の実験に使わない、スキャンダルを起こさないよう慎重に行動する、以上の条件を守ってくれさえすれば、来ていただいても結構だと言った。フェルラは、クラーラのそうした行動が宗教だけでなく良俗にももとるものだと考えて、眉をひそめていた。彼女は会合に加わらず、一定の距離をおいて様子をうかがっていたが、じつを言うと、編み物をしながら、クラーラが忘我境に入ったらすぐさま止めに入ろうと思って目を光らせていたのだ。そうした会合でクラーラは時々霊媒の役をつとめ、ふだんとは別人のような声を出して、なにやら訳の分からない言葉でしゃべりはじめることがあったが、そのあとはものも言えないほど疲れきっていた。乳母もやはり、お客さんにコーヒーを出すのだと言って、糊のきいたペチコートと歯の抜けた口でふにゃふにゃ唱えるお祈りで霊魂を追い払いながらその部屋に出入りしたが、その一方で監視の目を光らせていた。もっとも乳母はクラーラが無茶なことをするのではないかと心配していたのではなく、誰かが灰皿をくすねないよう見張っていたのだ。クラーラが誰も灰皿なんか欲しがったりしないわ、だいいち煙草を吸うような人はいないでしょうと言ってきかせても、彼女は頑として耳を貸そうとしなかった、というのも乳母はとても魅力的なモラ三姉妹をのぞいて、ほかのお客さんはみんな、信者面をした盗人だと思い込んでいたのだ。

乳母とフェルラはことあるごとに対立していた。子供たちの愛情を奪い合い、奇矯で突拍子もないことをやらかすクラーラの世話をしようとして争った。口にこそ出さなかったがその根深い対立は、台所や中庭、廊下にまで持ち込まれた。ただ、ふたりともクラーラにだけはそうした見苦しいところを見せたくないと考えていたので、彼女の前では角を突き合わせないよう心がけていた。フェルラはクラーラを愛するあまり、嫉妬心まで抱くようになったが、その愛情は義理の姉のそれというよりもやきもち焼きの夫のような愛情だった。時がたつにつれ自分の感情を抑えきれなくなり、ことあるごとにクラーラに対する愛情をひけらかすようになったために、エステーバンが眉をひそめることも度々あった。彼が農場から戻ると、フェルラは、ふたりがベッドを共にしたりすることがないよう、またふたりでいる機会を減らし、ふたりきりになる時間をできるだけ短くしようとして、いつもクラーラは今ちょうど「具合の悪い時なの」と言ったものだった。さらにまた、クエバス医師がこうおっしゃっているからと嘘をついたりもした。けれどもあとで医師に問いただしてみると、みんなフェルラの作り話だということが分かった。彼女はなんとかしてふたりの間に割って入ろうとし、それがだめな時は、お父さんと散歩してきなさいとか、お母さんに本を読んでもらいなさい、と言って子供たちをたきつけたり、どうも子供たちが熱を出したみたいですから、見てやって下さいとか、子供たちと遊んでやって下さいと言ったりした。「かわいそうに、あの子たちは両親を必要としているんですのよ。あんな無学な年寄りに子供たちをまかしておくと、古くさい考えや迷信を教え込まれて、今にばかになってしまいます。乳母は老人ホームに入れてあげればいいんです。《神の侍女たち》が経営しているホームは年とった召使いのために作られたとってもすてきなところだそうです。あそこなら、どこかの奥様のように大切にしてもらえるし、仕事はしなくていいし、食事もとてもおいしいと評判ですわ。乳母はもう役に立たないんですから、そういうところに入れてやるのが、思いやりというものですよ」と言った。自分でも理由はよく分からなかったが、家にいてもエステーバンはどうも落ち着かなくなった。妻がだんだん遠い存在になり、ますます手の届かない奇妙な存在になりはじめたように感じられた。贈り物をしても妻の気を引くことはできなかったし、おずおずやさしい態度をとってみたり、彼女の前に出るとついつい表に出てしまう激しい感情をむき出しにしても、効はなかった。そのうち、彼の愛情は執念に変わってしまった。クラーラが自分のことだけを考え、自分と分かち合う生活だけを生き、すべてを打ち明け、自分の手を通して渡したものしか所有せず、自分にだけよりかかって生きることを望むようになった。

けれどもクラーラは別世界に生きていた。マルコス叔父のように飛行機に乗って地上を飛び立って、宙を飛んでいるように思われた。チベットの教義の中に神を見いだそうとしたり、三脚テーブルで精霊と話し合ったり（精霊たちははいと言うかわりにテーブルを二回ノックし、いいえと言うかわりに三回ノックして、彼女の質問に答えた）、雨の状態まで教えてくれる他界からのメッセージを読み解いたりして、日を送っていた。ある時、精霊に暖炉の下に宝物が埋まっていると教えられたことがあった。最初に壁を壊したがなにも出てこなかったので、階段、さらにはいちばん大きいサロンを半分ばかり壊してみたが、結果は同じだった。彼女が何度もあの邸宅に手を入れて改造したために、精霊が混乱してしまい、通りをはさんだ向かい側のウガルテ家にドブロン金貨が隠されているのを、トゥルエバ家の邸宅ととりちがえていたということが最後に分かった。スペイン人の亡霊の言うことなど頭から信じようとしないウガルテ家の人たちは、自宅の食堂を壊すことに同意しなかった。ブランカを学校に通わせるには髪を三つ編みに結ってやらなければならなかったが、クラーラにはそんな器用なことができなかったので、その仕事はフェルラか乳母にまかせておいた。けれども、彼女は自分がニベアに育てられたのと同じやり方でブランカを育ててきたので、母と娘は強い絆で結ばれていた。ふたりでいろいろなお話をしたり、マルコス叔父の魔法のトランクに入っている神秘的な本を読んだり、家族の写真を見たり、大きなおならをする叔父やポプラの木の上から樋《ひ》嘴《はし》のように転落した盲人の話をした。また、山を見に行って、雲の数を数えたり、スペイン語のTのかわりにNを、RRのかわりにLを入れて奇妙な言葉を作り出してしゃべったりしたが、そうすると、洗濯屋をしている中国人とそっくりのしゃべり方になった。

当時は「男は男らしくなければならない」という考え方が支配的だったので、ハイメとニコラスは女たちとは別の世界で育てられていた。男とちがって、一族の女たちは独自の気質を遺伝的に受け継いでいたので、人生の有為転変をとおしていろいろなことを学びとる必要はなかった。双子の兄弟は年相応の遊びをしながら強くて逞ましい乱暴な子供に育っていった。最初はトカゲをつかまえて尻尾を切ったり、ネズミに競走させたり、蝶の羽の鱗粉を剝がして喜んでいたが、そのうち例の洗濯屋をしている中国人に習ったやり方で突きや蹴りを入れるようになった。あの中国人は当時としてはなかなか先見の明があり、中国千年の伝統をもつ武術を初めてあの国に持ち込んだ。けれども、彼が拳でレンガを割るところを見せて、道場を開こうとしても、誰ひとり関心を示すものがいなかったので、仕方なく洗濯屋をして生計を立てていたのだ。双子の兄弟は逞ましく成長すると、学校を抜け出して、ゴミ捨て場の裏の空き地に出入りするようになった。そこで彼らは、母親のもとから盗み出した銀の食器とひきかえに、とてつもなく大きな体の女を相手に禁じられた愛の遊戯にふけったものだった。彼女はオランダ牝牛のように巨大な乳房のついている胸にふたりを抱き締め、じっとり濡れて柔らかいその腋の肉でふたりの息を止め、象のような太腿でふたりを押しひしぎ、愛液に濡れた黒く熱っぽい性器でふたりに至福感を味わわせてやった。けれども、これはずっとのちの話で、クラーラはそのことをまったく知らなかった。したがって例のノートにも書かれていないのだが、私はべつの方法でそのことを探り出した。

クラーラは家庭のことをまったく顧みなかった。家の中はいつも掃除が行き届き、きちんと片付いていたが、そういうことにはまったく無関心な様子で部屋から部屋へと歩きまわっていた。食卓についても、料理の材料の仕入先や料理人のことは一切尋ねなかったし、誰が給仕しようが気にかけなかった。使用人の名前をよく忘れたが、時には自分の子供の名前すら思い出せないことがあった。けれども、その歩みにつれて時計が動きはじめると言われる、慈悲深くて陽気な精霊のように、誰もがいつも身近に彼女がいるように感じていた。白だけが自分のオーラに影響を与えないと言って、フェルラがミシンで縫ってくれた、シンプルなデザインの服を着ていた。エステーバンが、流行の服を着せてやりたいと思って、縁飾りや宝石のついた目のくらむような衣装を買ってくることがあったが、彼女はいつも白い服を着ていた。

クラーラは夫だけでなくほかの誰に対しても気のおけない態度で接したし、彼に話しかける時はまるで猫をあやすようなしゃべり方をした。疲れている時もあれば、悲しみに沈むこともあったし、また心が浮き立っている時もあれば、愛し合いたいと思っている時もあったが、クラーラは夫のそういう気持にまったく無頓着だった。そのくせ、彼が少しでもよからぬことを考えると、体から発する光の色でたちまちそれを見抜き、ふた言、み言からかうようなことを言って、彼の気持を萎えさせてしまったものだった。彼に向かって、なにをしてやってもクラーラは心から感謝しているようには見えなかったし、彼にしてみれば、あれがどうしても欲しいと言ってねだったりもしなかったが、そういうことまでが腹立たしく思えた。ベッドに入ってもいつもと同じで、別に緊張するでもなくにこにこして素直に言うことをきいてくれたが、いつもなにかほかのことに気を取られているようにぼんやりしていた。彼は書斎の片隅に隠してある本を通してアクロバット的ないろいろな体位を研究していた。妻ならどんな体位でもこなせることは分かっていたが、どんなにみだりがわしいポーズをとらせても、罪の意識や辱めを受けているという意識を彼女に植えつけることができなかったので、まるで、赤ん坊が遊んでいるようにしか思えなかった。農場にどうしても片付けなければいけない仕事ができて、首都に妻と子供たちを残してそちらに行くことがあったが、そんな時は、やり場のないいらだちをおぼえて時々茂みの中で逞ましい百姓女を押し倒すこともあった。しかし、喜びはつかの間のことで、いつもいやな後味が残った。そのことを妻に打ち明けても、彼女はおそらくなんてひどいことをしたのと言ってなじりはするだろうが、ほかの女に手を出したといって怒ったりはしないはずだった。クラーラは人間くさいどろどろした感情を持ち合わせておらず、したがって嫉妬したりすることもなかった。彼はファロリート・ローホにも二、三度足を向けた。しかし、娼婦が相手だと思うようにゆかず、けっきょくなにもせずに帰ってきた。肝心の時になると、いや、ちょっと飲みすぎてねとか、昼食のこなれが悪くて、あるいはここ二、三日風邪気味なんだと苦しい言い訳をし、屈辱感にまみれて逃げ帰った。トランシト・ソトの店へ行ってもよかったのだが、彼女が相手だと深みにはまる危険があるように思えて、二度とあの店には足を向けなかった。体の内では、満たされない欲望、消しようのない炎が燃えさかっているように感じられた。クラーラを渇望していたが、その渇きは、長い時間をかけて激しく愛し合ったあとでも、癒されなかった。事が果てたあと、心臓が破裂しそうに激しく鼓動しているのを感じながら、くたくたに疲れて眠り込んだが、そんな眠りの中でさえも、自分の横で休んでいる女性がこの世のものでなく、自分にはどうしてもたどり着くことのできない世界に生きている人間なのだとはっきり感じられた。時々、我慢できなくなってクラーラを乱暴に揺り起こし、激しい言葉でののしることもあったが、そのあとは彼女の膝の上で泣き崩れ、手荒な真似をして悪かったと謝ったものだった。夫の気持は分かっていたが、クラーラにはどうしてやることもできなかった。エステーバン・トゥルエバはクラーラを異常なまでに愛していたが、その愛はおそらく、彼の激しい怒りや誇りよりももっと大きい、彼の人生の中でももっとも強い感情だったにちがいない。それから半世紀たったのちも、彼はその時と同じように身を震わせ、激しい思いを込めて当時の愛を呼び起こしたものだった。そして年老いて死の床に横たわった時も、死の間際まで彼女の名を呼びつづけた。

フェルラが邪魔をすればするほど、エステーバンはいっそう深くクラーラを愛するようになった。姉が自分たちふたりの間に割って入ると、思わずかっとなったし、クラーラをとられるというので、実の子供たちにまで憎しみをおぼえるようになった。挙句の果てに、最初の時と同じ場所へ二度目の新婚旅行に出かけたり、家族から逃れようとして週末をホテルで過ごしたりしたが、なにをしてもうまくいかなかった。ついに彼は、こうなったのももとはと言えばフェルラのせいだ、あの女が妻におかしなことを吹き込むものだから、妻はわしを愛することができないのだ、そのうえ夫でもないのに妻に変に狎《な》れ狎れしい態度を取りおってと考えるようになった。ある日、フェルラがクラーラに湯浴みさせている現場を見つけて、彼はまっ青になった。姉の手からスポンジを取り上げ、荒々しく部屋から追い出すと、浴槽からクラーラを軽々と抱き上げ、彼女の体を揺すりながら、この年になって人に湯浴みさせてもらうというのはよくない、これからは二度とこういうことをするんじゃないと言ってきかせた。そのあと、タオルで体を拭き、ガウンを着せてやると、われながらばかなことをしていると思いながらベッドまで運んでやった。フェルラがチョコレートの入ったコップを妻に差し出そうとすると、病人じゃないんだと言って、それを彼女の手から奪いとり、おやすみのキスをしようとすると、女同士で口づけなんてするんじゃないと言って、姉を押しのけ、お盆に載った料理のいちばんいいところを取ってやろうとすると、ひどく怒って席を立ったものだった。姉と弟はたがいに敵意をむき出しにし、憎しみのこもった目で相手の出方をうかがうようになった。クラーラの目の前で恥をかかせようと、たがいに相手のことについてあることないことを言いふらし、こっそり様子をうかがい、監視し合うようになった。エステーバンはぷっつり農場に足を向けなくなり、外国から輸入した牝牛の世話も含めて、すべてをペドロ・セグンド・ガルシアの手にゆだねた。友達と出歩いたり、ゴルフに行ったりすることもなくなったし、仕事もしなくなった。夜も昼も、姉の足音にじっと耳を澄まし、彼女がクラーラのところに行こうとすると、ぬっと前に立ちはだかった。家の中は、息苦しいほど暗く、重苦しい空気に包まれ、乳母までがおかしくなってしまった。クラーラだけがまわりのできごとにまったく無関心だった。ほかのことに心を奪われていたのか、子供のように無邪気だったせいかは分からないが、彼女はあの姉弟がいがみ合っていることに気づいていなかった。

エステーバンとフェルラの間でぶすぶす燃えくすぶっていた憎悪がついに爆発する日がやってきた。最初のうちはふくれっ面やとるに足らないことで腹を立てたりするくらいのことですんでいたが、ふたりの感情的対立はだんだん激しくなり、ついには家中のものを巻き込むようになった。その年の夏の取り入れの時に、ペドロ・セグンド・ガルシアが馬から落ちて頭を割り、尼僧の経営する病院に入院するという騒ぎがあったので、エステーバンはラス・トレス・マリーアスに行かざるを得なくなった。差配人が退院すると、彼は家に連絡せずすぐ首都にとって返した。汽車の中で妙な胸騒ぎをおぼえた彼は、いっそ大きな騒ぎがもちあがればいいと考えた。じつのところ、彼がそう考えた時点で、すでに事がはじまっていたのだ。午後の三時頃首都へ着くと、彼は家に戻らずそのままクラブに直行した。そこでカード遊びをし、夕食をとったが、不安といらだたしい気持はいつまでたってもおさまらなかった。彼自身、自分がいったいなにを待ち受けているのかよく分からなかったのだ。夕食の時に軽い地震があった。涙滴シャンデリアのガラスがうるさくカチカチ音を立てたが、そこに居合わせた人たちは誰ひとり顔をあげずに、食事を続けていたし、楽団員も平気な顔で演奏していた。ただエステーバンだけは、まるでなにかの警告でも受けたようにぴくりとした。彼は急いで食事をすませると、勘定を払って、店を出た。

フェルラはたいていのことに驚かなかったが、地震にだけは弱かった。クラーラが呼び寄せる亡霊や農場にいるネズミにもすぐ慣れたが、地震の恐怖だけは骨がらみのもので、終わったあともずっと体の震えが止まらなかった。その夜もやはりなかなか寝つけなかったので、菩提樹のハーブティーを飲んでぐっすり眠っているクラーラの部屋に行くと、どうか大きな地震が起こりませんようにと口の中でお祈りを唱えながら、クラーラを起こさないようそっとベッドにもぐり込んだ。そこをエステーバン・トゥルエバに見つけられたのだ。彼は泥棒のように忍び足で家の中に入ると、明かりもつけずに上の階のクラーラの寝室まで上っていった。トゥルエバはラス・トレス・マリーアスにいると思い込んで眠り込んでいるふたりの女性の前に、つむじ風のように姿を現わした。そして、まるで妻を誘惑した浮気の相手を見つけでもしたようにたけり狂って自分の姉に襲いかかると、ベッドから引きずり出し、廊下を引きずるようにして歩き、突き転がすようにして階段の下まで降ろすと、無理やり書斎に閉じこめた。一方、クラーラはなにがどうなっているのか訳が分からず寝室のドアのところから大声で喚いていた。フェルラとふたりきりになると、エステーバンは鬱積した思いを怒りにかえて姉にぶつけ、お前は男まさりの女だの娼婦だの、聞くに耐えないような言葉で激しくののしった。お前がうちの奴をたぶらかしたんだろう、ひとり暮らしの寂しさからあれを猫かわいがりするから妙なことになったのだ、このレズビアンめ、お前がおかしな愛の技巧を弄するものだから、あれは頭がおかしくなり、いつもぼんやりしていてものも言わず、おまけに心霊術に凝ったりしたのだ。わしの目を盗んで快楽をむさぼり、子供たちの名前や一家の名誉、信心深い母親の思い出に泥を塗ったんだ、おふくろはそんなお前の腐り果てた性根に愛想をつかし、家から追い出そうとしたんだ、さあ、とっとと出てけ、二度とこの家に顔を出すんじゃない、妻や子供たちに近づくことはあいならん、金のことは心配しなくていい、以前約束したとおり、わしの目の黒いうちは人並みの暮らしができるだけのものは送ってやる、ただし、この家にはなにがあっても近づくんじゃない、さもないとわしがこの手で殺してやる、これだけはよく覚えておくんだ、いいか、おふくろに誓ってその時は必ず殺してやるからな。

「そこまで言うのなら、こちらも言わせてもらうわ、エステーバン」とフェルラが喚き立てた。「あなたはこの先ずっとひとりぼっちで生きてゆくことになるわ、体だけでなく魂まで小さくちぢんで行って、犬のように死んでゆくはずよ」

そう言い捨てると、寝室着姿のまま、なにも持たずにあの角の邸宅を飛び出して行った。

次の日、エステーバン・トゥルエバはアントニオ神父に会いに行き、細かいことは言わなかったが、おおよその事情を説明した。神父はすでに話を聞いていたのだろう、いかにも穏やかな表情で彼の話に耳を傾けていた。

「で、私になにをしろとおっしゃるのです」エステーバンが話し終わるのを待ってそう尋ねた。

「あれに苦労させたくないので、毎月神父様に封筒をお渡ししますから、それを届けていただきたいのです。申し上げておきますが、これはべつに姉への愛情からするのではなく、約束を果たしたいだけなのです」

アントニオ神父は溜息をつきながら彼の差し出した封筒を受け取ると、祝福を与えるようなジェスチャーをしたが、エステーバンはすでに背を向けて歩き出していた。彼は姉との間にあったことをなにひとつクラーラに説明しなかった。ただ、姉を家から追い出したので、今後は自分のいるところで姉のことを話題にしないよう、できれば、陰でこそこそ噂するのも止めるように言い渡した。彼は姉の衣服や彼女を思い出させるようなものを一切合財放り出して、死んだものとして忘れることにした。

夫にいくら尋ねても教えてはもらえないだろうと思って、クラーラは裁縫室に行くと、亡霊と話をしたり、意識を集中させる時にいつも使っている振子を探し出した。市内の地図を床の上に広げ、振子を三十センチのところでゆらゆら揺らしながら義理の姉の居場所をつきとめようとした。午後のあいだずっとその方法を試みたが、分かったのはフエルラがまだ住むところを決めていないということだけだった。振子では居場所をつきとめられないと分かったので、本能に頼って馬車を走らせて捜してみたが、これもうまくいかなかった。三脚テーブルにも相談してみたが、入り組んだ市街のどこかにいるフェルラのところまで案内してくれるような導きの精霊は姿を現わさなかった。念力で呼びかけても応答はなかったし、タロットカードを使ってもはかばかしい結果は得られなかった。そこで、ごくありふれた方法を用いてみることにした。女友達のあいだを捜しまわったり、御用聞きや彼女と付き合いのあった人たちに尋ねてみたが、あれから一度も見かけていませんね、という返事しか返ってこなかった。彼女は思いあまって最後にアントニオ神父のところに出かけていった。

「彼女はあなたにお会いしたくないと言っていますから」とその聖職者は言った。「これ以上お捜しにならないほうがいいでしょう」

その言葉を聞いてクラーラは、自分がいくら占いの方法を用いてもうまくゆかなかったはずだと納得した。

「やはりモラ三姉妹の言うとおりだったわ」と彼女はつぶやいた。「身を隠したいと思っている人を見つけだすことはできないのね」

今やエステーバンは飛ぶ鳥を落とす勢いだった。手がけた事業は魔法の杖で触れたようにことごとく成功し、昔心ひそかに誓ったとおりの大金持になっていたので毎日を満ち足りた思いで過ごしていた。あちこちの鉱山を経営し、果物を外国に輸出し、建設会社を作った。その間にどんどん規模が大きくなったラス・トレス・マリーアスは、今ではあの地方一の農場に成長していた。経済危機が国全体を震撼させたが、彼はほとんど影響を受けなかった。北部の硝石会社が倒産し、何千人という労働者が貧困に苦しめられた。飢えに苦しむ失業者の群れが、妻子や老人を連れて、道々職を求めながら首都の近くまで続々と押しかけてきた。彼らはやがて、首都を帯状に取り囲み、塵芥や瓦礫の山の中に、板切れや段ボール紙で雨露をしのぐ小屋を作って住みついた。職を求めて市内をうろつきまわったが、仕事はそうたやすく見つからなかった。痩せ細った体をぼろに包んだ見るからにあわれな様子の、地方からやってきた労務者たちは、やがてもの乞いをするようになった。町中に乞食があふれ、その後泥棒の数が増大した。その年はまたいまだかつてないような寒波に見舞われ、首都に雪が降った。新聞は大喜びして、お祭りのニュースでも載せるようにその記事を第一面にでかでかと掲載したが、一方町はずれのスラム街では子供たちが何人も凍死した。困窮者の数があまりにも多くて、慈善事業だけではとても救済しきれなかった。

さらに追い討ちをかけるように、発疹チフスが大流行した。当初は貧しい人たちだけのかかる病気だったのが、やがて神の下された懲罰のように町全体に広がった。冬の寒さ、栄養失調、下水を流れる汚水などが原因でまず最初にスラム街で発生した。それが失業者とともに町中に広がったのだ。病院だけではとても患者に対応しきれなくなった。病気にかかった人たちは虚ろな目をして街路を歩きまわり、体についたシラミをとって健康な人たちに投げつけた。疫病はあっという間に蔓延し、家庭の中に入り込み、学校や工場にまで広がったので、安心して生活を送ることができなくなった。誰もが、あの恐ろしい病気の徴候が現われていないだろうかと考えて、不安におののきながら暮らしていた。病気にかかると骨の芯まで氷のように冷え、しばらくすると昏睡状態におちいった。そのあと、呆けたようになり、体中に発疹が出て、熱で体が衰弱し、血便が出、火事や溺死の悪夢を見るようになる。骨が綿のようになり、脚にまったく力が入らないので地面にばったり倒れ、口の中はウィルスのいやな味がする。体は生肉のようになって血がしたたり、赤や青、黄、黒といった不気味な色の潰瘍ができ、内臓を吐き出すほどの嘔吐に襲われる。頭が割れるように痛み、汚穢と恐怖のあまり魂が抜けたようになるが、そうなるともう苦痛に耐え切れなくなって、神の慈悲を乞い、どうかひと思いに死なせて下さいと祈るようになる。

エステーバンは家族を疫病から守るために、農場へ連れて行こうとしたが、クラーラは夫の言葉に耳を貸そうとしなかった。彼女は貧しい人たちを救うべく必死になって働いていたが、その仕事はいつ終わるともしれないものだった。朝早くに家を出て行ったが、帰宅が真夜中近くになることも珍しくなかった。家中の洋服ダンスを空にし、子供の服やベッドの毛布、夫の上着まで持ち出した。貯蔵室の食料を運び出し、ペドロ・セグンド・ガルシアに言って、ラス・トレス・マリーアスからチーズや卵、乾燥肉、果物、鶏などを送らせ、それを困窮している人たちに配った。彼女はみるみるうちに痩せ細ってゆき、目の下に隈ができた。またしても夜になると、夢遊病者のように家の中を歩きまわるようになった。

フェルラがいないせいで、家の中が戦場のように散らかっていた。あんな女などいなくなればいいのにと考えていた乳母も、いざ彼女がいなくなるとやはりショックを隠せなかった。春の訪れとともに、クラーラはようやくひと息つけるようになったが、とたんに現実から逃避し、夢想の世界にひたりたいという気持がむくむく頭をもたげてきた。フェルラがいれば、収拾がつかないほど散らかっているあの角の邸宅も申し分なく片付いているはずだった。けれども、彼女はいなかったし、クラーラはクラーラで家のことはまったく構いつけなかった。クラーラは乳母と使用人に家のことをすべてまかせ、自分は霊魂の世界と心霊術の実験にのめり込んでいった。毎日の生活を書き留めているノートは、記述がいいかげんになり、字体もそれまでの修道尼を思わせる優雅さを失った。字がひどく乱れ、時には読みとれないほど小さな字になるかと思えば、わずか三語で一頁を埋めることもあった。

それから数年後に、ゲオルギイ・グルジェフの研究家や薔薇十字団員、心霊術師、夜遅くまで起きているボヘミアンなどが、クラーラとモラ三姉妹のまわりに集まるようになった。彼らはクラーラの家で三度の食事をとり、三脚テーブルに集まる精霊たちにさし迫った問題を相談したり、クラーラの手許に届いた新しい神秘的な詩人の詩を読んだりして暇を潰していた。妻の生活にはいくら干渉してもむだだと分かっていたので、エステーバンはあやしげな連中が出入りしてもなにも言わなかった。ただ、息子たちには魔術の世界に触れさせたくないと考えて、ハイメとニコラスをヴィクトリア朝風の教育を売りものにしている英国系の寄宿学校に入学させた。その学校では、些細なことでもすぐさま生徒にズボンを脱がせ、棒で尻を叩いて教育したが、ハイメはイギリスの王族を嘲笑し、十二歳の時には、世界中に革命を起こさせようとしたユダヤ人マルクスの著作に親しんでいたせいで、こっぴどくやられた。ニコラスは大叔父の冒険精神を受け継いでおり、母親のように天宮図を描いて未来を解読するのが好きだったが、こうした性格のせいで変人扱いされはしたものの、学校の厳格な教育方針に触れなかったので、兄のようにひどいお仕置きを受けずにすんだ。

ブランカのほうは、父親が教育に一切口をさしはさまなかったので、事情はまったくちがっていた。女の子というのは結婚して、華々しく社交界に出ればいい、死者と交信する能力が備わっているのなら、その使い方さえまちがえなければ、かえって人を惹きつける魅力になるものだ、とエステーバンは考えていた。魔術というのは、宗教に凝ったり料理をしたりするのと同じで、しょせんは女のすることだとみなしていた。司祭を憎むように男の心霊術師をひどく嫌っていたが、モラ三姉妹に対して一種の親近感をおぼえていた理由もおそらくはその辺にあるのだろう。一方、クラーラは金曜日の集会はもちろん、どこへ行くにも娘を連れて行った。幼い頃から精霊や秘密結社の会員、自分が面倒を見ている貧しい芸術家たちと親しく付き合わせた。中年にさしかかっていた母親がしてくれたように、彼女も娘を連れて貧しい人たちの所へ出かけて行ったが、その時は贈り物や慰めの言葉を用意していた。

「でも、これは気休めにすぎないのよ」とブランカに説明してやった。「こんなことをしても貧しい人を助けることはできないわ。あの人たちは慈善ではなく、公平さを求めているのよ」

その点に関してエステーバンはまったく違う考えを抱いていたので、ふたりの間で激しい議論が戦わされた。

「公平さだと！ すると、すべての人間は平等でなければならんというわけか。世の中にはのんべんだらりと毎日を送っている奴もいれば、額に汗して働いているものもいる、根っからのばかもいれば、賢い人間もいるが、みんな同じだと言うんだな。そんなものは、動物の世界へ行っても見られはせん。これは金持と貧乏人のことではなく、弱者と強者の問題だ。たしかに、チャンスはすべての人間に均等に与えられるべきだ、その点はわしも認めるが、あの連中は努力するということを知らんのだ。安直に手を伸ばして、施しものをもらおうとしているだけなのだ。人間というのは努力すれば、必ず報われる、今日のわしがあるのも、そう信じてきたからこそだ。わしはこれまでただ一度も人の袖にすがったり、不正なことをしたことはない。あのままなら、公証人事務所で働く、貧しくあわれな一介の書記で一生を終わっていたかもしれん。誰でも努力すれば、ここまでなれるという見本がこのわしなのだ。だから、ボルシェヴィキ的な思想を家に持ち込むのはよすんだ。スラム街で慈善事業をするのは、いくらしても構わん。あれはけっして悪いことじゃない、若い娘の人間形成に役立つだろう。しかし、ペドロ・テルセーロ・ガルシアの言うような青くさく愚かな思想をこの家に持ち込むことは相ならん、あの男だけはどうにもがまんできんのだ」

エステーバンの言うように、ペドロ・テルセーロ・ガルシアはラス・トレス・マリーアスで、公平さが必要だと説いてまわっていた。あの農場で、主人の逆鱗に触れるようなことのできる人間といえば、彼をおいてほかにいなかった。父親のペドロ・セグンド・ガルシアは、息子が主人に逆らうようなことをすると、鞭でひっぱたいたものだが、いっこうになおりそうになかった。あの少年は早くから許可も得ずに町へ行って、本を借り出したり、新聞を読んだり、小学校の先生といろいろなことを話し合っていた。その小学校の先生は熱狂的な共産主義者で、数年前に眉間を銃で撃ち抜かれて死亡した。そまた、夜になると、家を抜け出して、サン・ルーカスのバーまで出かけていったが、そこにはビールを飲みながら世界の変革について熱情的に語る組合の指導者や堂々たる体軀のスペイン人神父ホセ・ドゥルセ・マリーアなどが集まっていた。この神父は頭に革命思想が詰まっていたために、イエズス会から睨まれ、あの地の果てに飛ばされたのだが、それでも懲りずに、聖書の中の寓話を社会主義のプロパガンダに変えて広めていた。差配人の息子が小作人たちに破壊的な文書を配っているのを見つけて、エステーバン・トゥルエバはさっそく彼を呼びつけ、父親の目の前で、蛇革の鞭を使って殴りつけた。

「いいか、青二才、これが最初の警告だ」と彼は燃えるような目で相手を睨みつけながら、声を荒らげないで言った。「今度、小作人たちにおかしなまねをしたら、牢にぶち込んでやるからな。騒ぎを引き起こすような人間はここから出て行ってもらう。この土地で命令を下すのはわしひとりだ。わしは自分の気に入った人間だけがそばにいればいいと考えている。お前も知ってのとおり、どうしてもお前が好きになれん。お前の父親は長年にわたってこのわしに誠心誠意仕えてきてくれた、その父親に免じてお前をここに置いてやっているのだ。だが、いつまでも好き勝手なことをしていると、ろくな終わり方をせんぞ。いいか、さあ、とっとと出て行け」

ペドロ・テルセーロ・ガルシアは父親そっくりで、色が浅黒く、石に刻みつけたような厳しい顔立ちだった。その大きな目には悲しみがたたえられており、黒くて固い髪は短く切ってあった。彼が愛していたのは自分の父親と主人の娘だけだった。幼かった頃、彼女といっしょに食堂テーブルの下で裸のまま眠り込んでしまったことがあるが、あの日以来ずっと彼女を愛しつづけていた。一方、ブランカも彼を愛しており、ふたりは宿命の愛で結ばれていた。毎年、休暇は農場で過ごすことになっていたが、山のような荷物を積み上げた馬車がもうもうたる土ぼこりを舞い上げてラス・トレス・マリーアスに到着すると、彼女はいつも不安と焦燥感で心臓がアフリカの太鼓のように高鳴るのをおぼえた。彼女は真っ先に馬車から降りると、家のほうに駆け出して行ったが、ペドロ・テルセーロ・ガルシアはふたりがはじめて出会った場所でいつも、おどおどし、不機嫌そうな顔をして待ち受けていた。ドアの陰に半ば身を隠すような格好で立ち、まだブランカは着かないだろうかと老人のような目で街道のほうをうかがっていたが、足は裸足で、ズボンはぼろぼろになっていた。ふたりは駆け寄ると、抱き合い、口づけをし、笑い転げ、親しそうに体を叩き合い、髪の毛をつかんで地面を転がり、嬉しそうにきゃっきゃっ叫んだ。

「やめなさい、そんな薄汚い子と遊んじゃいけません」と、乳母はふたりを引き離しながら喚き立てた。

「いいのよ、ほうっておいてやって。ふたりはまだ子供だし、とても気が合うんだから」と事情をよく知っているクラーラは取りなしてやった。

ふたりはだっと駆け出してゆくと、もの陰に隠れて、別れて暮らしていた数か月のあいだに起こったできごとをひとつ残らず語り合った。ペドロが、彼女のために作っておいた木彫りの動物を恥ずかしそうに差し出すと、ブランカはブランカで、花のようにパッと開く小型のナイフや魔法の力で錆びついた釘をひきつける小さな磁石など、彼のために集めておいた贈り物を渡した。マルコス大叔父の神秘的な本が詰まっているトランクの中からその一部を持ち出してラス・トレス・マリーアスまで持っていったのは、彼女が十歳くらいの夏だった。当時、ペドロ・テルセーロはまだ満足に字が読めなかったが、好奇心と本を読みたいという熱意に駆られて、女の先生からいくら棒でひっぱたかれても覚えられなかったことを、あっという間にマスターしてしまった。その夏は、川岸の葦の茂みや松林、小麦畑の中に寝そべり、本を読んですごした。サンドカンやロビン・フッドの勇敢な行動、黒い海賊の不運、『青春の宝』に収められている真面目で教訓的なお話、スペインの王立翰林院《アカデミー》発行の辞書に収録されていない卑語の意味、皮膚がなく、血管や心臓が手に取るように見えるのに、ズボンをはいている人間の姿が描いてある、心臓血管系統の挿絵などを見て、あれこれ話し合った。二、三週間もすると、少年は貪欲に本を読みはじめるようになり、ふたりは現実にはあり得ないような物語の広くて奥深い世界にのめり込むようになったが、そこには、妖精や仙女、あるいは仲間同士でサイコロを振って、負けた人の肉をほかの人たちが食べる遭難者たち、愛の力で人に馴れる虎、不思議な発明品、奇妙な土地と動物、壺の中に魔物が閉じ込められている東方の国々、洞窟に棲む竜、塔に幽閉された姫君などが登場してきた。彼らは、年齢のせいで目がかすみ、耳が遠くなったペドロ・ガルシア老人のところへもよく遊びに行った。老人の目は青くて薄い膜に覆われてだんだん見えなくなっていたが、それを老人は「雲のやつが目の中に入ってきおったのでな」と言っていた。ブランカとペドロ・テルセーロが遊びに行くと老人はとても喜んだが、ペドロ・テルセーロが自分の孫だということを覚えていなかった。彼らは神秘的な本の中からお話を選んで、読んでやったが、風が耳の中に入ってきおって、耳もよく聞こえんのだと言っていたように、耳が遠くなっていたので、そばで大声を出して読んでやらなければならなかった。老人はそのお返しに、毒虫に刺された時の処置を教えてやり、解毒剤がどれほど効くかを見せてやろうと、サソリに自分の腕を刺させた。老人はまた地下水の見つけ方も教えてやった。まず、両手でよく乾燥した木の棒を持ち、水と喉を渇かしている木の棒のことを考えながら、黙って地面を叩きながら歩いてゆくと、湿気を感じた木の棒が突然ぶるぶる震え出すので、そこを掘ればいいんじゃよ、と老人は言った。もっとも、わしがラス・トレス・マリーアスで井戸を掘った時は、木の棒は使わなんだがの、と付け加えた。老人の場合、骨がひどく乾燥していたので、地下水のある上を通ると、それがどれほど深い所にあっても、彼の骨はそれを感じとった。また、ふたりに薬草を教えてもやった。匂いを嗅ぎ、味を調べ、やさしく撫でてやるんだ。その自然の香りを嗅ぎ、味を覚え、手触りを記憶しておくんだぞ。薬草にはそれぞれに効用がある、これは心を静め、こちらは悪魔の力を祓い清め、これは目を輝かせ、こいつはお腹を強くし、これは血行を良くするんじゃが、それぞれの効用をよく頭に入れておくんだ。老人は民間療法に詳しかったので、尼僧の経営する病院の医者がわざわざやってきて、相談することがあった。けれども、娘のパンチャが痙攣をともなう下痢にかかった時は、その知識が役に立たず、ついに救うことができなかった。まず牛の糞を食べさせたが、効かなかったので、馬糞を与え、毛布にくるんで、骨の髄に入りこんでいる病気を汗とともに追い出そうとした。さらに、ブランデーに火薬を混ぜたもので全身をマッサージしたが、効き目はなかった。パンチャの下痢はいつまでたっても止まらず、骨と皮に痩せ細り、ひどく喉を渇かせた。自分の手には負えないと考えてペドロ・ガルシアは、主人の許可を得て娘を荷車に乗せて町まで運んだが、ふたりの子供も老人に付き添った。尼僧の経営する病院の医師はパンチャを詳しく診察したあと、もう手遅れですね、と老人に言った。もう少し早くここに連れてきて、この脱水症状を止めていれば、打つ手もあったのですが、こうなるといくら水分を補給してやっても体が受けつけないんですよ、ちょうど根の枯れた植物と同じです。それを聞いてペドロ・ガルシアはひどく腹を立て、娘の遺体を毛布にくるみ、おびえたような表情を浮かべている子供たちといっしょに家まで戻る間も、自分の処置にまちがいはなかったとつぶやいていた。ラス・トレス・マリーアスの中庭で遺体を降ろしたが、その時もまだぶつぶつ言っていた。パンチャの遺体は、火山の山裾にある、打ち棄てられた教会のそばの小さな墓地に埋葬された。パンチャは主人の子供を産んだのだから、ある意味では彼の妻であったわけで、そこに埋葬されて当然だった。ペドロ・ガルシア老人のひ孫にあたるその子は姓氏こそもらえなかったが、主人の名前をもらってエステーバン・ガルシアと呼ばれていた。この奇妙な人物はやがてあの一族の歴史の中で恐ろしい役割を果たすことになる。

ある日、ペドロ・ガルシア老人はブランカとペドロ・テルセーロに向かって雌鶏たちの話をしてやった。一匹の狐が毎晩のように鶏小屋にやってきて卵を盗み、ヒナ鳥を食べていた。雌鶏たちは相談して、その狐を追い払うことにした。もうこれ以上、狐に好き放題のことをさせてはおけないと決めた雌鶏たちは、みんなで力を合わせて狐が来るのを待った。狐が鶏小屋の中に入ってくると、その退路をふさぎ、みんなで取り囲み、嘴でつついて半死半生の目にあわせた。

「すると、狐の奴め、尻尾を巻き泡を食って逃げ出したので、雌鶏たちはそのあとを追っかけたんじゃよ」

その話を聞いてブランカは笑い転げながら、その話はおかしいわ、だって、雌鶏というのは生まれつき頭が悪くて臆病なのに、狐のほうはずるがしこくて強いんだものと言った。けれども、ペドロ・テルセーロは笑わなかった。狐と雌鶏の話を何度も思い返しながら、その日の午後はずっと考え込んでいた。あの少年が大人として目覚めたのは、その時にちがいない。

5 恋人

ブランカの少女時代には取りたてて大きな事件は起こらなかった。夏は暑さを避けてラス・トレス・マリーアスで過ごしたが、その土地で彼女は感情面で大きく成長した。一方首都では、年齢や家庭環境の似かよった女の子たちと同じように、型どおりの生活を送っていたが、母親のクラーラがいる点だけがほかの子たちと大きくちがっていた。毎朝、乳母が朝食を持ってやってくると、彼女を揺り起こした。制服をちゃんと着ているかどうか確かめ、たるんだ靴下を伸ばしてやり、帽子をかぶらせ、手袋とハンカチを持たせ、学校カバンに本を詰めさせた。その間、死者の霊魂を慰めるお祈りをつぶやきながら時々大きな声で、尼さんたちにだまされてはいけませんよと言ってきかせた。「あの手の女は性根が腐っていますからね」と乳母は言った。「生徒たちの中からかわいくて頭がよくて、しかも家柄のいい子を選んで、修道院へ入れるんですよ。そして、かわいそうにその子たちが見習い尼僧になると、髪を切ってしまうんです。そうなると、オムレツを作って売ったり、縁もゆかりもない老人の世話をして一生を送ることになるんですよ」

彼女は運転手つきの車で学校に通っていた。学校に着くとまずミサと義務になっている聖体拝領が行われた。ブランカはベンチのところにひざまずき、マリア像の前で香と白百合の強い匂いを吸い込んだが、その時ばかりは吐き気と罪悪感、倦怠感に襲われて、まるで拷問でも受けているような気持になった。天井の高い石造りの廊下や塵ひとつ落ちていない大理石の床、むきだしになった白壁、入り口を見張っている鉄製のキリスト像、学校にあるものはなにもかも好きだったが、ミサと聖体拝領だけはどうしても好きになれなかった。彼女は友達も少なく、ひとりでいるのが好きな、夢見がちで感傷的な女の子だった。庭にバラの花が咲いていたり、尼僧たちが前かがみになって洗濯をしていて、その石けんと洗濯もののかすかな匂いが鼻をくすぐったり、ひとり教室に残って誰もいない教室のもの悲しい静けさを感じたりしただけで涙ぐむ事があった。みんなからは内気で陰気な女の子だと思われていた。けれども、農場へゆき、生温かい果物を食べ、肌を金色に焼いてペドロ・テルセーロと牧場を駆けまわっている時は、明るくころころと笑ったものだった。母親はそんな娘を見て、町にいるブランカは冬眠しているんです、これが本当のブランカですよとよく言ったものだった。

あの角の邸宅《おやしき》はいつも人の出入りが激しくて、お世辞にも落ち着いた家庭とは言えなかった。そのせいか、乳母をのぞいてブランカが大人になりつつあることに気づいたものはひとりもいなかった。彼女は突然思春期を迎えた。トゥルエバ一族からスペイン人とアラブ人の血や威厳のある風采、人を見くだしたような顔つき、オリーヴ色の肌、地中海人特有の黒い瞳を受け継いでいた。けれども、トゥルエバ一族のものに欠けている穏やかなやさしさを彼女は母親から受け継いでもいた。彼女は、ひとり遊びのできるもの静かな女の子で、勉強はよくしたし、人形と遊ぶのが大好きだった。ただ、彼女は母親のように心霊術に興味を持ったり、父親のように我を忘れるほど怒り狂ったりすることはなかった。家族のものはよく冗談半分に、わが家の家系ではあの子だけがまともな人間だと言ったものだが、たしかにブランカは精神的にバランスが取れていたし、落ち着いていた。十三歳くらいになると、胸がふくらみはじめ、ウェストがくびれ、体つきがすらりとし、肥料を与えた植物のようにすくすく背が伸びた。乳母は彼女の髪をうしろでまとめてやると、まだ持っていないブラジャーや絹の靴下、女物の衣服、彼女が女の証しと呼んでいた小型のタオル・セットを買うのに付いて行ってやった。母親は相変わらず家中の椅子を踊らせたり、蓋をしたままのピアノでショパンを弾いたり、家に引きとっていて、そろそろ文名が上がりはじめていた若い詩人の韻律も筋も論理性もないとても美しい詩を朗読したりしていたので、娘が成長しつつあることや制服がひどく窮屈になっていること、果物のように丸々とした顔が女らしくなっていることにまったく気づいていなかった。クラーラは娘の体重や身長よりも、オーラや霊電気のほうに注目していたのだ。ある日、外出着を着た娘が裁縫室に入ってくるのを見て、この背が高くて色の浅黒い娘さんが果たして自分の娘のブランカだろうかとわが目を疑った。彼女は娘を抱き締めると、口づけを浴びせ、もうすぐ月のものがはじまるからね、と教えてやった。

「教えてあげるから、そこに座りなさい」とクラーラが言った。

「心配しなくていいわ、ママ。一年前から毎月あるんだもの」とブランカが笑いながら答えた。

　あの母娘はおたがいに相手のことを全面的に認め合っていたし、日常のこまごましたことなど頭からばかにしている点でも共通していたので、娘が成長したからといって、その関係にひびが入ったりはしなかった。

　その年は夏の訪れが早く、悪夢を思わせるような日差しがぎらぎら照りつけて、むせかえるように暑かったので、ラス・トレス・マリーアスへ避暑に行く日を二週間ばかり早めた。例年のようにブランカはペドロ・テルセーロに会える時を心待ちにしていた。そして、いつもと同じように真っ先にいつもの場所に彼がいるかどうか捜してみた。戸口の陰に帽子が見えたので、馬車から降りると、何か月も夢見てきたペドロ・テルセーロに会おうと大急ぎで駆け出した。けれども、少年がくるっとうしろを向くとどこかへ逃げ出してしまったので、彼女はびっくりした。

　ブランカは午後のあいだじゅうずっと、ふたりがよく会っていた場所を捜しまわり、人に尋ね、大声で彼の名を呼んだ。ペドロ・ガルシア老人の家も捜してみたが、見つからなかった。暗くなるまで捜しまわり、そのあとがっくり力を落とし、夕食もとらずにベッドにもぐり込んだ。ブロンズのばかでかいベッドに横たわり、どうして逃げ出したりしたのだろうと考えているうちに無性に悲しくなり、枕に顔をうずめて、激しく泣いた。蜂蜜入りの牛乳を持ってきた乳母はそんな彼女を見て、すぐに泣いているわけが呑み込めた。

「それでいいんです」と乳母は顔をゆがめて笑いながら言った。「もう、あんな薄汚いはな垂れ小僧と遊ぶ年じゃありませんからね」

それから三十分して、おやすみのキスをしに部屋に入ってきた母親は、娘がしゃくりあげているのに気づいた。地上のことにまったく興味を持っていない天使のような母親はその姿を見て、十四歳の娘の初恋の悲しみを理解してやろうと、死すべき人間世界まで降りてきた。いろいろ問いただしてみたが、あまりにも誇り高いせいか、それとも一人前の女に成長していたせいかは分からないが、彼女はなにひとつ答えようとしなかった。クラーラは仕方なくベッドの端に腰をかけ、娘の気持が落ち着くまで体を撫でてやった。

ブランカはその夜まんじりともしなかった。明け方、影に包まれた広い部屋の中で目を覚ました。そのままじっと天井を見つめていたが、一番鶏の鳴き声が聞こえたので、ベッドから起き上がり、カーテンを引いて、夜明けの柔らかな光と目覚めたばかりの外の世界の物音を部屋の中に入れた。洋服ダンスの鏡の前へ行き、そこに映る自分の姿をじっと見つめた。下着を脱ぎすて、生まれて初めて自分の体をじっくり眺めたが、その時はじめて、自分がすっかり変わってしまったので、彼が逃げ出したのだということが分かった。彼女は今まで見せたことのないような、意味ありげな、女らしい笑みを浮かべた。袖も通らないほど窮屈になっていたが、無理やり去年の夏に着ていた服を着ると、上からショールをかぶった。そして、家人を起こさないよう、そっと家を抜け出した。外の野原は、ようやく長い眠りから目覚めようとしていたし、夜明けの光がまるでサーベルのように山々の頂きを切り裂いていた。日差しを浴びてぬくもった大地からは、夜露が白い水蒸気となって立ちのぼり、まわりの事物の輪郭をぼかしていたので、あたりの風景は夢に出てくる情景のように思われた。ブランカは川に向かって歩き出した。あたりは静寂に包まれており、眠り込んでいる広い空間の中で聞こえるものと言えば、彼女の踏みしだく落ち葉と枯れ枝の折れる音だけだった。ポプラ並木はぼんやりとかすみ、小麦畑は金色に輝き、遠くの紫色の丘は朝の澄み切った大空の中に溶けこんでいた。そうしたものは、一度どこかで見たことがあり、それを今ふたたび目にしているような、記憶にたしかに残っている風景のように思えた。夜のあいだに降った霧雨が大地と木々をしっとり濡らし、自分の服が湿気をふくみ、足もとから冷えてくるのが感じられた。濡れた大地や枯れ葉、それに堆肥の香ぐわしい匂いを胸いっぱいに吸い込んだが、とたんに今まで経験したことのない快感が五感をくすぐった。

ブランカが川に着くと、ふたりがよく会っていた場所に、幼友達が腰をおろしていた。その年、ペドロ・テルセーロは彼女のように体が大きくならなかった。以前と同じようにまだ少年の面影をとどめており、痩せて色が浅黒く、お腹がぽこんと突き出していた。

そしてその黒い目には、相変わらず知恵深い老人のような光がたたえられていた。彼女の姿を見て、彼はぱっと立ち上がった。見たところ、少年のほうが頭半分ほど背が低かった。ふたりは、まるで見ず知らずの他人のようにバツの悪そうな顔をしてじっと見つめ合った。彼らはそのまま身動きもせずに立ち尽くしていた。永遠とも思えるほど長い時間がたったが、そのうちおたがいの変わりようとふたりをへだてている距離に少しずつ慣れてきた。その時、雀のさえずる声が聞こえたが、とたんになにもかもすべては去年の夏と同じになった。ふたりは子供に戻って、駆けまわったり、抱き合ったり、地面に倒れたり、転げまわったり、あきずに相手の名前をささやきながら砂利の上に倒れ込んだりしたが、ふたたび会えたことが嬉しくて仕方がなかったのだ。ようやく興奮がおさまり、彼はブランカの髪についた枯れ葉を一枚一枚とってやった。

「おいでよ、見せたいものがあるんだ」とペドロ・テルセーロが言った。

彼が手を引いてやった。ふたりは、夜明けの世界を味わい、泥に足をとられ、柔らかな草の茎を折ってその液を吸い、黙って笑いながら見つめあい、遠く離れた牧場までどんどん歩いて行った。太陽が火山の向こうに顔をのぞかせていたが、まだ日差しは弱く、大地はあくびをしていた。ペドロは彼女に、口をきかずに、地面に寝そべるよう指示した。そのまま這って茂みのそばまでゆき、そこを少し迂回するととつぜん雌馬の姿が目に入った。その鹿毛《かげ》の美しい馬はたった一頭で丘の上で子馬を産み落とそうとしていた。

ふたりは息を殺し、体を固くした。その目の前で、雌馬はあえぎ、いきんでいたが、やがて子馬の頭がのぞき、そのあとかなりたって全身が現われた。地面に落ちた子馬を、母親はロウ引きの材木のように美しく輝くまで舐めつづけ、そのあと、立ち上がらせようとして鼻面で押した。子馬はなんとか立ち上がろうとするが、まだ生まれたばかりで脚に力が入らず、すぐに膝を折った。そして、座ったまま助けを求めるように母親のほうを見つめていた。一方、母親は太陽に向かってまるで挨拶でもするように大きくいないた。ブランカは幸せな思いで胸がいっぱいになり、涙をぽろぽろこぼした。

「大きくなったら、あなたと結婚するわ。そして、このラス・トレス・マリーアスでいっしょに暮らすのよ」と彼の耳もとでささやいた。

ペドロは老人のようにもの悲しげな顔で彼女をじっと見つめ、黙って首を横に振った。彼女に比べるとはるかに子供だったが、自分がどういう人間かよくわきまえていたのだ。その一方で、彼女を生涯愛しつづけるだろうし、今朝の思い出はいつまでも消えずに残り、死の瞬間にそれを思い出すことになるだろうということも分かっていた。

ふたりはまだ多分に子供っぽさを残していたが、その一方で大人に目覚めつつあり、あの夏はその間を揺れ動いていた。時には子供のように駆け出していって、鶏を追い散らしたり牛をびっくりさせたりするかと思えば、しぼったばかりの生温かい牛乳を腹いっぱい飲んで口のまわりを泡だらけにしたり、かまどから取り出したばかりのパンを盗んだり、木の上によじ登って、そこに家を作って遊んだりした。けれども一方ではまた、森の奥まった、木々の鬱蒼と生い茂ったところに隠れ、落ち葉のベッドを作って夫婦ごっこをし、くたびれるまで愛撫し合うこともあった。まだ無邪気なところも残っていて、これまでと同じように、べつに恥ずかしがりもせず服を脱いで素裸になり、川に飛び込み、冷たい水にもぐったり、流れに身をまかせて、すべすべした底石の上に漂い流れていったりもした。けれども、たがいに恥ずかしくてできないようなこともあって、遊びも少しずつ変わっていった。以前のように、ふたりでおしっこをして、どちらのほうが大きな水溜りができるか比べ合ったりすることはなくなったし、ブランカは、毎月、月のもので下着に黒いしみができることは話さなかった。人に言われたわけではないが、他人のいるところではあまり親しそうな態度を見せなくなった。ブランカがお嬢さんらしい服を着、夕方に家族といっしょにテラスでレモネードを飲んでいる時など、ペドロ・テルセーロはそばに近寄らず、遠くから彼女を見つめたものだった。ふたりは人目を避けて遊ぶようになった。大人のいるところでは手をつないで歩かなくなったし、人目を引かないよう、他人のいるところではつとめて素っ気ない態度をとるようになった。乳母はそれを見て胸を撫でおろしたが、クラーラは以前よりも注意してふたりを観察するようになった。

　休暇が終わった。トゥルエバ家の人たちは、お菓子の入ったガラス壜や糖菓、果物を詰めた木箱、チーズ、塩漬にした鶏と兎の肉、卵を入れた籠など山のような荷物を持って首都に帰ることになった。馬車で汽車の駅まで行くことになっていたが、荷物を積み込んでいるあいだ、ブランカとペドロ・テルセーロは穀物倉に隠れて別れを告げ合った。この三か月間でふたりの愛は激しく燃えあがったが、そのために生涯にわたってふたりはともに苦しむことになった。時とともに彼らの愛はなにものにも壊されないほど強固でゆるぎないものに育っていったが、あの時点でもすでに深く確固たるものになっていた。山のように積み上げた穀物の上で、彼らは金色の淡い朝の光が板の隙間から差し込む穀物倉の香ぐわしい香りを嗅ぎながら、全身を口づけで覆い、舐め合い、嚙み合い、吸い合い、すすり泣き、たがいの涙を飲み、永遠の愛を誓い、別れて暮らしているあいだも連絡し合うために、ふたりだけの暗号を作ることにした。

その場に居合わせたものはひとり残らず、夜の八時頃、フェルラが何の前触れもなく突然部屋に入ってくるのを目にした。彼女は糊のきいたブラウスを着、腰に鍵束をぶらさげ、オールドミスらしくひっつめ髪にしていたが、その姿は昔とまったく変わりなかった。エステーバンが肉料理を切り分けようとした時に、彼女は食堂のドアから入ってきた。六年間会っていなかったし、顔色もひどく悪くて、ずいぶん老けこんでいたが、それでもひと目で彼女だと分かった。その日は土曜日だったので、双子の兄弟ハイメとニコラスも週末を家族と過ごすために寄宿舎から戻ってきており、ちょうどその場に居合わせた。あのふたりは三本脚のテーブルに近づいたことはなかったし、厳格な教育で知られる英国系の学校でしつけられていたので、魔術や心霊術とはまったく縁のない生活を送っており、その意味で彼らの言明はきわめて信憑性が高いと言えるだろう。最初、食堂に居合わせたものは、ぞっとするような寒気をおぼえた。クラーラは夜風が入ってきたのだろうと思って、召使いに窓を閉めるように命じた。やがて、鍵束のじゃらじゃらという音が聞こえてきて、食堂のドアが開き、遠くを見ているような表情を浮かべたフェルラが黙って入ってきた。乳母はその時、サラダの皿を持って台所のドアから食堂に入ろうとしていた。エステーバン・トゥルエバは驚きのあまり呆然として、ナイフとフォークを手に持ったまま、姉の姿をじっと見つめた。三人の子供たちは、声をそろえて、「フェルラおばさんだ」と叫んだ。ブランカがあわてて立ちあがり、彼女を出迎えようとしたが、隣に座っていたクラーラが彼女の腕を押さえた。べつに異常なところは見られなかったが、長年超自然的なできごとに接してきたクラーラは、ひと目見て、どうもおかしいということに気づいた。フェルラはテーブルから一メートルほど離れたところで立ち止まり、なんとも言いようのない虚ろな目でみんなを見回すと、クラーラのほうに歩みよった。クラーラは立ち上がったが、自分から近づいてゆこうとせず、そのまま目を閉じ、まるで喘息の発作でも起こったように息をあえがせていた。フェルラは彼女のそばに行くと、両肩に手をのせ、額にそっと口づけした。食堂の中では、クラーラの激しい息づかいとフェルラの腰にさがっている鍵束のじゃらじゃらという音だけが聞こえていた。義理の妹に口づけすると、フェルラはそのそばを通ってもときたところから出てゆき、後ろ手でドアをそっと閉めた。食堂にいた家族のものは、まるで悪夢でも見ているように体を固くしていた。その時、乳母が突然激しく体を震わせはじめた。そのせいで、サラダ用の大きなスプーンが下に落ち、寄せ木細工の床にぶつかって大きな音をたてたので、みんなははっとわれに返った。クラーラは目を開けた。まだ苦しそうな息づかいをしている彼女の頰と首筋をつたって涙がしずかに流れ落ち、ブラウスにしみをつけていた。

「フェルラは死にましたわ」とぽつりと言った。

エステーバン・トゥルエバはナイフとフォークをテーブルの上に落とすと、食堂から飛び出していった。通りに出て、姉の名を呼んだが、どこにも姿は見当たらなかった。クラーラは召使いにオーヴァーを持ってくるように命じた。間もなく夫が戻ってきたが、彼女はその時オーヴァーを着ているところで、手には車のキーが握られていた。

「アントニオ神父様のところへ行きましょう」と言った。

車の中では、ふたりはひと言も口をきかなかった。エステーバンは胸が締めつけられるような苦しみを味わっていた。車を運転しながらアントニオ神父の古い教会を捜したが、考えてみると、教会のあるあの貧民街には長いあいだ足を踏み入れたことがなかった。ふたりが来意を告げ、フェルラが亡くなったと伝えてもらうと、司祭は擦り切れた僧衣のボタンを止めながら現われた。

「そんなばかな」と神父は叫んだ。「二日前にあの方とお会いしましたが、その時は心身ともにいたって元気にしておられましたよ」

「神父様、お願いですから、あの人の家まで案内してください」とクラーラは懇願した。

「冗談で言っているのではありません。あの人は亡くなられたのです」

クラーラがあまりつよく言い張るので、アントニオ神父はしかたなくふたりに付き添ってゆくことにした。神父は、狭い通りをとおってフェルラの住まいまでエステーバンを案内した。フェルラは若い頃、慈善行為を受ける人たちが嫌がるのを無理に押してロザリオの祈りをあげたものだが、その貧民街のひとつで、彼女は長年ひとり暮らしを続けてきたのだ。先へ進むほど通りが狭くなり、とうとう歩くか自転車でないと進めないほどになったので、数ブロック離れたところに車を停めた。そのあと、溝からあふれだした汚水の溜っているところを避けたり、もの言わぬ影のように猫が残飯をあさっているごみの山を迂回したりして、奥のほうに進んだ。貧民街の両側には、セメント造りのどれも同じ形をした、小さくて見るからに貧しそうな壊れかけた家が建ち並んでいた。ドアが一枚に窓が二つ付いていたが、どちらもねずみ色のペンキが塗ってあり、湿気のせいでたてつけが悪くなっていた。頭の上に、針金が張ってあった。日中は、そこに洗濯物を干してあるのだが、夜のあんな時間だったので、針金だけがかすかに揺れていた。路地の真ん中に、そこに住む人たちの使う水道があり、また路地を照らす街灯が二つぽつんとともっていた。老婆がひとりちょろちょろ出ている水道の水がバケツに溜るのを所在なげに待っていたが、神父はその老婆に声をかけた。

「フェルラさんを見かけなかったかね」と尋ねた。

「きっと家においでですよ、神父様。そう言えば、ここ二、三日お見かけしませんね」と老婆が答えた。

アントニオ神父は、しっくいが剝げおち、見るからに薄汚れてもの悲しい感じのする、どれも同じ造りの住まいのひとつを指差したが、その家だけはドアのところに鉢が二つ吊るしてあり、その中に貧しい人たちの花として知られるゼラニュームが植わっていた。司祭はドアをノックした。

「そのままお入んなさいな」と老婆が水道のところから大声で言った。「いつだってドアに鍵のかかっていたことなんてありませんよ。もっとも、ここいらじゃあ、泥棒が入ったところで盗《と》るものなんてありゃしませんけどね」

エステーバン・トゥルエバは姉の名を呼びながらドアを開けたが、中に入るのをためらった。クラーラが最初に入っていったが、中は真っ暗で、フェルラの好きなラヴェンダーとレモンの香りが鼻をついた。アントニオ神父がマッチを擦った。弱々しい光の輪が闇を照らし出したが、奥へ進むにせよ、まわりを見回すにせよ、すぐに火が消えてどうにもならなかった。

「ここで待っていてください」と神父が言った。「ここは自分の家みたいなものですから」

神父は手さぐりで先へ進み、ロウソクに火をつけた。彼の姿が不気味な影になって浮かびあがった。ロウソクの光が下から神父を照らし出したために、その顔が化け物のようにゆがみ、うしろの壁では巨大な影が踊っているように見えた。クラーラはその時の情景をこと細かに描写し、また湿気のせいで壁にしみができている暗い二つの部屋や水道のきていない狭くて薄汚いトイレ、食べ残しの古いパンと紅茶が底に少し残っているポットがぽつんと置いてある台所の様子を微に入り細を穿って描き出していた。あの住まいの残りの部分を見ていると、フェルラが別れを告げるために角の邸宅の食堂に姿を現わした時にはじまった悪夢の続きを見ているような気持に襲われた。部屋の中は、古着屋の店の奥からうらぶれたドサ回りの一座の使っている書き割りのような感じがした。壁に打ちつけた釘からは、古着や羽毛のボア、薄汚れた毛皮の切れ端、模造ダイヤのネックレス、半世紀前に流行した帽子、変色し、レースが擦り切れている下着、かつてはきらびやかだったが、今ではすっかり古びてしまったドレス、さらにどこをどう通ってこの家にやってきたのか分からない提督の着ける上着や司教の上祭服などが、なんとも奇妙な具合に混ざりあって並び、その上に何年分ものほこりが積もっていた。足もとを見ると、繻子の靴や初舞台にのぼる女優が持つハンドバッグ、まがいものの宝石が並んでいるベルト、サスペンダー、士官候補生の使うりっぱなサーベルがころがっており、さらにもの悲しくなるようなかつらや化粧品の入っている壺、空のガラス壜をはじめ信じられないような品々がそこらあたりに所狭しと並んでいた。

二つしかない部屋は小さなドアで仕切られており、フェルラは奥の部屋のベッドに横たわっていた。虫食い跡の見えるビロードの衣装をまとい、黄色のタフタの下着を着け、頭にオペラ歌手のかぶる信じられないほどたくさんのカールがついたかつらをつけている姿はオーストリアの王妃を思わせた。そばには誰も付き添っていなかったし、彼女の臨終を看取った人もいなかったにちがいない。ネズミが足をかじり、指を二、三本食いちぎっていたところを見ると、何時間も前に息を引きとったのだろう。孤独な死に方ではあったが、王妃のようにじつに堂々としていたし、その顔には悪夢のような毎日の生活の中でついぞ見せたことのないやさしくて穏やかな表情がたたえられていた。

「この方は古着屋で手に入れたり、ゴミ捨て場でひろってきた使い古しの衣装を身に着けるのが好きでした。そして、お化粧をし、そこにあるかつらをつけられたものです。ですが、人にはけっして迷惑をかけておられませんでした。いや、それどころか、罪深い人たちが救われるように、ロザリオのお祈りをあげておられました」とアントニオ神父は説明した。

「お姉様とふたりきりにしていただけませんかしら」とクラーラはきっぱりした口調で言った。

ふたりの男が外に出ると、家のまわりにはすでに近所の人たちが集まっていた。クラーラは白いウールのオーヴァーを脱ぐと、服の袖をまくりあげて義理の姉のそばに近づき、そっとかつらをとってやった。頭にはほとんど毛がなく、年老い、いかにも頼りなげに見えた。クラーラは、数時間前に家の食堂で口づけしてもらったように、フェルラの額に口づけしてやると、落ち着いた態度でさっそくフェルラの死に化粧にとりかかった。服を脱がせ、体中すみからすみまで石けんをつけ、水で洗い清めると、オーデコロンを擦り込み、パウダーをはたき、わずかに残った髪の毛をいとおしそうにくしけずってやった。そのあと、手近にあった優雅ではあるがなんともけばけばしいぼろ切れを着せ、ソプラノ歌手のつけるかつらをかぶらせてやった。彼女はそんなふうにして、生前さんざん世話になったお返しをしていたのだ。喘息の発作とたたかいながら死に化粧を施してやったが、その間すっかりお嬢さんらしくなったブランカのことや双子の兄弟のこと、角の邸宅のこと、農場のことなどを話してきかせ、さらにこう語りかけた。「お姉様、あなたがおられなくなってどれほど寂しい思いをしたかしれないいんですよ、ご承知のとおり、私は家事がまったくだめでございましょう、ですから家族のものの世話をするのにお姉様の助けがどうしても必要だったんですの。息子たちはどうしようもないんですけど、ブランカはほんとにいい娘になりました。そうそう、お姉様がラス・トレス・マリーアスに手ずからお植えになった紫陽花、あれがとても立派に育ちましてよ。美しい色が出るようにと、堆肥の中に銅貨を入れておきましたら、なんと青い花が咲きましたの。自然の力というのはやはりたいしたものですわね。花瓶にあの花を活けるたびに、お姉様のことを思い出しますの。いえ、むろん、紫陽花がなくっても思い出しましてよ。いつだって、お姉様のことを忘れたことなどありませんわ。じつを申しますと、お姉様ほど私を深く愛してくださる方は、あの邸宅にはもういませんの」

死に化粧を終えたあとも、クラーラはしばらくのあいだフェルラの体をやさしく撫でながらあれこれ話しかけた。そして、そのあと、夫とアントニオ神父を呼び、葬式の手配をするように頼んだ。ビスケットの箱の中に、エステーバンがこの六年間毎月仕送りしてきたお金がそのまま手をつけずに残っているのが見つかった。クラーラは、故人もおそらくそのつもりだったにちがいないと考え、慈善事業にお使いくださいと言って、そっくり神父に渡した。

ネズミにかじられるといけないので、司祭は遺体のそばに付き添うことにした。ふたりがあの家を出た時は、もう真夜中近かった。ドアのところには、貧民街の住民が大勢集まっていて、あれこれ取り沙汰していた。クラーラとエステーバンは人ごみを掻きわけ、足もとに寄ってくる犬を追い散らしながら帰っていった。彼はクラーラの腕をつかみ、英国仕立てのしみひとつないグレイのズボンに汚水のはねがかかるのもかまわず、大股でどんどん歩いた。エステーバンは、死んだあとでもまだ、少年時代と同じように自分に罪の意識を抱かせる姉に対して激しい怒りをおぼえていた。考えてみれば、少年時代、姉はなにくれとなく彼の面倒を見てくれたが、おかげで一生かかっても返せないほどの大きな借りができてしまったのだ。生前にもよくそういうことがあったが、姉がまたしてもうとましく思えはじめた。彼女の自己犠牲の精神やその厳しさ、神の言葉に従って貧しい暮らしをしようとする心構え、それになにものにも動じない潔癖さ、こうしたものが彼の本性である利己主義的で女好きな性格や権力欲を真っ向から否定しているように思えて、ひどく不愉快だったのだ。フェルラを家から追い出したあとも、けっきょく妻は自分のものにならなかったが、その事をどうしても認めたくなくて、吐き出すように、まったく、なんて女だ、悪魔にでも食われちまうがいいと呟いた。

「金ならあり余るほどあったのに、どうしてあんな暮らしをしていたんだろう」と彼は大声で言った。

「それ以外のものがなにひとつなかったからですわ」とクラーラが穏やかな口調で言葉を返した。


ブランカとペドロ・テルセーロは何か月間か別れて暮らさなければならなかったが、その間燃えるような手紙をやりとりした。封筒の裏に女の名前が書いてある手紙が届くと、彼女は見つからないようすぐに隠した。乳母が一、二度その手紙を手に入れたが、残念なことに字が読めなかった。もっとも、たとえ字が読めたにしても、ふたりだけの暗号で書いてあったので、内容は分からなかったにちがいない。もしその内容が分かったら、乳母はおそらく心臓発作を起こしていたことだろう。ブランカはその冬、あの少年の体つきを想像しながら、学校の家庭科の時間に英国製の毛糸を使ってセーターを編んでやった。夜になると、そのセーターを抱きしめて毛糸の匂いを嗅ぎ、彼と同じベッドで寝ている夢を見ながら眠った。一方、ペドロ・テルセーロはギターをつまびきながらブランカのために歌を作ったり、手頃な木が手に入ると、それに彼女の像を彫ったりして冬を過ごした。その間に、彼は声変わりし、髭も生えてきた。体の成長とともに、彼女のことを考えると血が騒ぎ、体がうずくようになったが、それでもまだ彼女の天使のようなイメージは消えなかった。大人の体になってゆくにつれて、性的な欲望をおぼえるようになったが、その一方で無邪気な遊びをした子供の頃の思い出が残っており、その二つの感情がせめぎあい不安な毎日を送っていた。ふたりは耐えがたいほどいらだたしい思いで夏の訪れを待った。とうとうその夏がやってきて、彼らはふたたび顔を合わせた。この数か月間に、ペドロ・テルセーロはすっかり大人びた体になっていたので、ブランカが編んでやったセーターはもう頭が通らなかった。彼は彼で、ブランカのために花や夜明けをうたったかわいい歌を作ってやったが、すっかり一人前の女に成長し、女らしい欲求を抱くようになっていた彼女には、気恥ずかしくなるような内容だった。

ペドロ・テルセーロは相変わらず痩せていて、髪の毛は硬く、悲しげな目をしていたが、声変わりしたせいで、情熱的でハスキーな声になっていた。やがて、彼はその声で革命をうたい、世に知られるようになる。口数は少なく、不愛想で人付き合いは下手だったが、芸術家のように長い指のついたその手はしなやかでとても器用だった。彫刻したり、ギターをつまびいてむせびなくような音を出すかと思えば、絵も描くし、馬の手綱もとる、時にはまさかりで薪割りもすれば、畑も耕した。ラス・トレス・マリーアスで主人に逆らうものといえば、彼のほかにいなかった。父親のペドロ・セグンドが、あの方の目を見つめるんじゃない、口ごたえはするな、あの方のおやりになることに口を出すなとうるさく言ってきかせ、なんとか子供を守ってやりたいという親心から、棒で殴りつけたりしたが、いっこうにききめはなかった。生まれつき反抗心のつよい子供だったのだ。十歳の頃にはすでに、ラス・トレス・マリーアスの小学校で教えている先生に負けないくらいの知識がついていた。十二歳になると、雨が降っても雷が鳴っても、朝の五時にレンガ造りの家を出て、馬かあるいは徒歩で町まで行くから、向こうの中学に通わせてほしいと頼みこんだ。マルコス叔父さんの魔法のトランクに入っていた神秘的な本を何度も読み返した。また、例のバーにやってくる組合の指導者やホセ・ドゥルセ・マリーア神父から借りた本を読んで、いろいろなことを学んでいった。彼にはもともと詩才が備わっており、自分の思想を歌に託してうたうのが得意だったが、あの神父は彼のそうした才能にいっそう磨きをかけてやった。

「息子よ、聖なる教会は右側にあるが、イエス・キリストはいつも左側におられたのだ」あの神父は、彼が遊びに行くと、ミサの時に使うブドウ酒をちびちびやりながら、そういった意味ありげなことをよく言ったものだった。

そんなある日、エステーバン・トゥルエバが昼食後テラスで休んでいると、雌鶏たちが結束して孤に立ち向かい、ついに追い払うという内容の歌が聞こえてきた。彼はすぐにペドロ・テルセーロを呼びつけた。

「面白そうな歌だな。ひとつここで歌ってみてくれ」と彼は言った。

ペドロ・テルセーロはいとおしそうにギターをかかえると、片脚を椅子にのせて、絃をかき鳴らしはじめた。昼寝時の眠くなるようなあたりの空気を震わせて、彼のビロードの声が響きわたったが、その間彼はずっと主人の顔を睨みつけていた。エステーバンもばかではなかったので、歌詞の意味するところを汲みとった。

「なるほど、歌に託せば、どんなばかげたことでも言えるというわけだな」と押し殺したような声で言った。「それより、恋の歌でも覚えたらどうだ」

「この歌が好きなんですよ。ホセ・ドゥルセ・マリーア神父が言っておられるように、連帯することによって、力が生まれてくるんです。雌鶏でさえ狐に立ち向かえるんですから、これが人間ならもっと大きなことができるはずです」

エステーバンの口のあたりがぴくぴく震え、額に青筋が立ちはじめた。しかし、彼がなにか言う前に、ペドロ・テルセーロはギターを持ち、足を引きずるようにして立ち去った。それ以来、エステーバン・トゥルエバは疑わしそうな目で、彼の行動をたえず見張るようになった。中学に通わせまいとして、大人のするような仕事を押しつけたが、彼は寝る時間をけずってその仕事をこなした。当時、町の組合員のあいだでは、日曜日を休息日にし、最低賃金や退職を制度化し、健康管理をきちんとし、妊産婦に産時休暇を認め、自由な選挙を保障しよう、また、農場主たちにとっては頭の痛い問題だったが、農民組合を作って、農場主たちに対抗しようという動きがあった。そうした新しい思想を小作人たちに広めたというので、ペドロ・テルセーロは父親の目の前でエステーバンに鞭でたたかれたことがあった。

その年もブランカはラス・トレス・マリーアスへ避暑に出かけた。向こうでペドロ・

テルセーロと会ったが、背が十五センチも伸びていたし、幼い頃いっしょにあそんだお腹のぽこんと突き出した少年の面影をとどめていなかったので、最初は誰だか分からなかった。彼女は車から降りると、スカートのしわを伸ばした。いつもなら駆け出していって、彼を抱き締めるのだが、その年は挨拶の意味で軽く会釈しただけだった。けれども、彼女の目はほかのものには分からなかったが、なにか意味ありげなことを語りかけていたし、また秘密の暗号を使ってやりとりしていたきわどい内容の手紙の中ですでにある約束をかわしていたのだ。乳母はその様子を横目でじろっと見たあと、ばかにしたような笑みを浮かべた。そして、ペドロ・テルセーロの前を通るときに顔をしかめてこう言った。

「百姓は百姓と付き合えばいいんで、お嬢様と仲良くしようなんて考えないことだよ」と人を小馬鹿にしたような口調で言った。

その夜ブランカは家族のものといっしょに食堂で、ラス・トレス・マリーアスへ行くと決まって出される鶏肉のシチューで夕食をとった。食後、父親はブランデーをちびちびやりながら輸入した雌牛や金鉱の話を種にして長広舌をふるったが、そのあいだじっと辛抱づよく聞いていた。母親が、もうさがってもいいという合図をすると、彼女は静かに立ちあがり、ひとりひとりに挨拶して部屋に引きさがった。彼女はその日、生まれて初めて部屋に鍵をかけた。服を着たままベッドに腰をおろすと、暗闇の中で耳を澄まし、となりの部屋でふざけあっている双子の弟の声や召使いの足音が聞こえなくなり、ドアが閉まり、鍵をかける音がして、みんなが寝しずまるのを待った。そのあと、窓を開けて庭に飛びおりたが、そこには、ずっと昔にフェルラ伯母さんが植えた紫陽花の茂みがあった。夜は明るく晴れ、コオロギやヒキガエルの鳴き声が聞こえていた。大きく息を吸い込むと、缶詰を作るために干してある桃の甘ずっぱい香りが鼻をくすぐった。闇に目が慣れるのを待って歩きはじめたが、しばらくすると、夜になると解き放たれる番犬の恐ろしい吠え声が聞こえ、足がすくんでしまった。番犬というのは四頭のマスティフ犬で、昼間は鎖につないで檻に閉じこめてあった。だから、犬たちは彼女を間近で見たことはなく、きっと泥棒かなにかにまちがえたにちがいなかった。恐怖のあまり一瞬なにも考えられなくなり、思わず大声をあげそうになったが、その時、泥棒は犬に襲われないように、素裸になって歩くもんだ、と教えてくれたペドロ・ガルシア老人の言葉を思い出した。彼女はなんのためらいも見せず、できるだけすばやく衣服を脱ぐと、それを脇の下に抱えた。そのまま、こちらがおびえていることを犬たちにさとられませんようにと祈りながら、ゆっくりした足どりで歩きだした。四頭の犬がわんわん吠えながら目の前に迫ってきたが、彼女は歩調を変えずに歩きつづけた。犬たちはとまどったようなうなり声をあげながらそばまで近寄ってきたが、彼女は足を止めなかった。一頭の大胆な犬がそばに近づいてきて匂いを嗅いだ。背中のまん中あたりに犬の生温かい息がかかったが、彼女はかまわず歩きつづけた。しばらくのあいだ、うなり声をあげたり、吠えたりしながらあとをつけてきたが、そのうちあきらめたのか向こうに行ってしまった。ブランカはほっと溜息をついた。気がつくと、体がぶるぶる震え、びっしょり汗をかいていた。ひどく疲れていて、全身の力が抜けたようになっていたので、しばらく木にもたれかかった。そのあと、大急ぎで服を着ると、川に向かって駆け出した。

ペドロ・テルセーロは去年の夏ふたりが会っていたあの場所で待っていたが、そこはずっと昔にエステーバン・トゥルエバが貧しい百姓娘パンチャ・ガルシアの処女を奪ったところでもあった。あの若者の姿を見たとたんに、ブランカは顔をまっ赤にした。別れて暮らしていたこの数か月のあいだに、彼は激しい労働に鍛え上げられて、見違えるほど逞ましくなっていたのだ。それにひきかえ、彼女のほうは、家庭と尼僧の経営する学校に守られて世間の荒波を受けずに暮らしてきた。英国製の毛糸で編み物をしながら、ロマンチックな夢を織りあげていたが、自分の名前をささやきながら近づいてくる背の高い若者が、イメージにあるペドロ・テルセーロとあまりにもかけ離れているのに戸惑いをおぼえた。ペドロ・テルセーロが手を伸ばして、耳の後ろあたりのうなじに触れたとたんに、体がかーっと熱くなり、脚の力が抜けた。彼女は目を閉じ、相手にもたれかかった。彼はそっと抱き寄せると、両腕で彼女を抱き締めた。彼女は、数か月前に疲れきるまで愛撫しあったあの痩せた少年とは似ても似つかないほど逞ましい若者に育った男の胸に顔をうずめた。彼の新しい体臭をかぎ、そのざらざらした肌に体を押しつけ、逞ましく引き締まった体を撫でまわした。彼女は自分をすっぽり包んでくれる彼に抱かれて、言いようのない安らぎをおぼえたが、彼のほうは逆に気持を高ぶらせていた。以前と同じように口づけを交わしたが、はじめての経験のように感じられた。激しい口づけを交わしながらふたりはその場にひざまずき、そのあと濡れた大地の柔らかいベッドの上に倒れこんだ。ふたりにとっては、なにもかもが新しい発見であり、言葉などもはや必要ではなかった。月が地平線に現われたが、たがいに相手の体を求め、深く、もっと深く知り合いたいと願っているふたりには月を見る余裕などなかった。

その日から、ブランカとペドロ・テルセーロは同じ時間に、同じ場所で会うようになった。昼間、彼女は刺繡をしたり、本を読んだり、家のまわりで下手な水彩画を描いたりして時間を潰した。乳母はそんな彼女を見てほっと胸を撫でおろし、夜は枕を高くして寝られるようになった。けれども、クラーラは娘のオーラに新しい色が出ているのに気づいて、これはなにかあるに違いないと考えたが、おおよその見当はつけていた。ペドロ・テルセーロは農場で毎日の仕事を終えると、友達に会うために町へ出かけていった。夜になると、全身が綿のように疲れきってしまうが、もうすぐブランカに会えるのだと思うと体に力がみなぎってきた。十五歳という若さがそうさせていたのだろう。その夏はそんなふうにして過ぎ去った。そして、ふたりは何年も後になって、激しく愛しあったあの頃がいちばん幸せだったと思い返すようになる。

一方、ハイメとニコラスは夏休みのあいだに、英国系の寄宿学校で禁止されていることをひとつ残らずやってのけた。声がかすれるまで喚き散らし、なんでもないことでつかみ合いの喧嘩をし、頭にシラミをわかし、膝小僧は擦り傷だらけで、はなをたらし、なんともうすぎたないぼろを着た田舎の子供になっていた。もぎとったばかりの生温かい果物を腹いっぱい食べ、自由を満喫していた。明け方家を出ると、日が暮れるまで戻ってこなかった。そのあいだ、石で野兎をとったり、息が切れるまで馬を走らせたり、川で洗濯している女たちをこっそり盗み見したりしていた。

それからの三年間はべつにたいした事件もなく過ぎ去ったが、三年後に大地震が起こってすべてが一変してしまった。その年の夏休みが終わると、双子の兄弟は家族よりもひと足先に、乳母や召使いといっしょに山のような荷物を持って首都に帰ると、そのまま寄宿学校へ戻った。乳母とほかの召使いたちは角の邸宅に帰ると、主人を迎える準備をした。

それから数日間、ブランカは両親といっしょに農場に残った。クラーラが悪夢にうなされ、廊下を夢遊病者のように歩きまわったり、大声をあげて目を覚ますようになったのは、その頃のことである。日中、彼女はうつけたようにぼんやりして歩きまわっていたが、そんな彼女の目にも、生き物たちの異常な行動が不吉な前兆として映った。鶏は卵を産まなくなり、雌牛はなにかにおびえたように歩きまわり、犬は狂ったように吠えたけり、ネズミやクモ、地虫などが巣穴から飛び出し、小鳥たちは、ひな鳥が木の枝で餌を求めてぴーぴー鳴いているというのに、巣を捨て、群れを作ってどこかへ飛び去ってしまった。クラーラは、火山から立ちのぼる白い噴煙をなにかに取りつかれたようにじっと見つめ、空の色の変化に目を凝らすようになった。ブランカは鎮静効果のあるハーブティーを作ったり、ぬるいお風呂を立ててやったりしたし、エステーバンも妻の神経を静めるために、同種療法の薬が入っている古い薬箱をひっぱりだしてきた。けれども、悪夢は続いた。

「間もなく大地が揺れはじめるわ」日毎に青ざめてゆくクラーラが不安そうにそう言った。

「地面はいつだって揺れてるじゃないか、クラーラ」とエステーバンが言った。

「今度のは別よ。一万人くらいの死者が出るわ」

「国中の人間を寄せ集めてもそんなにいやしないよ」と彼は冗談めかして言った。

大地震は明け方の四時にはじまった。その少し前にクラーラは、馬は腹を裂かれて死に、牛は高波にのまれ、大勢の人たちが石の下や家々をすっぽりのみこんだ地面の亀裂の間から這い出してくる、黙示録の世界そのままの悪夢にうなされてはっと目を覚ました。彼女は恐怖のあまりまっ青になって起き上がると、ブランカの部屋に駆けつけた。けれども、ブランカはいつものようにドアに鍵をかけ、窓から家を抜け出して川のほうへ行っていた。町に帰る日が間近にせまり、また別れて暮らさなければならないという気持にせきたてられて、ふたりの情熱はいやが上にも燃えあがり、わずかな時間も惜しんで狂ったように愛し合っていたのだ。ふたりは絶望的な思いに駆られ、川岸でひと晩じゅう愛し合ったが、寒さや疲労は少しも感じなかった。東の空が白みはじめると、ブランカは家に戻り、鶏のトキの声が聞こえる頃に、窓から自分の部屋にもぐり込んだ。クラーラは娘の部屋まで行くと、ドアを開けようとしたが、中からかんぬきがおろされていた。ドアを叩いても返事がなかったので、いったん外に出て、建物のまわりを半周して、上を見上げると、窓が大きく開いていた上に、フェルラが植えた紫陽花が踏みにじられていた。それを見たとたんに、ブランカのオーラの色が変わった理由が呑み込めた。目のまわりに隈ができ、なにをするのも大儀そうで、口数が少なくなり、朝はよく寝坊するし、夕方になると水彩画を描くようになって、どうもおかしいと思っていたが、なるほどそういうことだったのかと、彼女は考えた。その時、地震がはじまった。

地面が大きく揺れはじめ、とても立っていられる状態ではなかったので、彼女は膝をついた。屋根瓦が剝がれ、それがすさまじい轟音をたてて彼女のまわりに雨のように降りそそいだ。日干しレンガ造りの建物が斧で断ち割ったようにまっぷたつに裂け、夢に見たとおり地面が口を開け、彼女の目の前で巨大な亀裂となって広がり、鶏小屋や洗濯場の水桶、廏舎の一部をのみこんだ。飲料水を溜めてある水槽がぐらりと傾いたかと思うと、横ざまに倒れ、必死になって翼をばたつかせている生き残った鶏の上にどっと降りそそいだ。遠くでは、火山が猛り狂った竜のように火を噴き、噴煙を上げていた。犬たちは鎖をふり解いて狂ったように駆け出して行き、倒壊した廏舎から逃げ出した馬は、空気の臭いを嗅ぎ、おびえたようにいななくと、広い野原に向かって走り去った。ポプラの木は酔っぱらったように左右に大きく揺れていたが、中には、根こぎにされて倒れるものもあり、スズメの巣がいくつも押し潰された。なによりも恐ろしかったのは、地の底から湧き上がってくる地鳴りの音で、それはまるで巨人の荒々しい鼻息のようにあたりの空気をびりびり震わせた。クラーラはブランカの名を呼びながら家のほうに這ってゆこうとしたが、地面が大きく揺れて前に進むことができなかった。農夫たちは、恐怖におののきながら家から飛び出し、天に祈ったり、たがいに抱き合ったりし、子供の手を引き、犬を蹴とばし、老人を突き飛ばしたりしながら、わずかばかりの財産を持ち出そうとしていた。そして、彼らのまわりでは、この世の終わりを思わせるような轟音がいつ果てるともなく続き、レンガや瓦が雨のように降りそそいでいた。

エステーバン・トゥルエバが玄関に姿を現わしたちょうどその時に、あの建物はまるで卵の殻のように砕け、もうもうたる土ぼこりを舞い上げて倒壊し、彼は山のような瓦礫の下敷きになった。クラーラは大声で彼の名を呼びながらそばまで這っていったが、返事は返ってこなかった。

最初の揺れは約一分間続いたが、それは頻々として天災の起こるあの国でそれまでに記録された中でももっとも激しい地震だった。あの地震は地上に立っているものをほとんどすべてなぎ倒した。わずかに残されたものも、明け方まで続いた一連の余震でことごとく倒れた。ラス・トレス・マリーアスでは、日が昇るのを待って、死者の数をかぞえ、瓦礫の下でうめいている生き埋めになったものを救出することにしたが、その中にはエステーバン・トゥルエバもふくまれていた。彼が生き埋めになっている場所は分かっていたが、まさか生きているとは誰ひとり思っていなかった。ペドロ・セグンドに率いられた四人の男たちが、エステーバンの上に覆いかぶさっている小山のような土や瓦、レンガを取り除きはじめた。クラーラもいつもの天使のような様子とはうって変わって、男たちにまじって瓦礫を片付けはじめた。

「あの人はまだ生きているわ、この下で私たちの声を聞いているのよ。はやく助け出してやって」彼女の自信にあふれた言葉にはげまされて、みんなは力を合わせて瓦礫を取り除いていった。

ブランカとペドロ・テルセーロは夜が明けてから姿を現わしたが、かすり傷ひとつ負っていなかった。クラーラは娘のそばに行くと、二つばかり平手打ちをくらわせたが、娘が無事に戻ってきてそばにいることで安心したのか、彼女を抱き締めて泣きくずれた。

「お父様はこの下にいるのよ」とクラーラは言った。

ふたりの若者もほかのものたちといっしょになって瓦礫の山を片付けはじめた。一時間後、日差しが惨状を呈している地上を明るく照らしだす頃になってようやく農場主が墓穴のような瓦礫の中から助け出された。数えきれないほどの骨が折れていたが、彼はまだ死んでおらず、目を大きく見開いていた。

「町までお運びして、医者に見せなくてはいけないだろうな」とペドロ・セグンドが言った。

ただ、体全体がぼろぼろの袋のようになっていたので、下手に動かすとどこの骨がとびだすか分からず、みんなはどうやって町まで運ぶかで頭を悩ませていた。ちょうどそこへペドロ・ガルシア老人がやってきた。老人は年をとっていた上に、目が見えなかったので、あの大地震にもまったく平然としていた。傷ついたエステーバンのそばにかがみ込むと、慎重な手つきでその体を撫でまわし、年老いたその手の指先に目がついているように全身をくまなく調べて、骨折した箇所やひびの入ったところを残らず探り当てた。

「今動かすと、この人は死んでしまう」老人はぽつりとそう言った。

エステーバン・トゥルエバは気を失っていなかったので、その言葉をはっきりと聞きとった。その時、例の蟻の大群が押し寄せてきた時のことを思い出して、ここはこの老人の言うとおりにするのがいちばんだと考えた。

「彼にまかせておけ、そのとおりにするんだ」とつぶやくように言った。

ペドロ・ガルシアは毛布を持ってくるように言うと、息子と孫に手伝わせてその上に主人をそっと横たえた。その毛布を三人で持ち上げ、間に合わせで作ったテーブルの上に彼をのせた。そのテーブルは、以前は中庭だったが、今では瓦礫の山や動物の死骸が転がり、子供の泣き声や犬のうなり声、女たちの祈る声が響いている悪夢を思わせる狭い空き地の中央に置いてあった。誰かが廃墟の中からブドウ酒の入った皮袋を見つけだしてきた。ペドロ・ガルシアはそれを三等分すると、まず傷ついたエステーバンの体をそれで洗い、一部を飲ませてやると、残りを自分がゆっくりと飲み干した。そして、落ち着いた態度で辛抱強く、あちこちの骨を伸ばしたりひっぱったりしてもとの位置に収めた。また、病気をなおす聖人様の祈りをあげたり、幸運を願い聖母マリア様の名を唱えながら、添え木をあてがい、シーツの切れ端で固定してやった。その間、エステーバン・トゥルエバは悲鳴をあげたり、罵声を浴びせかけたりしたが、老人は盲人特有の穏やかな表情を少しも崩さなかった。彼はまったくの手探りでエステーバンの体をもと通りにしたが、その後エステーバンを検査した医師たちは、とても人間わざとは思えないと言ってしきりに感心した。

「私があの場に居合わせても、とてもこうはできなかっただろうな」あとでそのことを知ったクエバス医師も舌を巻いて言った。

あの地震で全土が壊滅的な打撃を受けたために、国中が長い喪に服することになった。地震は地上のものをすべてなぎ倒しただけではおさまらなかった。潮が何マイルも引いたあと、巨大な高波となって押し寄せて、船を海岸から遠く離れた丘の上に押しあげたり、いくつもの村落や道路、家畜をのみこみ、南のほうの島々を水面下に沈めたりした。大きな建物は傷ついた恐竜のように倒れたり、トランプの城のように倒壊し、大勢の死者が出たために、どの家族も涙にかきくれた。穀物は塩水をかぶってだめになり、あちこちの都市や町々は大きな火災に見舞われた。さらに、追い討ちをかけるように、流れだした溶岩や火山灰が火山に近い村々を襲った。人々はまた地震が起こるのではないかとおびえ、家を捨てて空き地にテントを張ったり、広場や街路で寝るようになった。治安維持のために軍隊が出動し、盗難の現場を見つけると、兵士はその場で犯人を射殺した。というのも、信心深い人たちが教会に押しかけて、自らの犯した罪の許しを請い、神に向かってどうか怒りをお静めくださいと祈っているあいだに、泥棒どもは瓦礫の中を物色し、イヤリングをつけている耳や指輪をしている指を見つけると、その下にいるものが死んでいようが生き埋めになっているだけだろうが、おかまいなくナイフで切り取っていたのだ。また、細菌がはびこって、国中にさまざまな疫病が蔓延した。世界のほかの国々はふたたび大戦に巻き込まれていたので、地の果ての国で大自然が狂ったように猛威をふるったことをほとんど知らなかった。それでも、医療品や毛布、食料、建築資材などがあちこちから送られてきた。けれども、公的機関の複雑な手続きを通しているうちに、それらの品々は煙のようにどこかに消えてしまい、それから何年かすると、高級食料品店でアメリカ製の缶詰やヨーロッパの粉ミルクがひどく高い値段で売られるようになった。

エステーバン・トゥルエバは全身に包帯を巻かれ、添え木を当てられ、軟膏を塗られ、鉤で手足を吊るされたまま四か月間ベッドに横になっていた。その間、身動きひとつできない状態でむず痒さに耐え、いらだたしい思いに苦しめられたが、そのために手がつけられないほど怒りっぽくなっていた。クラーラは農場に残って彼の看病をした。交通機関が旧に復し、治安が良くなると、母親の手ではもはやブランカの面倒が見切れなかったので、寄宿生として学校に戻された。

首都では、乳母がベッドで休んでいる時に、地震が起こった。南部ほど揺れは大きくなかったが、彼女は驚きのあまりそのまま息を引きとった。角の邸宅はまるでクルミの実のようにぎしぎしきしみ、壁に亀裂が走り、食堂の涙滴シャンデリアが無数の鐘を鳴らしたような音をたてて落ち、粉々に砕けた。しかし、なんと言っても乳母の死がもっとも深刻なできごとだった。最初の恐怖が過ぎ去ったあとになって、召使いたちは初めてあの年老いた乳母がみんなといっしょに外に飛び出してこなかったことに気づいた。中に入って捜してみると、彼女は大きなベッドの中で目をむいてこときれていた。わずかに残った髪の毛は恐ろしさのあまり逆立っていた。彼女は、できればまっとうなお葬式をあげてもらいたいと言っていたが、なにしろあの混乱の最中だったので、葬式をあげるどころか、弔辞を読みあげてもらったり、死をいたんで涙を流してもらうこともなくあわただしく埋葬された。彼女は自分が仕えてきた一家の大勢の子供たちをとてもかわいがって育ててあげたが、誰ひとり埋葬に立ち会うものはいなかった。

あの地震を期に、トゥルエバ家の生活が大きく変化し、それ以来地震の前なのか後なのかを基準にして、いろいろなできごとが取り沙汰されるようになった。ラス・トレス・マリーアスでは、主人がベッドに寝たきりになっていたので、ペドロ・セグンドがふたたび差配人の仕事を引き受けることになった。彼はさっそく人手をかき集めると、みんなに平静さを取り戻すように言い、廃墟と化した農場の再建にとりかかった。彼はまず、死体を火山の麓にある墓地に埋めた。その墓地は、溶岩流があのいまいましい丘の斜面を流れてきたが、奇跡的に被害を受けなかった。新しい墓石が立てられたので、あの小さな墓地もなんとなく華やいだ雰囲気になった。また、墓参にきた人たちが木陰で休めるようにと、樺の木も植えられた。以前とまったく同じ造りのレンガを積みあげた小さな家や廏舎、搾乳所、穀物倉などが再建され、また、運良く溶岩と火山灰が山の向こう側に降りそそいでくれたおかげで、ほとんど被害を受けなかった耕作地も耕されるようになった。ペドロ・テルセーロは、父親からそばにいて手伝ってもらいたいと言われたので、しかたなく町へ行くのはあきらめた。けれども、身を粉にして働いたところで、豊かになるのは主人だけで、自分たちはいつまでたっても貧しい暮らしから抜け出すことはできないんだ、とぶつぶつこぼしながら父親の手伝いをした。

「これまでずっとそうだったんだ。お前ひとりじゃ、神様のお決めになった定めを変えることはできん」と父親は言ってきかせた。

「それが変えられるんだよ。こんなところで暮らしているから分からないけど、現実にそういうことをしている人たちがいるんだ。外の世界は大きく変化しているんだよ」ペドロ・テルセーロはそう言うと、共産主義者の小学校の先生やホセ・ドゥルセ・マリーア神父から聞かされた話を息もつかずにまくしたてた。

ペドロ・セグンドはそれにには応えず、黙々と仕事を続けた。彼の息子は、主人の病気で監視の目が行き届かないのをいいことに、検閲の目を盗んで、組合の指導者たちが出している発禁のパンフレットや小学校の先生が書いた政治新聞、スペイン人の神父が聖書の話をおかしな具合に書き換えた寓話などをこっそりラス・トレス・マリーアスに持ち込んだが、父親は見て見ぬふりをしていた。

エステーバン・トゥルエバの言いつけで、差配人は手もとにあった家の図面に従って主人の家の再建に取りかかった。新しいレンガは使用せず、以前のように泥と藁をこねて作った日干しレンガを用い、窓もひどく小さかったが、前と同じ大きさにした。改良したところと言えば、バスルームでお湯が使えるようになったことと、台所では薪にかえて灯油を使用するようになったことくらいだが、その台所器具を料理人が誰ひとり使いこなせなかったので、せっかくの新しい器具も中庭に放り出されて、鶏のおもちゃになってしまった。家ができあがるまでの間、エステーバンはトタン屋根のにわか作りの小屋にしつらえた病人用のベッドに横たえられることになった。彼はそのベッドから、窓越しに工事の進み具合を見守っていたが、体を動かせないものだからいっそういらだちをつのらせて、大声であれこれ命令を下した。

その数か月間に、クラーラはすっかり人が変わったようになった。救ってやれるものはなんとしても救ってやらなければならないと考えて、ペドロ・セグンド・ガルシアとともに額に汗して働くようになった。もはや夫はもちろんのこと、フェルラや乳母の助けを借りることもできなかったので、彼女は生まれてはじめて誰の助けも借りずに家事をするようになった。これまで彼女は、外界から守られて、人からあれこれ指図されることもなく、人の世話になってなに不自由ない暮らしをしてきたが、その長い少女時代からようやく目覚めたと言ってよかった。一方、エステーバン・トゥルエバは、彼女の作ったものでなければなにを食べてもおいしくないと、無理を言うようになった。おかげで、彼女は一日じゅう台所に入り込んで、病人用のスープを作るために鶏の羽をむしったり、パンをこねたりするようになった。その上、体をスポンジで拭いてやったり、包帯を取りかえたり、溲瓶をあてがってやったりと看護婦の仕事まで引き受けていた。彼のほうは日毎に怒りっぽくなり、気儘を言うようになった。おい、枕をここに置いてくれ、ちがう、もっと上だ、ブドウ酒を持ってきてくれ、それじゃない、白だと言ったろう、窓を開けてくれ、もっと下だ。もういい、閉めてくれ、ここが痛むんだ、腹がへった、暑いな、背中を掻いてくれ、もっと下だ。元気で逞ましかった頃の彼は、男臭い匂いをぷんぷんさせ、ハリケーンのように喚き散らし、戦争でもしているように荒れ狂い、傲然とふんぞりかえって平穏な彼女の生活の中に無理やり割り込んできた。彼女は、精霊たちの住む彼岸と貧しい魂の生きている此岸との間でたくみにバランスをとって暮らしながら、彼の気まぐれをことごとく潰してきた。けれども、その頃の彼よりも、病床に就いてからの夫のほうがはるかに恐ろしく感じられた。いつしか、心の底で彼をうとましく思うようになっていた。骨折した箇所が癒着し、多少とも体が動かせるようになると、彼女を抱きたくて矢も楯もたまらなくなるのか、そばを通りかかると、若い頃に台所やベッドで彼の相手をした逞ましい百姓女と同じように考えてすぐに手を伸ばしてくるのだった。おそらく、病気でおかしくなっていたのだろう。けれども、クラーラはとてもそんな気にはなれなかった。数々の不幸を経験したせいで、彼女は以前にもまして心を重視するようになっていた。もう年も年だったし夫を愛してもいなかったので、セックスがなんともわずらわしいものに思え、事が済んだあとは、体中の節々が痛み、そのせいで家中の家具が乱雑にちらかったものだった。あの地震のおかげで、わずかな時間のあいだに、彼女は暴力と死と俗悪さに満ちた現実世界と直面せざるを得なくなったし、これまでまったく縁のなかったこまごましたことにもいやおうなく手をつけざるを得なくなった。もはや、三本脚のテーブルや紅茶の葉を見て未来を予言する能力などなんの役にも立たなかった。そんなことよりまず、小作人を疫病や混乱から救い出し、耕作地を干魃やカタツムリから、牛を鵝口瘡熱から、鶏をジステンパーから、衣服を虫から守り、子供の世話をし、夫の体を気遣い、怒り出すと宥めなければならなかったのだ。クラーラはすっかり疲れきっていた。ひとりぼっちで、どうしていいか分からなくなることがあった。どうしても決断を下さなければならなくなると、たったひとりしかいない相談相手であるペドロ・セグンド・ガルシアのところに駆けつけた。忠実で口数の少ないあの男は、クラーラのそばにいつも付き添っていたが、彼女にしてみれば突然ひどい嵐に襲われたような不安な日々を送っている中で、彼だけが頼りだった。一日が終わると、クラーラはよく彼を呼んで、いっしょにお茶を飲んだものだった。軒下の絹柳を編んで作ったひじかけ椅子に腰をおろし、昼間の緊張を解きほぐしてくれる夜の訪れを待った。夕闇があたりをゆっくりと包んでゆき、夜空に星々がきらめきはじめるのを眺めたり、カエルの鳴き声に耳を傾けたりしたが、ふたりともひと言も口をきかなかった。解決しなければならない問題や頭の痛いもめごとが山積していたが、貴重な三十分をそんなことで潰したくなかったのだ。その時間を少しでも長く延ばそうと、ゆっくりお茶を飲みながら、おたがいに相手の生活のことを考えていた。ふたりは十五年以上も前からの知り合いで、毎年夏になると顔を合わせていたが、これまで口をきいたことはほとんどなかった。彼の目から見れば、クラーラは、生活のしがらみにがんじがらめになっているほかの女たちとは似ても似つかない存在だった。言ってみれば、彼女は毎年夏になると現われるきらめく天使のような女性だった。あの頃は、パンをこねたり、前掛けに昼食を作るためにしめた鶏の血がついていることもあったが、ペドロ・セグンドにしてみれば、それは真昼のぎらぎらした太陽が生みだした幻影としか思えなかった。日が暮れて、あたりが静かになり、ふたりでお茶を飲むその時間になってはじめて彼女は人間らしい姿に戻るのだ。彼は心ひそかに彼女に忠誠を誓っていた。時には、まるで若い青年のように、あの方のためなら命を捨ててもいいと考えることもあった。エステーバン・トゥルエバを憎んでいるのと同じくらい彼女を崇拝していた。

ようやく農場に電話が引かれたが、主人が住むはずの建物はまだできあがっていなかった。エステーバン・トゥルエバは四年前から電話を引こうと躍起になっていたが、いざ電話がつくという時になっても、肝心の建物の雨風をしのぐ屋根さえまだできていなかった。電話機は間もなく壊れたが、ともかくもそれで双子の子供たちを呼びだした。

ガーガーピーピーうるさい雑音が入り、町の交換手が話に割り込んできたりしたが、なんとかべつの銀河系から聞こえてくるようなかすかな声を聞くことができた。また、その電話で問い合わせたところ、ブランカの体の具合が悪くなり、向こうの尼僧の手に負えなくなったので、引き取ってもらいたいと言ってきた。ブランカはしじゅう咳込み、しばしば熱が出るとのことだった。当時は、どの家族にもたいていひとりくらいは結核患者がおり、どこの家庭でもあの病気をひどく恐れていたので、クラーラがさっそく娘を迎えに行くことにした。クラーラがいよいよ発つという日に、エステーバン・トゥルエバはステッキで電話機を壊してしまった。電話のベルが鳴ったので、彼は、今出かけるところだから、静かにしろと喚き立てたが、いっこうにベルが鳴り止まなかったので、かっとなって叩き壊してしまったのだ。そのはずみで、鎖骨を折ってしまい、ふたたびペドロ・ガルシア老人の手をわずらわすことになった。

クラーラにとっては今回が初めてのひとり旅だった。毎年同じコースを行き来していたのだが、こまごまとしたことはすべて人まかせで、彼女自身は車窓から見える景色をぼんやりと夢見心地で眺めていただけだった。ペドロ・セグンド・ガルシアが彼女を駅まで連れて行き、列車の座席まで案内した。別れる時、彼女は身をかがめて、その頰に軽く口づけするとにっこりほほえんだ。彼はその口づけが風に吹き飛ばされないよう手でそこを押さえた。けれども、別れがつらくて、笑顔を作ることはできなかった。

世間のことに疎く、地理にも暗かったが、クラーラは直感の助けを借りて無事娘のいる学校までたどり着いた。尼僧院長がいかめしいテーブルの向こうで彼女を迎えたが、そこの壁には血みどろの巨大なキリスト像がかかり、テーブルに赤いバラの花が飾ってあったが、なんとも場違いな感じがした。

「お医者さまをお呼びして、見ていただいたのですが」と尼僧院長はさっそく用件を切り出した。「肺には異常がないそうですわ。でも、田舎の生活のほうが体にいいでしょうから、できれば、お嬢さまを引き取っていただきたいのです。お分かりいただけると思いますが、わたくしどもではやはり責任を負いかねますので」

尼僧が鐘を鳴らすと、ブランカが部屋に入ってきた。以前に比べると、顔色が悪く、痩せ細っていたし、目のまわりには紫色の隈ができていた。たいていの母親ならその姿を見ただけで、胸を痛めるだろうが、クラーラはひと目見ただけで、娘が病んでいるのは体ではなく、心なのだということを見抜いた。灰色のぞっとするような制服を着ると、じっさいよりもずっと幼く見えたが、その下の体は女らしくふくらみはじめていた。以前は白い衣装をまとった天使のように陽気でいつもぼんやりしていた母親が、この数か月間にすっかり変わり、手にはまめができ、口もとに深いしわのきざまれたしっかりもののお母さんに変貌しているのを見て、ブランカはびっくりした。

ふたりはそのあと、双子の兄弟のいる学校へ行った。あの大地震以来一度も会っていなかったのだ。驚いたことに、あの古い学校だけは地震の被害をまったく受けておらず、国中を揺るがした大地震があったことさえ知らなかった。外の世界では、一万人もの死者がでて、葬式もあげられずに埋葬されたというのに、ここでは三週間遅れで大英帝国から届くニュースに一喜一憂し、英語の歌をうたったり、クリケットをして遊んでいた。体にムーア人とスペイン人の血が流れ、アメリカ大陸のいちばん端で生まれたというのに、あの双子の兄弟はオックスフォード訛りのスペイン語をしゃべり、驚いた時に左の眉を持ち上げるほかはほとんど感情を表にあらわさなかったので、クラーラとブランカは奇妙な思いにとらえられた。夏に農場を元気に走りまわっていたシラミだらけの子供の面影はどこにも残っていなかった。「サクソン人の気質が身についていて、ばかになってしまわないように祈っているわよ」クラーラは息子たちに別れを告げる時にそうつぶやいた。

　乳母はもう老齢だったし、主人夫妻のいない間にあの角の邸宅で亡くなったが、やはり放ってはおけなかった。乳母がいなくなって監視の目が緩んだのをいいことに、召使いたちは好き放題のことをし、仕事をほったらかして昼寝をしたり一日中噂話をして遊んでいた。植木は水をやらなかったものだから枯れてしまっていたし、部屋の隅をクモが這いまわっていた。あまりの荒廃ぶりに腹を立てたクラーラは、召使いたちをひとり残らず追いだして、家を閉めることにした。そのあと、ブランカに手伝わせて、家具にシーツをかけ、家中にナフタリンを撒き散らした。さらに、鳥籠を開いて小鳥たちを一羽残らず逃がしてやった。インコやカナリア、ヒワ、スズメといった小鳥たちは突然解きはなたれてどこへ行っていいか分からず、家のまわりを飛びまわっていたが、やがて思い思いの方角に飛び去っていった。ブランカは母親の手伝いをしながら、いつもならカーテンの陰から出てくるはずの亡霊が姿を見せないことや、薔薇十字団員が第六感の働きで、腹を空かせた詩人が生活苦からクラーラの帰っていることに気づいて現われるはずなのに、いっこうに姿を見せないことに気づいた。彼女の母親はどうやらごく普通のありふれた母親になってしまったようだった。

「すっかり変わってしまったわね、母さん」とブランカが言った。

「変わったのは私じゃなくて、世界なのよ」とクラーラは答えた。

邸宅を出る前に、召使いたちの部屋がある中庭の、乳母の部屋をのぞいてみた。クラーラは引き出しを開け、あの心やさしい女が半世紀にわたって使用してきた段ボールのスーツケースをひっぱり出し、衣装ダンスの中をあらためてみた。中には、わずかばかりの衣服と古いサンダル、紐やゴムバンドをかけた大小さまざまな箱が入っていただけだった。箱の中には、最初の聖体拝領と洗礼の時の版画や髪の毛、爪、色あせた肖像画、履きふるした赤ちゃんの小さな靴などが大切にしまってあった。それらはすべて、乳母が腕に抱き、胸であやしてやったデル・バージェ家とトゥルエバ家の子供たちの思い出の品だった。口をきかなくなったクラーラをおどかしてなんとかしゃべらせようとした時に使った変装の道具は、ベッドの下に押し込んであった。クラーラはあの大きなベッドに腰をおろし、それらの品々を膝の上に置いて、自分を犠牲にしてほかの人たちのために尽くし、ひとり死んでいった乳母を偲んでさめざめと泣いた。

「なんとかして私をびっくりさせようとしたあの人が、地震にびっくりして死んでしまうなんて」とクラーラは言った。

乳母ならきっとプロテスタントやユダヤ人といっしょに埋められるのを嫌がるだろう、できれば死んでからも、生涯自分が仕えてきた人たちのそばで眠りたいと考えるにちがいないと思って、遺体をデル・バージェ家の墓所があるカトリック墓地に移してやった。墓石に花を供えたあと、クラーラはブランカを連れて駅までゆき、ラス・トレス・マリーアスに帰ることにした。

列車の中で、彼女は家族の現状や父親の様子を話して聞かせた。ひょっとすると、向こうからいちばん気になっていることを尋ねてくるかもしれないと期待していたが、ブランカは一度もペドロ・テルセーロ・ガルシアの名を口にしなかった。クラーラのほうも、自分からその話を切り出す気持にはなれなかった。考えてみれば、いったん名前を出してしまえば、話が具体的になり、以後知らないではすまされなくなってしまう。言葉に出さなければ、ひょっとしていつの間にか消えてしまうことだってありうるはずだ。駅に着くと、ペドロ・セグンドが馬車で迎えにきていた。あの差配人は口数が少ないはずなのに、ラス・トレス・マリーアスに着くまでのあいだ口笛を吹いていたので、ブランカはびっくりした。

エステーバン・トゥルエバは青いフェルトを張ったひじかけ椅子に自転車の車輪をと

りつけたものに座っていた。首都に注文してある車椅子が届くまでのあいだそれを間にあわせで使っていたのだが、車椅子のほうはクラーラが今回の旅で荷物といっしょに持ちかえっていた。彼は家の工事がなかなか進まないというので、ステッキを乱暴に振りまわしながら罵声を浴びせかけていたが、そちらに気を取られて、ふたりが帰ってきたというのに、軽く口づけしただけで、娘の体のことを尋ねもしなかった。

その夜は石油ランプの下で粗末な板張りのテーブルについて食事をとった。ブランカは、母親が料理を給仕している皿を見てびっくりした。というのも、食器類があの地震ですべて壊れてしまったために、レンガ用の泥を手でこねて作った皿を使っていたのだ。かんじんの乳母がいないせいで、食事はまことに簡素なものになっていて、レンズ豆のどろりとしたスープにパンとチーズ、それにマルメロのお菓子しかなかったが、その量はブランカが寄宿学校で食べていた金曜日の肉抜きの料理よりも少なかった。食卓でエステーバンは、いまいましいこの国の大自然は時々ヒステリックになって猛威をふるうが、そのあおりを受けて百姓みたいな暮らしをするのはもうごめんだ、立って歩けるようになったら、さっそく首都に出かけて行って、極上の立派な家具調度類を買い込んでやる、とまくしたてた。あの夜はいろいろなことが話題にのぼったが、ブランカの記憶に残っているのは、ペドロ・テルセーロ・ガルシアが農民たちに共産主義思想を広めているところを見つけられ、二度とここに立ち入らないように言われて農場から追い出されたということだけだった。その話を聞いたとたんに、彼女はさっと青ざめ、テーブルクロスの上にスプーンの中身をこぼしてしまった。エステーバンは、餌をもらっている飼い主の手を噛むような恩知らずな人間はどうのこうのと夢中になってしゃべっていたので、気がつかなかったが、クラーラは娘の顔色が変わったのを目ざとく見つけた。

「そもそも、今度社会党から立候補したようなくそいまいましい政治屋どもがいかんのだ。あのうすらとんかち奴《め》は、おんぼろ列車に乗って国を南北に縦断し、平和な毎日を送っている人々をボルシェヴィキ的な思想で煽動するつもりらしいが、このあたりには近づかんことだ。もし列車から降りてくるようなことがあれば、生きて帰れんようにしてやる。このあたりの農場主と話し合ってその準備はちゃんとしてあるんだ。正当な労働、努力したものに与えられる報酬、人に先駆けてものごとをやってのける人間にもたらされる報賞、こうしたものに難癖をつけるような演説は断じて許すわけにはゆかん。わしたちは朝から晩まで額に汗して働き、資本を投資し、危険をおかし、責任ある立場の人間としての重圧に耐えている、そのわしたちとのらくらものといっしょにされたのではたまったものではない。連中は、土地はそれを耕す人間のものだと言うが、なるほど、それならこの土地はわしのものだ。もともとここは荒れ果てた土地で、わしが来なければ、いまだに変わってはいなかっただろう。つまり、どう耕せばいいかを知っていたのは、このわしひとりだけだったのだ。あのキリストでさえ、努力して得たものを怠けものとともに分かち合いなさいとは言っておられんのだ。あのはな垂れ小僧のペドロ・テルセーロめは、わしの農場でぬけぬけとそういうことを説いてまわりおった。本来なら、頭に鉛の弾をくらわせてやるところだが、あれの父親はよくやってくれているし、祖父には命を助けられているので、思いとどまったのだ。奴には、今度またここでおかしなことを説いているところを見つけたら、銃で撃ち殺してやると言ってやったんだ」

クラーラは横目で娘の様子をうかがいながら、料理を出したり、テーブルの上を片付けたりしていたので、夫の話を聞いていなかったが、レンズ豆のスープの入った皿を片付けようとした時に、夫の長広舌の終わりのところが耳に入ったので、こう言った。

「世界はどんどん変わっていくわ、それはあなたにも止められないのよ。ペドロ・テルセーロがいなければ、誰かほかの人間が現われて、ラス・トレス・マリーアスに新しい思想をもたらすはずよ」

それを聞いて、エステーバン・トゥルエバは手に持ったステッキで妻が片付けようとしていたスープ皿を叩いた。皿は遠くに飛んでゆき、中のスープが床にこぼれた。ブランカが、父親がクラーラに怒りをぶつけるところを目にしたのは、それが初めてだった。きっと、母親は例の忘我状態におちいって、窓からふわふわ飛び出して行くにちがいないと考えたが、べつに変わったことは起こらなかった。クラーラは、夫が喚き散らす下品なののしりの言葉にはまったく耳をかさず、いつもの落ち着いた態度でスープ皿を片付けはじめた。そして、夫が静かになると、その頬に軽く口づけをし、おやすみなさいと言ったあと、娘の手をとって部屋から出ていった。

　ペドロ・テルセーロは姿を消したが、ブランカは平静さを失わなかった。毎日川まで行って、彼が来るのを待った。自分が農場に戻っていると分かればかならずやって来るはずだ、どこにいようとも愛の力できっと呼び寄せることができるにちがいないと確信していた。そして、そのとおりになった。五日目に、冬用のポンチョをまとい、つば広の帽子をかぶったむさくるしい男が向こうからやってきた。男は、遠くにいても自分の来たことが分かるように、空き缶をがらがら鳴らしながら、白鑞の鍋や銅製の湯沸かし、大きなホウロウの平鍋、大小さまざまなスプーンなどの台所用品を背負ったロバを引いて彼女のほうにやってきた。あのあたりの家を一軒一軒まわって品物を売り歩いている年老いた見すぼらしい行商人だろうと思って彼女は気にもかけなかった。その男が彼女の前で足を止めて、帽子を取った。前髪が額にかかり、髭が伸びていたが、その黒くきらきら輝く目を見たとたんに誰だか分かった。ロバが鍋をがちゃがちゃいわせながら草を食んでいるあいだ、ブランカとペドロ・テルセーロは切なそうなうめき声を洩らしながら、抱き合ったまま石ころや茂みの上を転げまわった。何か月ものあいだ、言葉をかわすことも会うこともできなかった埋め合わせをするかのように抱き合った。そのあと、川岸の葦のあいだでふたたび抱き合った。トンボの羽音やカエルの鳴き声を聞きながら、彼女は、熱が出るようにと、靴のなかにバナナの皮や吸取紙を入れ、本物の咳が出るようにチョークの粉を飲んだこと、そうして食欲が減退し顔色が悪いのは結核のせいだと尼僧たちに信じこませたことなどを話してきかせた。

ながら言った。

「あなたのそばにいたかったからなの」と彼女はペドロ・テルセーロの首筋に口づけし

　ペドロ・テルセーロは彼女に、世界とあの国で今なにが起こっているかといったことや遠くの国々で戦争がはじまり、人類の半分が榴散弾の破片を浴びる危険にさらされていること、強制収容所では人々が死の苦しみを味わい、未亡人や孤児の数が激増しているといったことを話してやり、さらにヨーロッパやアメリカでは、労働者の権利が尊重されているが、それは過去数十年にわたって数多くの組合の指導者や社会党員が虐殺されたために、ようやく神の命じられたような立派な法律や共和国が生まれてきた、そこではもはや施政者が苦しんでいる人々から粉ミルクを盗んだりしないのだ、と説明してやった。

「われわれ農民はいつもつんぼ桟敷に置かれていて、ほかのところでなにが起こっているか知らされていないんだよ。きみのお父さんはみんなから憎まれているけど、恐ろしいものだから、連帯してあの人に立ち向かうことができないんだ。分かるだろう、ブランカ」

　彼女は分かっていたが、みずみずしい穀物のような彼の体臭を嗅いだり、耳を舐めたり、ぼうぼうと伸びた髭に指を突っ込んだり、嬉しそうにうめき声をあげるのを聞くのが楽しくて、話をあまり聞いていなかった。けれども、その一方で、彼の身をひどく気遣っていた。彼の頭に鉛の弾をぶち込んでやろうと考えているのは父ひとりだけではなかった、あのあたりの地主連中はひとり残らず同じことを考えていた。ブランカは彼に社会主義の指導者の話をしてやった。その指導者は、二年ほど前、あの地方を自転車で走りまわり、農場にパンフレットを配ったり、小作人たちを組織したりしていたが、とうとうサンチェス兄弟に捕まって、棒でなぐり殺されてしまった。あの兄弟は、見せしめにしてやろうというので、死体を四つ辻に立っている電柱に吊るした。丸一昼夜、その死体は風に揺られていた。ようやく馬に乗った警官がやってきて、死体をおろした。彼らは犯行をごまかすために、居留地にいるインディオたちの仕業だと言い張った。あのインディオたちはとてもおとなしくて、鶏を絞めることもできないくらいだから、人など殺せるはずのないことは分かりきったことだった。けれども、サンチェス兄弟は、死体を墓地から掘り起こし、ふたたび人目につくところに置いたが、これはあまりにも露骨なやり口だった。それでも警察は手を出すことができず、社会主義者殺しの事件はすぐに忘れ去られてしまった。

「あなたも殺されるかもしれないわ」と彼を抱き締めながら彼女はそうささやいた。

「気をつけているからだいじょうぶだよ」そう言ってペドロ・テルセーロは彼女を安心させた。「たえず居所を変えるつもりだけど、そうするときみとは毎日会うことができなくなる。できるだけ来るようにするから、ここで待っていてほしいんだ」

「愛しているわ」と彼女はすすり泣きながら言った。

「ぼくもだよ」

ふたりはあの年頃の若者特有の激しい熱情を込めて抱き合ったが、そのそばではロバがまだ草を食んでいた。

ブランカは学校に送り返されまいとして、いろいろな手を用いた。熱い塩水を飲んで食べたものをもどしたり、青いスモモを食べて下痢をしたり、馬の腹帯でお腹を締めつけていつも疲れたような顔をしたりした。そのうち、彼女の狙いどおり、あの娘は体が弱いという噂が流れはじめた。あらゆる病気の徴候をじつにうまく真似たので、医師団がやってきて診察しても、まんまとだまされたことだろう。彼女自身もやがて自分は本当に病弱なのだと思い込むようになった。毎朝目が覚めると、どこか痛むところや具合の悪いところはないだろうかと、まず頭の中で考えてみた。気温が少し変化したり、花粉が飛んだりすると、それを口実に体の具合が悪いと言い、ささいなことでも、今にも死なんばかりに大騒ぎするようになった。クラーラは、手を使うのが健康にいちばんいいと考えていたので、娘にはぐずぐず言わせずいろいろな仕事をさせた。おかげで、ブランカはみんなと同じように朝早く起きて、冷水のシャワーを浴び、仕事をさせられる羽目になった。学校で勉強を教えたり、裁縫工場で縫いものをさせられただけでなく、看護婦の真似ごとまでやらされた。浣腸をしたり、裁縫用の針と糸で傷口を縫い合わせたりしたが、血を見てふっと気が遠くなったり、吐瀉物を洗い流す時に冷や汗が出ても誰もかまってくれなかった。ペドロ・ガルシア老人はもう九十近い年になっていて、歩くのも大儀そうにしていたが、クラーラと同じように人間の手は使うためにあるのだと考えていた。ある日、ブランカがひどい頭痛に悩まされていると、老人が彼女を呼んで、なにも言わずにそのスカートの上に粘土のかたまりをぽいと置いた。午後のあいだ、それをこねて食器を作る方法を教えてもらったが、おかげで頭痛のことはすっかり忘れてしまった。老人はむろん知るよしもなかったが、その技術はやがて、ブランカにとって生計を立てる唯一の手段になると同時に、悲しい時の気晴らしにもなるのである。老人は彼女に足を使ってろくろをまわし、手で柔らかい粘土をこねて食器や壷を作ることを教えた。けれども、彼女はすぐに食器類を作るのに飽きてしまい、動物や人間を象った人形を作りはじめた。そちらのほうがはるかに面白かったのだ。そのうち彼女は、ミニアチュアの家畜やいろいろな仕事をしている人たちの人形で、小さな世界を作り出すようになった。そこには、大工もいれば、洗濯女、料理女もおり、彼らの使う道具や家具類までそろっていた。

「こんなものがいったいなんの役に立つというんだ」と娘の作ったものを見て、エステーバン・トゥルエバが言った。

「これはこれできっとなにかの役に立ちますよ」とクラーラが取りなしてやった。

ブランカはふと思いついて、キリスト降誕祭の活人画を作ってみようと考えて、キリストの生まれた飼葉桶《かいば》のために小さな人形を作った。そこには東方の三博士や牧人だけでなく、さまざまな大きさの人間やベツレヘムの動物のことをまったく考えずに、アフリカのラクダやシマウマ、アメリカのイグアナ、東洋の虎などありとあらゆる動物を並べた。さらにそのあと、象の胴体にワニの尻尾をつけたような奇妙な生き物を考えだして付け加えていったが、本人は、顔も見たことのないローサ伯母さんが、とてつもなく大きなテーブルクロスに刺繍糸で刺繍したのと同じことを泥をこねてやっているのだということにまったく気づいていなかった。クラーラはそんな娘を見て、狂気が自分たち一族に受け継がれてゆくように、さまざまなことが忘れ去られないよう記憶もやはり遺伝するのではないだろうかと考えた。ブランカの作った無数の人形が並んだ降誕祭の活人画は大変な評判を呼んだ。とても応じきれないほど注文がきたので、彼女はふたりの若い女の子にやり方を教えて、手伝いをさせることにした。その年は、無料だということもあって、どこの家庭でも彼女の人形をひとつほしがった。エステーバン・トゥルエバは、泥をこねまわすのは若い娘の気晴らしにはいいだろうが、それで金もうけをすれば、金物屋で釘を売ったり、市場で魚のフライを売る商人となんら変わるところがないので、トゥルエバ家の名折れになるからそれだけはよすように言った。

ブランカとペドロ・テルセーロの密会はだんだん間遠になり、不規則なものになっていったが、そのぶん会った時はいっそう激しく燃えあがった。あの頃の少女は、不安な思いでじっと待つことに慣れてしまっていた。一時は、彼と結婚して、父の造った小さなレンガ造りの家に住むのを夢見たこともあったが、今ではその夢も捨てて、このまま人目を忍んで愛し合いつづけることになるだろうと考えていた。何週間も彼の消息が知れないことがよくあったが、そんな時は自転車に乗った郵便配達人や聖書を小脇にかかえた福音伝道者、あるいはおかしな訛りのあるスペイン語をしゃべるジプシーといった、監視の目を光らせている農場主が疑ってもみないような人間に変装して現われた。その黒い目を見ただけで、すぐに彼だと分かったが、その点はほかの農民たちも同じだった。ラス・トレス・マリーアスの小作人たちはもちろん、ほかの農場の農民たちも彼がやってくるのを心待ちにしていたのだ。あちこちの農場主からつけ狙われるようになってからというもの、彼は人々から英雄視されるようになった。彼がやってくると、みんなは喜んで家に泊めてやった。女たちは冬の寒さをしのげるようにとポンチョや靴下を編み、男たちはとっておきのブランデーやその時期にできたいちばんいい乾燥肉を出してやった。父親のペドロ・セグンド・ガルシアは、ひょっとして息子がトゥルエバの命令を無視して農場に出入りしているのではないだろうかと考えて、足跡を調べてみたが、どうやらまちがいなく息子のものだということに気づいた。息子を愛してはいたが、その一方で農場の監督としての責任もあり、彼は苦しい立場に置かれた。また、エステーバン・トゥルエバに顔色を読まれ、どうもあやしいと睨まれるのもまずいと考えていたので、つとめて息子のことは考えないようにしていた。そのくせ、最近あの農場で頻々として起こる奇妙な事件のいくつかに息子が関係しているにちがいないと考えて、心ひそかに快哉をあげていたことも事実だった。ただ、ブランカ・トゥルエバが自分の息子と密会するために川のほうへ散歩に出かけているとは、夢にも思わなかった。彼にしてみれば、自分の生きている世界の自然な秩序に反するようなことは、想像することすらできなかったのだ。家族のものが集まったところ以外では、けっして息子の名を口にしなかったが、彼のことを内心誇らしく思っていた。ほかのものと同じようにジャガイモを植え、貧しい収穫をとりいれるだけのただの農民であるよりは、いっそ逃亡者であってくれたほうがいいと彼は考えていたのだ。ほかのものたちが雌鶏と狐の歌の一節を口ずさんでいるのを聞くと、社会党が飽きもせず配っているパンフレットよりも息子の作った物騒な内容のバラードのほうがより多くの人々の心をとらえていると考えて、笑みを浮かべたものだった。

6　復讐

ラス・トレス・マリーアスは、地震から一年半後にようやくもとの模範的な農場に戻った。以前とまったく同じ外見の屋敷もできあがったが、造りは前よりもしっかりしていたし、バスルームではお湯も使えるようになっていた。水は薄いチョコレート色をしていて、時々オタマジャクシが飛び出してくることもあったが、すばらしく性能のいいドイツ製のポンプのおかげで、水はいつも勢いよく出てきた。当時わしは銀の握りのついたステッキを杖がわりにしてそこらじゅうを歩きまわったが、そのステッキは現在も手離さずに使っている。孫娘の奴はわしがそのステッキをついているのを見ると、おじいちゃんは足が悪いから杖をついているんじゃなくて、それを振り回して相手の人に無理やり自分の言うことをきかせようとしているんでしょうと言いおる。長い間寝ついていたせいで、体がすっかり弱り、ますます気むずかしくなったものだから、おしまいにはわしが怒り出すと、クラーラでも手に負えんようになってしまった。おそらくほかのものならあれだけの大怪我をすれば、あのまま寝ついてしまったことだろうが、わしは死にもの狂いになって努力した。あの時は、車椅子に座ったまま生きながら体が腐り果てていったおふくろのことを考え、たとえ悪態をつくためだけでもいいから、なんとしても歩けるようにならなければいかんと自分に言いきかせたものだ。あの頃はみんながこのわしを恐れていた。あれに対する時はいつも気を遣っていたこともあるが、クラーラだけはわしが怒り出してもべつに恐がりはせなんだ。ところが、そのクラーラまでがおびえるようになったのだ。あれがおどおどしているのを見ると、わしはよけいにかっとなったものだ。

クラーラは少しずつ変わりはじめた。いつも疲れたような顔をし、わしから遠ざかろうとするようになった。わしがどれほど苦しんでいても、気の毒そうなそぶりを見せるどころか、あからさまに嫌な顔をするようになり、わしを避けはじめた。今だから言えるのだが、あの頃の妻はわしといっしょに客間にいる時よりも、ペドロ・セグンドと牛の乳をしぼっている時のほうが楽しそうにしていた。クラーラがわしから離れようとすればするほど、ますますあれの愛情が必要になった。結婚したばかりの頃のように、わしは妻を激しく求めるようになった。彼女を、その心の奥深くに抱いている考えまでも含めて完全に所有したいと願っていた。けれども、あれはわしのそばを透明な風のように通り過ぎていくばかりだった。両手で押さえて、荒々しく抱き締めてみても、つかまえることはできなかった。あれの心はいつもどこか遠くをさまよっていたのだ。妻がわしを恐れるようになってからは、毎日の生活が煉獄のように苦しみに満ちたものになった。昼間は、ふたりとも仕事が山のようにあって、忙しくしていたので、顔を合わせるのは食事の時だけだったが、妻は例によって雲の上をさまよっているようにぼんやりしていたので、いつもわしひとりがしゃべっていた。妻は極端に口数が少なくなり、わしが大好きだったあの若々しく人を食ったような笑みも見せなくなったし、歯を見せうしろに反りかえって笑い転げることもなくなった。ほほえみを浮かべることさえまれになった。おたがい年だということもあるし、わしがあんな事故にあったものだから、こんなに疎遠になってしまったのだろう、それに、どこの夫婦でもよくあることだが、あれはあれでもう結婚生活に飽きてしまったにちがいないと考えた。それにまた、わしはもともとしょっちゅう花束を贈ったり、やさしい言葉をささやいたりするような気のきいたことのできん人間なのだ。それでも、なんとかして妻に近づこうと努力はしてみた。このわしがそんなことまでしたのだ！　あれが夢中になって日記を書いたり、三本脚のテーブルでなにかをしている時に部屋に入っていったものだ。わしとしては、そういうことも共に分かち合いたいと思っていた。けれども、あれは日記を人に読まれるのを嫌がったし、精霊と話している時にわしがそばにいると、霊感が消えてしまうので、わしとしては部屋から出てゆくよりほかにしようがなかった。ブランカともできればいい親娘関係を持ちたいと思ったが、これもやはりあきらめざるを得なかった。小さい時分からあの娘はちょっと変わったところがあって、わしが望んでいたようなやさしくてかわいらしい娘に育ってはくれなかった。あの子はなんというか、アルマジロみたいなところがあった。記憶にあるかぎり、わしに対してはいつもとげとげしい態度をとってきた。それその意味では、エディプス・コンプレックスとやらにはまったく無縁だったから、それに苦しめられることもなかったのだろう。あの頃は一人前の娘になっていたが、年のわりには心身ともに大人びたところがあって、頭もよく、いつも母親といっしょにいた。この子ならなんとかしてくれるかもしれないと思って、いろいろ贈り物をしたり、軽口をたたいて、なんとか味方につけようとしたが、あの子もやはりわしを避けるようになった。今はわしもひどく年をとったので、この話をしても頭に血がのぼらなくなったが、ともかくも娘がペドロ・テルセーロ・ガルシアにのぼせあがったのがそもそもまちがいのもとだった。なんにしても、ブランカは強情な娘だった。なにかが欲しいと言ったことなどただの一度もなかったし、母親以上に無口で、挨拶の口づけぐらいはせんかと叱りつけると、じつに嫌そうに口づけしてきおったが、おかげでこちらはまるで平手打ちをくらったような気持になったものだ。「首都に戻って、都会生活を送れば、なにもかも変わるだろう」と言ってみたが、クラーラもブランカもラス・トレス・マリーアスを離れる気がまったくなく、わしの言葉に耳を貸そうともしなかった。その話を持ち出すたびに、ブランカはここで暮らして、ようやく元気になってきたけど、体はまだもとに戻っていないのよと言い、クラーラはクラーラで、仕事が山ほど残っているし、それを放っておくわけにはいかないでしょうと言って、反対しおった。あれは以前のように優雅な暮らしをしたいと思っていなかったようで、びっくりさせてやろうと思って注文しておいた家具や家庭用品がラス・トレス・マリーアスに届いた時も、すてきね、と言っただけだった。妻がなんの興味も示さないので、わしがしかたなくあれこれ下知して、家の中に運び込ませた。父親が破産するまでは、わしの一族も贅沢な暮らしをしていたが、今度の屋敷の飾り付けはそれよりもはるかに立派なものだった。手彫りの彫刻がしてあるアカガシとクルミ材のコロニアル風の大きな家具やずっしり重い羊毛のカーペット、打ち出し細工の鉄と銅のランプなどが届いた。ほかに、大使館で使うような、英国製の手描きの陶器類、ガラス製品、装飾品やリンネルのシーツとテーブルクロスがびっしり詰まった大きな箱が四つ、それに最新型の蓄音機とクラシック音楽とポピュラー・ミュージックを集めたレコードのセットなども首都に注文してあった。それだけのものが届けば、たいていの女なら大喜びして、何か月かは夢中になって家の整理をするはずだが、クラーラは嬉しそうな顔ひとつ見せなかった。料理女をふたり雇って料理を教え、小作人の娘たちに屋敷内の掃除と洗濯をまかせた。鍋とほうきから解放されて暇がとれるようになると、さっそく例のノートに日記を書いたり、タロットカードを繰るようになった。一日の大半を裁縫工場と診療所、それに学校で過ごしていたが、それで充実感が得られるのならと思って、わしはなにも言わなかった。あれはもともと寛大で慈悲深い女だったし、自分のまわりにいるこのわし以外のすべての人間を幸せにしてやりたいと願っていたのだ。壊れていた雑貨店も再建した。クラーラが、お金なら町へ行って買いものもできるし、貯金もできると言ったので、あれを喜ばせようと思って、ピンク色の紙切れを廃止し、現金で給料を支払うようにした。だが、誰も貯金などしなかった。男たちは給金をもらうと、サン・ルーカスの飲み屋に繰り出して、酔い潰れるまで飲み、女子供は相変わらずの貧乏暮らしを強いられた。そのことで、わしたちはよくやりあったものだ。口論すると言えば、きまって小作人のことだった。いや、いつもそうだったわけではない、世界大戦のことでもよく口論したものだ。わしが客間に貼ってある地図でナチスの軍隊がどこまで進んだか調べているあいだ、妻は連合国の兵隊のために靴下を編んでいた。ブランカは、大西洋の向こうで起こっている、わしたちとはなんの係わりもない戦争のことでどうしてそんなにいがみあわなければならないのか理解できずに、頭をかかえていた。それ以外のことでも、しょっちゅう意見のくい違いがあったように思う。じつのところ、ふたりの意見が一致することなどめったになかった。しかし、あれはわしの不機嫌さがわざわいしてそうなったのではない。あの頃のわしはもう昔のようにかっかすることもなく、しごくまともな夫になっていたのだ。あれはわしにとってたったひとりの女だったし、それは今も変わっておらん。

ある日、クラーラは自分の部屋のドアに掛け金を付けさせた。それ以来、無理強いして、ここで拒めば、夫婦別れせざるを得ないというところまで追い詰めなければ、ベッドに迎え入れてもらえなくなった。最初のうちは、女によくありがちな気鬱にでもなったか更年期にさしかかったのだろうと思っていたが、それが何週間も続いたので、思い切って尋ねてみた。すると、妻は平静な口ぶりで、自分たちの夫婦仲はもう取り返しのつかないところまできているので、とても愛し合う気持にはなれないのだと言った。さらに、ふたりで話し合うことがないのだから、ベッドをともにすることもないだろうし、昼間はあんなにがみがみ言う人が、夜になると急にやさしい態度をとるのもおかしい、とさりげない口調で付け加えた。そういう点に関しては、男と女では多少考え方がちがうし、たしかにわしにも悪いところがある、しかしいずれにしてもお前を心から崇拝しているのだと言ってみたが、けっきょくは無駄だった。あんな事故にあっていたし、クラーラよりもずっと年上だったが、当時体のほうは妻よりも丈夫で健康だった。ただ、年をとるにつれて、体がちぢみはじめた。贅肉がまったく付いていなかったし、若い頃と同じように体は頑健そのものだった。一日中馬を乗りまわし、くたびれるとどこででもごろりと横になって眠ることができた。同じ年頃の男たちは、あれを食べると、膀胱がどうの、肝臓がどうの、内臓がおかしくなるとこぼしたものだが、わしはなんともなかった。しかし、骨の痛みには閉口させられた。肌寒い午後や湿度の高い夜には、地震の時に折れた骨がひどく痛み、人にうめき声を聞かれまいとして、枕を噛んでこらえたものだった。耐えきれなくなると、ブランデーをあおり、アスピリンを二錠ばかり喉に流しこんだが、それでも痛みは和らがなかった。性欲のほうは相変わらず旺盛だったが、年とともに相手を選ぶようになった。今でもそうだが、女を見るのは大好きで、これは言ってみれば、芸術を愛するのと変わりない、きわめて精神的なものなのだ。ただ、クラーラとは長年いっしょに暮らしてきて、おたがいに相手のことを知りつくしており、体のこともよく知っていたので、そばにいるとついこの場で所有したいという生々しい欲望に駆られたものだ。わしのどこがいちばん感じやすいかとか、ここでなにを言えばいいのかを分かってくれているのは、あれだけだった。同年配の男たちが自分の妻に飽きてしまい、欲望を掻きたてるために、新しい刺激を求めてほかの女に手を出しはじめた頃も、わしは、新婚時代のように愛し合うことのできる相手といえば、クラーラしかいないと考えていた。だから、ほかの女に手を出そうなどとは思いもしなかった。

今でもよく覚えているが、わしは日が暮れると、あれを追い回すようになった。夕方になると、妻は椅子に座って書きものをはじめるが、その間わしはパイプをふかしていた。じつを言うと、横目でじっと様子をうかがっていたのだ。ペンを拭い、ノートを閉じはじめると、そろそろ部屋に引き上げる時間なのだが、それに合わせて、わしも行動をはじめた。まず、バスルームに入って身支度をととのえ、あれの気を引こうと思って高僧の着るようなりっぱなフラシ天のガウンをまとった。もっとも、あれはそんなものには目もくれなかったが。そして、ドアに耳を押し当て、妻がやってくるのを待ちうけた。廊下を歩いてくる足音が聞こえると、ぱっと目の前に飛び出していったものだった。わしはありとあらゆる手を用いた。甘い言葉をささやきかけたり、贈り物をしたり、挙句の果てはドアを叩き壊し、ステッキでぶちのめすぞとおどしまでしたが、なにをしてもけっきょくは夫婦の溝を深めることにしかならなかった。わしとしては、昼間怒鳴りつけてあれを苦しめたおわびのつもりで、夜になるとやさしい態度をとったのだが、なにをしてもむだな骨折りでしかなかった。クラーラは例のぼんやりした態度でわしを避け通したが、その態度が腹立たしくてならなかった。なぜあんなに妻に惹かれていたのか、今もってわしには分からん。あれはコケティッシュなところなど少しもない中年女で、歩く時は足を軽く引きずるようにしていたし、若い頃ひどく魅力的に思われた、持ちまえの度をすごした陽気さも見られなくなっていた。クラーラはわしの気を引くようなこともしなかったし、やさしいところを見せてもくれなかった。おそらく、わしを愛してはいなかったのだろう。自暴自棄になり、時には自嘲的になるほど強く、はげしく愛したが、どうしてそこまで妻を愛していたのかは分からない。わしとしては、そうせざるを得なかったのだ。あれのちょっとした仕草、清潔でかすかに石けんの匂いがする衣服、目の輝き、おくれ毛がかかっているほっそりしたうなじ、なにもかもが気に入っていた。今にも壊れそうに弱々しい妻を見ていると、わしはたまらなくいとおしくなった。なんとしてもあれを守り、抱き締め、昔のように笑わせてやりたいと考えた。あれが同じベッドで眠り、わしの肩に頭をもたせかけ、わしの脚の下で自分の脚をちぢめ、傷つきやすくて美しい、温かくて小さなその手をわしの胸に置いて眠ってくれさえしたらなにも要らないとまで思った。わざと冷淡な態度をとってあれをいじめてやろうとしたこともあったが、こちらが無視するほうが、かえっていつもよりずっと落ち着きがあり、幸せそうにしていたので、けっきょく根負けしてしまった。あれの裸を見てやろうと思って、バスルームの壁に穴をあけたが、ひどく気持が高ぶってしまったので、あの穴はすぐに塞いだ。いつだったか、あれを傷つけてやろうと思ってファロリート・ローホへ行ってくると言ったところ、そうね、そのほうが小作人の娘を手籠にするよりはずっといいわ、と答え返してきた。まさか知っているとは思わなかったので、その言葉を聞いて、わしはびっくりした。そちらがそこまで言うのならというので、妻を困らせてやろうと、またぞろ女たちを手籠にしはじめた。ところが、年をとっていたし、地震でひどい目にあったせいで力が衰え、若くて逞ましい女の腰に手をまわして、馬の尻に乗せることができなかった。いや、それどころか、服をはぎとり、いやがる女を手籠にすることすらできなくなっていた。愛し合うためには、相手の協力と愛情が必要な年齢にさしかかっていたのだ。悲しいことに、わしもとうとう年老いてしまった。

服を着ていて気づいたのだが、彼は自分の体がちぢみはじめたことに気づいた。ぶかぶかになっただけでなく、上着の袖やズボンの裾が長くなりはじめた。近頃どうも痩せてきてなとうまく言いつくろって、ブランカに頼み、ミシンで服をちぢめてもらった。しかし、一方では、ひょっとするとペドロ・ガルシア老人が骨をつなぎまちがえたせいで、体がちぢみはじめたのではないだろうかと不安になった。誇り高い彼は、体の痛みと同様、そのことも人には打ち明けなかった。

その頃に、大統領選挙の下準備がはじまった。町の保守系の政治家たちが夕食会をもったが、その席でエステーバン・トゥルエバはジャン・ド・サティニィ伯爵と知り合った。伯爵はスウェードの靴を履き、リンネルの上着を着、他のもののように汗をほとんどかかず、イギリスのオーデコロンの匂いを漂わせていた。真昼に棒を使って小さなボールを穴に入れる競技をしていたので、小麦色に日焼けしており、しゃべる時は、語尾を長くのばし、r《アール》の音を発音しなかった。爪にマニキュアを塗り、青い色の目薬をさす男など、エステーバンの知るかぎりではほかにいなかった。一族の紋章を刷り込んだ名刺を持っていたし、都会風の洗練された礼儀作法はもちろんのこと、アーティチョークを食べる時は、それ用のピンセットを使うといった独特の作法まで心得ていたが、人々はそれを見て目を丸くしたものだった。男たちは陰で嘲笑っていたが、やがて誰がきそって伯爵の優雅な物腰や子山羊の革の靴、冷ややかな態度、都会風の雰囲気を真似るようになった。中欧からは前世紀の疫病を逃れて大勢の人がやってきたし、内戦を嫌って逃げだしたスペイン人やトルコ風の商売をしようとする中東の人々、独特の食べ物や安物の雑貨を商うアジア系のアルメニア人など雑多な移民が押しかけてきたが、伯爵の称号を持つあの男はそうした中にあっても異彩をはなっていた。ド・サティニィ伯爵は、自分でも言っていたように、額に汗してあくせく働く必要はなかった。チンチラを扱ってはいたが、道楽のようなものだった。

エステーバン・トゥルエバは自分の農場を走り回っているチンチラを見かけたことがあった。穀物を食い荒らすものだから、見つけしだい銃で撃ち殺していたが、まさかあんなつまらない生き物が婦人のコートになるとは夢にも思わなかった。ジャン・ド・サティニィは、資本と労働力を投資して飼育所を作り、利益は折半するかわりにともに危険をおかしてくれるような共同経営者を探していた。エステーバン・トゥルエバはなにこにつけても冒険をおかすような人間ではなかったが、あのフランス人の伯爵のなんとも言いようのない魅力と巧みな言葉にのせられて、何日もの間、夜も寝ないでチンチラの商売とそこから上がる利益について考えをめぐらせた。その間、ムッシュー・ド・サティニィは賓客としてラス・トレス・マリーアスに長いあいだ滞在した。真昼時に例の球技をやり、砂糖を抜いたメロンジュースをたっぷり飲み、ブランカの作った焼き物を壊さないよう気をつけて眺めたりした。そして、海外ならこういう土着の民芸品を受け入れてくれる確実な市場があるから、輸出してみたらどうだろうと勧めた。ブランカは相手が勘ちがいしていることに気づいて、自分はインディオとはなんの関係もないし、ここにあるものもそうした類のものではないと説明したが、言葉が障害になって自分の考えをうまく伝えることができなかった。伯爵が農場に滞在するようになってから、近くの農場主が開くパーティはもちろん、町の大物政治家が集まる会合やその地方の文化的、社会的催しがある場合もかならず招待状が舞い込むようになった。その意味では、伯爵のおかげでトゥルエバ家の社会的地位が上がったと言えるだろう。あのフランス人のそばに行けば、その気品が多少とも身につくかもしれないというので、誰もが彼と近づきになりたがったし、若い娘たちは彼の姿を見ただけで、ほっと溜息をもらし、母親連中はなんとか彼を娘婿に迎えたいと考えて、先をあらそって家に招待した。男たちは男たちで、チンチラの事業の共同経営者に選ばれたエステーバン・トゥルエバを羨んでいた。誰もがあのフランス人に魅了され、彼が手をつかわずに、ナイフとフォークだけでオレンジの皮を花形にむいてゆく手並みやフランスの詩人や哲学者の言葉を母国語で引用してゆく才能に驚嘆の声をあげたが、そうした中で、クラーラだけがひとりさめていた。彼の顔を見るたびに名前を尋ね、彼が絹のガウンを着てバスルームに行く姿を見ると、困惑したような表情を浮かべたものだった。ブランカは母親とちがって、彼が来たおかげで、外出着を着て、髪に念入りに櫛を入れ、イギリス製の食器や銀の燭台を並べることができるようになったと言って喜んでいた。

「あの人のおかげで、多少とも文明の匂いが嗅げるじゃない」と彼女は言っていた。

エステーバン・トゥルエバは、あの貴族が引き起こした空騒ぎよりも、チンチラの商売のほうに気をとられていた。これまで長年、鶏や雌牛を飼ってきたが、いまいましい鶏めはちょっとした下痢でばたばた死んでゆくし、牛は牛で、一リットルの乳をしぼるために山のような飼料をくわせ、ビタミン剤までやらなくてはいかん、そのうえ糞をするものだから蠅が湧いてしようがない、どうしてチンチラの毛皮で商売することを今まで思いつかなかったのだろうと自らを呪った。クラーラとペドロ・セグンド・ガルシアはあの齧歯目《げっしもく》を飼うことにはあまり賛成していなかった。クラーラは、毛皮をとるためにだけ育てるというのはあまりにもかわいそうだ、というきわめて人道的な考えを持っていたし、ペドロ・セグンドはあのネズミの親玉みたいな生き物を育てる飼育所の話など聞いたことがないというので、あまりいい顔をしなかった。

ある夜、伯爵はレバノン——この地名を聞くと、トゥルエバはそんな国が本当にあるのかね、とよく言ったものだった——から特別に取り寄せた近東のタバコを喫い、庭からたちのぼって部屋全体を包み込む、むせかえるような花の香りを胸いっぱい吸い込もうと屋敷の外に出た。テラスをぶらぶら歩きまわり、屋敷のまわりに広がる公園のように広々とした地所を眺め、その豊饒な自然に心を打たれてほっと溜息をついた。大自然は、あの、人から忘れ去られた僻遠の地に、自ら作り出したすべての気候や山脈、海、峡谷、高くそびえる山々、澄みきった水の流れる川、おとなしい動物たちをもたらした。人は、毒蛇や飢えた野獣に襲われる気遣いもなく、安心してそのあたりを散策することができたし、なおいっそうありがたいことに、そこには執念深い黒人や野蛮なインディオがいなかった。彼はこれまで、催淫剤として用いるフカの鰭や万病に効くニンジン、エスキモーのつくった手彫りの像、剝製にしたアマゾンのピラニヤ、婦人もののコートに使うチンチラなどを商って風変わりな国々をめぐり歩いてきたが、それにももういいかげん飽きがきていた。彼自身の言葉を信じれば、年もすでに三十八になっていた。ここにきて、こちらの言いなりになる素朴な共同経営者といっしょに気楽な商売ができそうになり、彼はようやく地上の楽園を見つけだしたような気持になっていた。暗闇の中で一服やろうと木の切り株に腰をおろした。その時、ちらっと人影が見えたので、ひょっとすると泥棒だろうかと考えたが、害獣と同様、このあたりには泥棒もいないはずなので、そんなはずはないと考え直した。そっとそばに寄ってみると、ブランカの姿が目に入った。彼女は窓から脚を出すと、猫のようにするすると壁をつたい、音をたてずに紫陽花の間に降りたった。男物の服を着ていたが、それというのも番犬たちがもう慣れていたので、裸になる必要がなかったのだ。ジャン・ド・サティニィは、彼女が軒下や木の陰を選んで遠ざかってゆくのを見ていた。あとをつけようかとも思ったが、マスティフ犬に襲われるのが恐くて思いとどまった。若い娘が夜中に窓から抜け出すからには、それ相当の理由があるにちがいないが、わざわざあとをつけなくてもその理由は分かりきっていると考えた。しかし、自分の読みが正しいとすれば、せっかくの計画が水の泡になってしまうので、急に不安に襲われた。

翌日、彼はブランカ・トゥルエバを妻に迎えたいと申し出た。エステーバンは娘のことをよく知らなかったので、ブランカが愛想良く振る舞ったり、いそいそとテーブルに銀の燭台を並べているのは、きっとこの男に気があるからにちがいないと思い込んでしまった。誰もが娘婿に迎えたいと思っているこの伊達男の心を、病弱な上におよそ退屈なうちの娘がよくまあ射止めたものだと考えると嬉しくてしかたがなかった。「それにしても娘のどこが気に入ったのだろう」と彼はいぶかしく思った。伯爵に向かって、なにはともあれ、ブランカに相談してみないことには返事ができませんが、あれもおそらく異存はないでしょう、私としてはあなたのようなかたを家族の一員に迎えられることをたいへん喜んでおります、と言った。小学校で地理を教えていたブランカがすぐに呼ばれ、父親とふたりで執務室にこもって話し合った。五分後にドアが乱暴に開いて、頬をまっ赤にしたブランカが部屋から飛び出してきた。そばを通る時、伯爵を憎々しげに睨みつけると、ぷいっと顔をそむけた。気の弱い男ならそれだけでもう荷物をまとめ、町に一軒しかないホテルへ逃げ出して行っただろうが、伯爵はエステーバンに、時間さえもらえばかならずうんと言わせてみせます、ときっぱり言いきった。エステーバン・トゥルエバは、それなら好きなだけラス・トレス・マリーアスに賓客として滞在なさっていただいて結構だと答えた。ブランカはなにも言わなかったが、その日からみんなといっしょに食事をしなくなり、機会をみては、自分には結婚する意思がないと、あのフランス人に匂わせるようになった。彼女はよそ行きの服と銀の燭台をしまい込むと、つとめて彼と顔を合わさないようにした。また、父親には、二度と結婚の話は持ち出さないでほしい、さもないと、駅から汽車に乗って、首都に戻り、学校を出たら、見習い尼僧になってやるわと宣言した。

「今に考えが変わるぞ」とエステーバン・トゥルエバは喚き立てた。

「それはどうかしら」と彼女がやりかえした。

その年もいつもと同じように、双子の兄弟がラス・トレス・マリーアスにやってきた。彼らが重苦しい雰囲気に包まれたあの屋敷に爽やかで、騒々しい一陣の風をもたらしてくれたおかげで、屋敷内が急に明るくなった。ふたりとも、フランス人の優雅な魅力にはまったく無関心だったが、あの貴族のほうは若いふたりに好かれようと、さりげなくいろいろと手を尽くした。ハイメとニコラスは、彼の礼儀作法や女もののような靴、そのおかしな名前をからかいの種にしたが、ジャン・ド・サティニィは眉をひそめたりしなかった。彼がいつも上機嫌で接しているものだから、あの兄弟もやがて警戒心を解き、それからは親しく付き合うようになった。さらに、どうしても結婚しないと言い張っているブランカの考えを変えさせようと相談するまでになった。

「姉さんももう二十四だろう。このまま行かず後家で通すつもりかい」とふたりは言ったものだった。

彼らは、思いきって髪を短くし、ファッション雑誌にでてくるような服を着たらどうだい、と彼女を煽りたてたが、ほこりっぽい土地ではいくら変わった服装をしてもだめだと分かっていたので、彼女は耳を貸そうとしなかった。

双子の兄弟は実の兄弟とは思えないほど、なにからなにまでちがっていた。ハイメは背が高く、がっしりしていたが、勉強好きで気の弱い性格だった。寄宿学校で無理やり体育をやらされたおかげで、いかにもスポーツマンらしい体になっていたが、内心では、体育というのは体が疲れるだけで、なんの益もないものだと考えていた。だから、ジャン・ド・サティニィが毎朝、棒を使って小さなボールを穴に入れようとしているのを見て、なにもあんなことをしなくても手を使えば簡単に入れられるのに、と不思議に思っていた。その頃から彼には奇妙な癖があり、年とともにそれが助長されていった。つまり、そばにいる人から息をかけられたり、握手をされたり、個人的なことを尋ねられたり、本を貸してほしいと頼まれたり、手紙を書いて寄こされるのが大嫌いだったのだ。そのために人と付き合う上で支障をきたすようになった。けれども、彼と五分もしゃべれば、気むずかしい外見の背後に寛大で率直な性格がかくされていること、また本人はそれを恥じてなんとか悟られまいとしていたが、あふれんばかりに豊かな愛情がその心に秘められていることが容易に見てとれたので、まわりのものは彼をほうってはおかなかった。口に出して言う以上に人のことを気にかけていたし、ほんの些細なことでも心を動かされた。ラス・トレス・マリーアスの小作人たちは彼のことを《若旦那》と呼んでおり、なにか困ったことがあると彼のところに出向いていった。ハイメは黙って彼らの話に耳を傾け、手短に返事をするとくるっと背を向けて立ち去ったが、いったん話を聞くとその問題が解決するまでけっして投げ出さなかった。彼はたしかに人嫌いなところがあり、母親は、あの子は小さい頃から人に頭を撫でてもらうのも嫌がったくらいでね、とよく言ったものだった。幼い頃から奇矯な行動にでることがあり、急に服を脱いで人にやりかねないところがあった。じっさい、彼は何度かそういうことをした。愛情や感動を表にあらわすのは一人前の人間のすることではないと考えていたので、人前では極度に控えめな態度をとっていた。しかし、動物が相手だと、その壁が取り除かれるのか、いっしょに地面を転げまわったり、撫でてやったり、口移しに餌をやったり、抱き合って眠ったりした。そばに誰もいないと、ごく小さい子供といっしょに同じようにふざけて遊んだが、人がそばにいると、逞ましくて孤独な男のように振る舞った。英国系の学校では気むずかしい不機嫌さこそ、紳士たるもののもっともすぐれた資質であると教えていたが、彼は十二年間もあの学校で学んだというのに、身につかなかった。度しがたいほどの感傷家だった。そのせいで、政治に関心を持つようになり、父親の望んでいる弁護士にはならずに、自分のことをよく知ってくれている母親がそれとなく言ったように、医者になって困っている人たちを助けてやろうと決心したのだ。ハイメにとって、ペドロ・テルセーロ・ガルシアは幼い頃の遊び友達だったが、その年に出会ってからは彼を尊敬するようになった。あの若いふたりが会って話をするようになったおかげで、ブランカは川岸での逢い引きを二度ばかり潰された。彼らは正義や平等、農民運動、社会主義などについて話し合ったが、ブランカはその間、ハイメが気をきかせて、早くふたりきりにしてくれればいいのにといらいらしながら話に耳を傾けていた。ふたりの友情は死ぬまで続いたが、エステーバン・トゥルエバはそのことにまったく気づいていなかった。

ニコラスは女の子のようにかわいらしかった。母親に似て、透き通るように美しい肌をしており、小柄で痩せていたが、狐のように知恵がまわり、敏捷だった。目から鼻に抜けるように賢くて、なにをさせても、楽々と兄の上をいった。また、ある遊びを考えだして、よくハイメをいじめたものだった。つまり、なにかで議論になると、兄に反対する立場をとり、じつに巧妙な論法で説得しにかかるのだ。ハイメはけっきょく言いまかされて、自分がまちがえていたと言って、非を認めざるを得なくなる。

「すると、兄さんはぼくの言うとおりだと言うんだね」とニコラスは最後に言った。

「ああ、そのとおりだ」根が正直なハイメは、自信の持てない議論をこれ以上続けてもしかたがないと考えて、うなるように答えた。

「よかった」とニコラスは叫んだ。「それじゃ、こんどは正しいのは兄さんのほうで、ぼくがまちがえていたってことを証明するよ。兄さんがもう少し賢明だったら、ぼくがこれから言うように議論を進められたはずなんだけどな」

　それを聞いてハイメはかっとなって、弟に殴りかかったが、自分のほうが弟よりもはるかに腕力があるので、それに訴えるのはよくないと考えて、すぐに後悔した。知恵のまわるニコラスは学校でもよく人を怒らせたが、腕力沙汰になりかけると、あわてて兄を呼び、守ってもらっているあいだ、後ろからやれ、やれと叫んだものだった。ハイメはニコラスをかばってやるようになり、ついには彼のかわりに罰を受けたり、宿題をしてやったり、弟のついた嘘の尻拭いまでするようになった。若い頃のニコラスは女にも興味を持っていたが、それ以上にクラーラのように未来を予知する能力を身につけたいと願っていた。秘密結社や占星術、それに超自然的なできごとを語った本を買い集めた。その年、彼は奇跡を解明してやろうと考えて、廉価版の『聖人伝』を買い求め、ひと夏かかってとてつもない精神的偉業を通俗的に解釈しようとした。母親はそんな彼を見て、からかうようにこう言った。

「電話の仕組みも満足に理解できないのに」とクラーラは言った。「奇跡が理解できるわけがないでしょう」

ニコラスが超自然的な事象に興味を持つようになったのは、二年ほど前のことだった。外出許可の出る週末になると、隠秘学を学ぼうと、古い水車小屋に住んでいたモラ三姉妹のところへ出掛けて行くようになった。けれども、自分には生まれつき透視能力や念力が備わっていないと気づいてからは、占星術で使う図表の仕組みやタロットカード、易学などを研究するようになった。そのことが機縁になって、モラ三姉妹のところで、自分よりも少し年上の、アマンダという名の若くて美しい女性と知り合いになった。彼女にヨガの瞑想法や鍼《はり》の手ほどきを受けたが、鍼の技術を覚えたおかげで、リウマチやちょっとした病気ならなおせるようになった。兄のハイメがやがて七年間の勉強を終えて医者になるが、その彼の治療よりもニコラスの鍼のほうが効果を上げた。しかし、これはずっとのちの話である。あの夏、ニコラスはまだ二十一歳で、田舎暮らしに退屈しきっていた。兄のハイメは、ラス・トレス・マリーアスの乙女たちの貞節は自分が守ってやると決意し、弟が若い娘に手を出さないよう目を光らせることにした。けれども、ニコラスは監視の目をかいくぐって、今まで耳にしたことのないような巧みな口説きで年頃の娘をつぎつぎに誘惑した。そして、あいた時間に奇跡を調べたり、母親のように念力で塩壺を動かそうとしたり、情熱的な詩を書いてアマンダに送ったりした。アマンダは詩を受けとると、それを添削して送り返したが、彼はそれくらいのことではくじけなかった。

ペドロ・ガルシア老人は大統領選挙がはじまる少し前に亡くなった。国中が選挙戦で沸きかえり、最後尾の車両に候補者と支持者を乗せた特別仕立ての列車が国内を南北に縦断した。候補者は一様に手を振って挨拶し、誰もが同じ公約を並べたてた。小旗がうちふられ、合唱隊が歌をうたう中で、拡声器を使って喚き立てるものだから、あたりの静けさが破られ、家畜はひどくおびえた。老人はあまりにも長生きしたので、今では骨がガラスのようになり、それを黄ばんだ皮膚が包み、顔はしわだらけになっていた。歩くと、まるでカスタネットをたたいたように骨がかちかち音をたてた。歯が一本もなかったので、赤ちゃんの食べるパンがゆしか喉を通らなかった。目は見えなかったし、耳も聞こえなかったが、頭はまだしっかりしていて、昔のことはもちろん、最近のできごともよく知っていた。老人は夕方に、絹柳を編んで作った椅子に腰をかけたまま息を引きとった。たそがれ時になると、気温が微妙に変化し、中庭で物音がして、台所がにぎやかになり、鶏が急に静かになるが、老人はそれを敏感に感じとって、その時間になると家の戸口に腰をおろしたものだが、その時に死が襲ってきた。足もとでは、ひ孫で、十歳くらいになるエステーバン・ガルシアがひな鶏の目に釘を突き刺そうとやっきになっていた。その子は、農場主のたったひとりの私生児で、その姓はもらえなかったが、名前だけをもらっていたエステーバン・ガルシアの息子だった。もっとも、その子がなぜあんな名前をつけられたのかを知っているのは本人だけだった。というのも、祖母のパンチャ・ガルシアが死ぬ前に、もしブランカやハイメやニコラスがいなかったら、お前のお父さんがこのラス・トレス・マリーアスを受け継ぐことになるんだよ。そうしたら共和国の大統領になることだって夢じゃない、という話をして聞かせ、幼い少年の心に毒を吹き込んだのだ。あの地方には私生児や嫡出の子供ではあるが、父親の顔を知らない子供たちが大勢いた。けれども、自分の姓を憎みながら育ったのはおそらくあの子だけだろう。彼は農場主を、その農場主に誘惑された祖母を、私生児の父親を、農民という自分の許しがたい運命を憎み、呪っていた。農場には大勢の子供がいて、クリスマスになると、小学校で国歌をうたい、エステーバン・トゥルエバからプレゼントをもらおうと列を作ったものだが、彼はその子を見てもほかの子供と区別がつかなかった。今では、パンチャ・ガルシアのことやふたりの間に子供ができたことなど忘れていた。まして、自分を憎んでいるあの心のねじけた孫のことなど覚えているはずがなかったが、孫のほうは遠くからエステーバン・トゥルエバの様子をうかがって、その身振りや声をこっそり真似ていた。あの少年は夜も寝ないで、恐ろしい病気か大事故にあって農場主とその子供たちがひとり残らず死んでゆくところを空想した。そうすれば、あの農場が自分の手に転がり込んでくると思い込んでいたのだ。その時は、ラス・トレス・マリーアスを自分の王国に変えてやる、と考えていた。その後、遺産相続という形では自分のものにならないと分かったが、それでも生涯その夢を捨てなかった。自分が日陰ものになったのももとはと言えば、トゥルエバが悪いのだと恨んでいたし、その後権力の頂点に近づき、トゥルエバ家の人間の生殺与奪の権を手中におさめた時でさえ、そのひがみ根性は消えなかった。

その子は老人の様子がおかしいのに気づいた。そばに寄って触ってみると、体がぐらりと傾いた。ペドロ・ガルシアは骨のつまった袋のようにどさりと地面に倒れた。この二十五年間、瞳孔に光が入るのを妨げてきた乳白色の薄い膜が眼球を覆っていた。エステーバン・ガルシアは釘を拾いあげると、老人の目にそれを突き立てようとした。ブランカが駆けつけて、その子を突き飛ばしたが、ふてくされた顔をしている性根のねじまがったその子がまさか自分と血の繋がりのある子で、何年かのちに一族のものに不幸をもたらす厄病神になるとは夢にも思わなかった。

「おじいちゃん、どうして死んでしまったの」そう言うと、ブランカは幼い頃にいろいろな話をきかせてくれ、ペドロ・テルセーロを愛するようになってからも陰ながら見守ってくれていた年老いた老人の体に覆いかぶさるようにして、泣き崩れた。

エステーバン・トゥルエバが金に糸目をつけるなと言ったので、三日間にわたる通夜がとり行われたのちに、ペドロ・ガルシア老人は埋葬された。老人は、結婚する時に買ったもので、その後投票やクリスマスの時にもらう五十ペソを受け取る時に着込んでいた一張羅の服を着せてもらい、松の粗板で作った柩に安置された。年をとって痩せていたために、カラーがぶかぶかになった一枚しかないワイシャツに黒のネクタイを締め、お祭りの時にいつもそうしていたように胸に赤いカーネーションを飾ってもらっていた。

口が開かないよう、布で顎を縛り、生前に神様の前に出たら、帽子をとって挨拶するのだとよく言っていたので、黒の帽子をかぶらせてもらった。老人は靴を持っていなかったので、クラーラは、あの人が靴を履いて天国にのぼってゆくところをみなさんに見てもらわなければと言って、エステーバン・トゥルエバの靴を履かせてやった。

ジャン・ド・サティニィは葬儀の様子にひどく感激して、荷物の中から三脚のついた写真機を取りだすと、故人の写真を撮りまくった。家族のものは、そんなことをすると魂が抜き取られるかもしれないと考えて、念のために、感光板を残らず壊してしまった。ペドロ・ガルシアは一世紀にわたる長い生涯をおくったせいで、親戚が大勢いたが、その人たちがあちこちから通夜にはせつけた。老人よりも年をとっている女治療師も一族のインディオを何人か連れてやってきた。彼女に言われて、そのインディオたちは死者のために泣きはじめたが、それは三日後、通夜が終わるまで続けられた。人々は老人の家のまわりに集まり、ブドウ酒を飲んだり、ギターを弾いたり、肉の焼け具合を見たりしていた。死去したペドロ・ガルシアに祝福を与え、葬儀をとり行うために、ふたりの司祭が自転車で駆けつけた。そのうちのひとりは強いスペイン訛りのあるしゃべり方をするホセ・ドゥルセ・マリーア神父で、エステーバン・トゥルエバも名前だけは知っていた。彼は神父が農場内に立ち入ることを禁止しようとしたが、クラーラは、せっかく農民たちがキリスト的な熱情に駆られて葬儀をとり行おうとしているのに、政治的な敵意からそれに水を差すのはよくありませんわ、と言ってたしなめた。「魂に係わることでしたら、あの神父様にも多少のことはできましてよ」と彼女は言った。その言葉を聞いて、エステーバン・トゥルエバは神父をもてなし、平修道士の弟といっしょに屋敷に泊めてやることにしたが、弟のほうはひと言も口をきかず、頭を少し横にかしげ手を組み合わせて、じっと床を見つめていた。農場主は、蟻の大群から農場を守り、命まで救ってくれた老人の死に大きな衝撃を受けており、できればのちのちの語り草になるような葬式をあげてやりたいと考えていた。

ふたりの僧侶は小作人と弔問客を小学校に集めて、みんなが忘れている福音書を読みあげ、ペドロ・ガルシアの魂に安らぎがもたらされるようにミサをあげた。そのあと、屋敷内の、自分たちにあてがわれた部屋に引き上げたが、ほかのものたちは彼らがやってきたおかげで中断された騒々しい通夜をふたたび続けた。その夜、ブランカはギターの音やインディオの泣き声が聞こえなくなり、人々が寝静まった頃を見はからって部屋の窓から家を抜け出し、物陰を縫うようにして、いつもの場所に向かった。僧侶が帰るまでの三日間、彼女は毎晩家を抜け出した。ブランカが僧侶のひとりと密会していることは誰もが知っていたが、両親だけが気づいていなかった。その僧侶というのはペドロ・テルセーロ・ガルシアで、祖父の葬儀に出るためにやってきたのだが、借りものの僧服をうまくいかして農民たちの家を一軒一軒訪れ、今度の選挙はこれまで自分たちを縛りつけてきた軛《くびき》から逃れる絶好の機会だと説いてまわった。彼らは驚きと戸惑いの入りまじった表情を浮かべて話を聞いていた。時間は季節単位で計られ、ものの考え方が世代ごとに変化する農民たちは、万事に悠長で、なにごとによらず慎重だった。彼の考えに付いていけるのは、ラジオのニュースを聞いたり、時々町へ行って組合の指導者としゃべったりする若者たちだけだった。ほかのものたちは、あの若者が農場主に追われている英雄だというので、話を聞いていたにすぎず、心の底ではなにを世迷いごとを言っているのだと思っていた。

「おれたちが社会党の候補者に投票したことが、旦那にばれたら、ここから放りだされちまうよ」と彼らは言った。

「秘密投票だから、分かりっこない」と偽司祭が反論した。

「お前がそう思っているだけだ」と父親のペドロ・セグンドが言った。「秘密だ、秘密だと言いながら、いざ蓋を開けてみると、いつだって誰が誰に投票したか分かってしまうじゃないか。それに、もし党の候補者が当選したら、わしたちは農場から追い出されて、仕事を失うにきまっている。これまでと同じで、どうしようもないんだ」

「みんながいなくなれば、困るのは農場主だから、放りだされる心配はない」とペドロ・テルセーロは説得した。

「誰に投票したって同じだよ、いつだって勝つのはあいつらなんだからな」

「それに、投票用紙をすりかえてしまうわ」農夫たちの間に座って集会に参加していたブランカがそう言った。

「今回はだいじょうぶだ」ペドロ・テルセーロが言った。「党から人を派遣して、投票所を監視し、投票箱がちゃんと封印されるかどうか見届けることになっているんだ」

それでもまだ農民たちは信用しなかった。彼らは、口から口へと歌いつがれている反逆のバラードとは逆に、現実の世界では雌鶏が狐に食べられてしまうのだということを、経験で知っていたのだ。社会党の候補者は熱狂的な演説で大衆を動かす近眼でカリスマ的な性格を備えた博士号を持った人だったが、その候補者を乗せた列車が通りかかった時も、彼らは駅からじっと眺めていただけだった。そして、まわりを手に手に猟銃やこん棒を持った農場主たちが取り囲んでいた。彼らは候補者の演説におとなしく耳を傾けるだけで、手をふって挨拶することさえ恐れていた。ただ、数人の日雇い労務者がツルハシやスコップを持って駆けつけ、声がかすれるほど大きな声をだして応援していたが、平原の遊牧民とも言える彼らには失うものなどなにひとつなかった。定職もなければ、家族もなく、主人もいないので、なにも恐れるものがなかったのだ。

ペドロ・ガルシア老人が亡くなり、思い出に残るような葬儀がとり行われてしばらくすると、リンゴのように血色のよかったブランカの顔色が悪くなり、息を止めてもいないのに妙に体がだるく、塩水を熱くしたものを飲んでもいないのに、朝になると食べたものをもどすようになった。あの時期は桃が金色に熟れ、アンズが実を結び、土鍋でトウモロコシを柔らかく煮て、バジルで香りをつけたものがとてもおいしい季節だったし、冬にそなえてマーマレードや果物の砂糖煮を作ったりしていたので、きっと食べすぎなのだろうと考えた。食事を減らしたり、カモミールのハーブティーを飲んだり、下剤を飲んだり、できるだけ体を休めるようにしたが、いっこうによくならなかった。学校や診療所での仕事はもちろん、キリスト降誕祭の活人画のための泥人形を作ることさえわずらわしく感じられるようになった。体がだるく、たえず眠気に襲われ、なにをするのもおっくうになり、木陰に寝そべって何時間もぼんやり空を眺めたものだった。ただ、ペドロ・テルセーロと密会の約束をした時だけは、夜になるといそいそ窓から家を抜け出して行った。

ブランカとの結婚をまだあきらめていなかったジャン・ド・サティニィは、そんな彼女をじっと観察していた。彼は時々気をきかせて、町のホテルにしばらく滞在したり、首都までちょっとした旅行に出かけることがあったが、そんな時は、チンチラやその飼育籠、餌、病気、繁殖法、皮のなめし方など、やがては女性のストールに変身する運命にあるあの小動物に関するありとあらゆる本を買い集めた。その夏はほとんどラス・トレス・マリーアスで過ごしたが、彼はとても礼儀正しく、もの静かで、陽気な性格だったので、まことに魅力的な賓客としてもてなされた。人を喜ばせるような言葉をたえず口にし、食事が出ればかならず褒めた。夕方になると、客間のピアノでクラーラを相手にショパンのノクターンの弾き比べをしたり、いろいろな話をしてみんなを楽しませた。朝は遅く、一、二時間かけて身繕いすると、まず体操をして、粗野な農夫たちが嘲笑っているのもかまわず屋敷のまわりをジョギングした。そして熱い湯を浴びると、たっぷり時間をかけてその日に着る服の品定めをした。もっとも、誰ひとり褒めるものがいなかったのだから、むだな努力と言えなくもなかった。彼が英国製の乗馬服やビロードのジャケット、キジの羽根のついたチロリアン・ハットをかぶっていると、クラーラがまったくの善意から、田舎暮らしにはこちらのほうがよろしいですわと言って、べつの服をすすめたものだった。あの屋敷の主人が皮肉っぽい笑みを浮かべたり、ブランカが顔をしかめたり、もの忘れのひどいクラーラが一年たってもまだ名前を尋ねたりしたが、彼はいつも上機嫌に振る舞っていた。味も見た目もとびきり上等のフランス料理も作れたが、おかげで来客のある時はたいへん重宝された。料理好きの男性がいるとは思わなかったので、みんなはびっくりしたが、あれはきっとヨーロッパ人の習慣なのだろう、ここで妙なことを言って、無知な奴だと笑われてはいけないというので、誰ひとり彼をからかったりするものはいなかった。首都へ行った時は、チンチラ関係の本のほかに、モード雑誌や勇敢な兵士を神話的な人物に仕立てあげるために書かれた戦記もののパンフレット、ロマンチックな小説などをブランカのために買ってきてやった。食後に会話を楽しんでいると、時々いかにもうんざりした口調で、リヒテンシュタインの城やコート・ダジュールでヨーロッパの貴族といっしょに過ごした夏のことを話題にすることがあった。そうしたものを捨てて魅惑的な南アメリカを選びとった自分は本当に幸せものだ、と口癖のように言っていた。ブランカが、エキゾチックなものを探し求めているのなら、どうしてカリブとか、黒人と白人の混血がいて、ココヤシや太鼓のある国にされなかったのですかと尋ねると、いや、ぼくにとっては地の果てにあるこの国が最高なんですよと答え返した。あのフランス人はときたまほのめかすだけで、個人的なことについてはなにひとつ話さなかったが、頭のいい人ならそれを聞いただけで、彼の過去が華やかな栄光に包まれていて、巨万の富を持ち、高貴な家柄の出であることに気づいたことだろう。彼の結婚歴、年齢、家族、フランスのどの地方の出身かといったことはなにひとつはっきりしたことが分からなかった。クラーラはあんなに秘密の多い人は信用ならないと言って、タロットカードで調べようとしたが、ジャンはそれを拒み、手相を見せるのさえ嫌がった。星占いをしようにも、なに座なのか分からなかった。

エステーバン・トゥルエバはそういうことをまったく気にしていなかった。彼にしてみれば、伯爵がチェスやドミノの相手をしてくれさえすればよかったし、機知にあふれた気のおけない友達で、しかも金をせびったりしないところがひどく気に入っていた。ジャン・ド・サティニィがあの屋敷に滞在するようになってから、五時以降はなにもすることのない退屈な田舎暮らしもなんとか我慢できるようになった。また、ラス・トレス・マリーアスには身分の高い賓客が滞在しているというので、近所の人たちは羨んでいたが、それも悪い気はしなかった。

ジャン・ド・サティニィがブランカに求婚しているという噂が流れたが、仲人好きの御婦人方はそれでもまだ彼に熱い視線を向けていた。娘と結婚させようなどとは夢にも思っていなかったが、クラーラはクラーラなりに彼を高く買っていたし、ブランカもいつしか彼をけむたがらなくなった。気がきいて、人当たりの柔らかいあのフランス人に接しているうちに、いつのまにか結婚を申し込まれていることも忘れ、あれはきっと伯爵が冗談のつもりで言ったのだろうと考えるようになった。彼女はふたたび戸棚から銀の燭台を取り出し、食卓に英国製の食器を並べ、午後に家族のものが集まっておしゃべりをする時には外出着を着るようになった。ジャンはしょっちゅう町へいっしょに行こうと彼女を誘ったり、パーティに招待されるといっしょに来てほしいと頼むようになった。娘があのフランス人とふたりきりでいるところを人に見られたりしたらことだ、とエステーバン・トゥルエバがつよく言い張ったので、そういう時はクラーラがしかたなく付き添っていった。けれども、農場内をあまり遠くまで行かず、日が暮れるまでに帰ってくるのなら、ふたりきりで散歩してもいいという許可を与えた。クラーラは、娘のことを気遣っているんでしたら、そのほうがウスカテギ家の農場へお茶を飲みにやらせるよりもずっと危険ですわ、と言ったが、エステーバンは、ジャンはさもしい下心など持ってはおらんから、なにも心配することはない、それよりも口さがない連中の噂話のほうが恐ろしいのだ、噂で娘を傷ものにされてはたまらんからな、と答えた。野原を散歩しているうちに、ジャンとブランカは気心の知れた友達のように親しくなった。ふたりは、昼食の入ったバスケットやジャンの身のまわりの品が詰めてあるカンバスと革を張ったバッグを持って朝方によく出かけて行った。伯爵は休憩するたびに、景色のいいところを選んでブランカを立たせ、写真を撮ったが、彼女はなんだかばかばかしいような気がして、あまり嬉しくなかった。情けない様子でぎこちなくポーズをとり、不自然な笑みを浮かべている自分の写真を見て、やはり撮らせるんではなかったと後悔した。ジャンによれば、そんなふうに写っているのは自然なポーズがとれないせいだとのことだが、彼女は、体を無理にねじり、感光板に写るまで何秒も息をとめていなければならないせいでそうなったのだと考えていた。ふたりは木々の下の影になったところを選んで、草の上に毛布を敷き、そこに腰をおろして何時間か過ごした。そして、ヨーロッパやいろいろな本、ブランカの家族にまつわるさまざまなエピソード、ジャンの旅行などを話題にして、おしゃべりを楽しんだ。彼女はジャンに贈り物として詩人の本を一冊渡したが、それを読んだ彼はすっかり感激して、その中の長い詩を暗記し、少しもつまらずにすらすら朗読できるようになった。これはこれまでに書かれた中でも最高の詩だ、芸術の国フランスでもこれに比べられるような作品は見当たらないね、とよく言ったものだった。おたがいに自分の胸の内は明かさなかった。ジャンは気に入られようとはしていたが、懇願したり、しつこく言い寄ったりすることはなかった。彼はむしろ快活な兄のように振る舞っていた。おやすみを言う前に手に口づけをしたが、その時も、妙な思い入れを込めたりせず、小学生のような目で彼女を見つめた。衣装や料理、降誕祭の人形を褒める場合でも、聞き手がなんとでも受け取れるような皮肉っぽい口調でもちあげた。彼女のために花を摘んでやったり、馬から降りる時に手を貸してやったりしたが、そんな時も女性に対するやさしさというよりもむしろ気のおけない友達に対するような態度でそうしたものだった。いずれにしても、ブランカは機会があるたびに、自分は死んでもあなたと結婚するつもりはないと言い切っていたが、ジャン・ド・サティニィはそう言われても、ただ黙って人を魅了するような明るい笑みを浮かべるだけだった。ブランカも、彼の方がペドロ・テルセーロよりも魅力的だということは認めざるを得なかった。

ジャンはブランカの行動をこっそり見張っていたが、彼女はそのことに気づいていなかった。彼女が男物の服を着て窓から抜け出すところを何度も目にしていた。あとをつけようとしたこともあったが、暗闇の中で番犬に襲われてはかなわないと考えて引き返した。しかし、その足取りからして、いつも川のほうへ行っていることはまちがいなかった。

一方、トゥルエバはチンチラの事業を手がけたものかどうかまだ迷っていた。伯爵が、試みに大きなモデル飼育場を小型化したものを作って、そこの籠でなんつがいかのチンチラを飼ってみたらどうでしょうと言ったので、彼はそれに同意した。ジャン・ド・サティニィが腕まくりして働いたのは、それが最初で最後だった。けれども、チンチラはネズミ特有の病気に感染して、二週間とたたないうちに一匹残らず死んでしまった。毛皮は艶がなくなり、熱湯につけた鳥のように毛が抜け落ちてしまったので、皮をなめすこともできなかった。毛が抜け、脚をぴんと伸ばし、白目をむいて死んでいるチンチラを見て、これでもう共同経営者になってもらいたいとエステーバン・トゥルエバを説得することができなくなったと考えて、ジャンは青くなった。エステーバンはチンチラの死骸を見て、毛皮の事業に対する情熱を失ってしまった。

「もしこの伝染病がモデル飼育場に蔓延したら、まちがいなく破産だ」とトゥルエバが言った。

チンチラは伝染病にかかって死に、ブランカは相変わらず夜になるとよく家を抜け出して行ったが、そうこうするうちにむなしく何か月かが過ぎ去った。伯爵はトゥルエバと交渉するのにも疲れてきたし、このぶんでは自分の魅力ではとてもブランカの心をとらえることができないと感じはじめた。あの齧歯目の飼育場はいつになったらできるか分からなかったので、抜け目ない男に遺産相続人であるブランカをひっさらわれる前に、事を急ごうと心に決めた。それに、なんとも田舎くさい感じのしたブランカが近頃太りはじめ、なんとなくものうげにしていたが、伯爵はそんな彼女が好きになりはじめたのだ。肉付きがよくて、落ち着きのある女が彼の好みだった。昼寝の時間にクッションに横たわり、ぼんやり空を眺めているブランカを見ていると、彼は自分の母親を思い出した。時々彼女を見てつよく心を動かされることがあった。夜に川岸で密会の約束をしている時は、ブランカの様子がいつもと少し違っていた。ほかのものは気づいていなかったが、ジャンの目をごまかすことはできなかった。そういう時、あの若い娘は頭が痛いからと言って夕食を抜き、早めに部屋に引き上げていったが、その目はきらきら輝き、いつもとちがって落ち着きがなくいらだっているように見えた。このままぐずぐずしていたのでは今に自分の立場も危うくなると考えた彼は、ある夜、最後まで彼女のあとをつけてみようと決心した。ブランカに愛人のいることは分かっていたが、どうせ火遊びの相手だろうとたかをくくっていた。ジャン・ド・サティニィは個人的には、処女性というものをあまり重視してはいなかった。彼女に結婚を申し込んだ時点で、相手が処女かどうかという問題を頭から払い除けていた。彼は、川岸で喜びを味わったとたんに失われてしまうようなものを彼女から期待してはいなかった。

ブランカが部屋に引き上げたあと、ほかのものもそれぞれ自分の部屋に引き取った。ジャン・ド・サティニィだけが薄暗いサロンに腰をかけたまま屋敷内の物音にじっと耳を澄まし、彼女が窓から抜け出して行く時間がくるのを待っていた。もういいだろうと考えて、中庭に出ると、木々の間に身を隠すようにして彼女が現われるのを待ち受けた。暗闇の中で三十分以上待ったが、夜の静けさを掻き乱すような異様な物音は聞こえてこなかった。待ちくたびれてそろそろ引き上げようとして、ふと上を見上げると、ブランカの部屋の窓が開き放しになっていた。彼が庭で見張る前にすでに家を抜け出していたのだ。

「くそっ」と彼はフランス語でののしった。

彼は犬がうるさく吠え立てて家人を起こしたり、自分に襲いかかってこないように祈りながら、以前ブランカがたどった道を通って川岸のほうに向かった。底の薄い靴を履いていたので、畑を抜けたり、石を飛び越えたり、水溜りを避けて先へ進むのにひどく苦労した。夜は明るく晴れており、美しい満月が夜空に幻のように輝いていた。犬に襲われる心配がなくなったので、ようやく夜景を楽しむ余裕が出てきた。十五分ばかり歩くと川岸の葦の茂みが見えてきたので、彼はいっそう慎重になった。枯れ枝を踏みつけでもしたら自分のいることが分かってしまうので、用心しながらそろそろ進んだ。月明かりを受けた川面はガラスのようにきらめき、葦や木々の葉が風にそよいでいた。あたりは静まりかえり、物音ひとつしなかった。彼はふと、行けども行けども同じところをぐるぐるまわるだけですこしも前に進まず、時間の流れが止まり、そばにある木に触れようとして手を伸ばすとすっと消えてしまう、夢遊病者の見る夢の世界に迷い込んだような錯覚にとらえられた。彼は気持をふるいたたせて、持ちまえの現実主義的、実利主義的精神を目覚めさせた。川が湾曲したところにある灰色の大きな岩が月明かりの中に浮かびあがっていたが、ふたりはそこにいた。手を伸ばせば届きそうなほど間近にいた。彼らは素裸だった。男は仰向けに寝そべり、目を閉じていた。その顔を見て、ペドロ・ガルシア老人の葬式の時にミサの手伝いをしていたイエズス会士だということに気づいて、伯爵はびっくりした。ブランカは愛人のすべすべした色の浅黒いお腹の上に頭をもたせかけて、眠っていた。ふたりの体は柔らかな月の光を浴びて、金属のように輝いていた。ジャン・ド・サティニィはこの上もなく安らかな顔をしているブランカを見たとたんに、思わず体が震えた。

心地よい夜の静寂に包まれた世界の中で、ふたりの恋人は月明かりを受けて横たわっていた。優雅で上品なフランス人の伯爵は一分ほど、まるで夢でも見ているようにその姿に見惚れていたが、ふと我にかえって、事は自分が想像していたよりも深刻だということに思い当たった。ふたりの態度からすると、とても昨日今日知り合った仲とは考えられなかった。どう見ても、夏の危険な火遊びをしているようには思えず、まるで結婚して心身ともにかたく結ばれた仲の良い夫婦のような感じがした。ブランカとペドロ・テルセーロは初めて知り合った日にそんなふうにして眠ったが、それ以来機会があるたびに同じようにして眠ったものだった。ジャン・ド・サティニィはむろんそのことを知らなかったが、直感的に感じとった。

音を立てて感づかれないよう用心しながらふたりに背を向けると、どうしたものだろうと考えながら引き返して行った。屋敷に帰ると、ここはすぐにかっとなるエステーバン・トゥルエバをたきつけるのがいちばんの上策だろうと考え、ブランカの父親にすべてを打ち明けることにした。「こういうことは土地の人間に解決させることだ」と彼は考えた。

ジャン・ド・サティニィは朝を待たずに主人の部屋のドアをノックした。エステーバン・トゥルエバは寝惚け眼《まなこ》をこすっていたが、彼はかまわず多少潤色して自分の見たことを話して聞かせた。暑くてどうしても寝つけなかったので、外の空気を吸おうと川の方へぶらぶら歩いていったが、そこで思いもかけないものを見てひどいショックを受けた。というのも、いずれ結婚することになっている婚約者が髭面のイエズス会士の腕に抱かれて眠っており、しかもふたりは月明かりの下で素裸になっていたと打ち明けた。

エステーバン・トゥルエバは、まさか娘がホセ・ドゥルセ・マリーア神父と、と考えて一瞬とまどったような表情を浮かべたが、すぐに気づいて、老人の葬式の時にうまくしてやられたのだ、相手はペドロ・テルセーロ・ガルシアにちがいない、あのくそいまいましい男は殺しても飽きたらないやつだと考えた。彼は大急ぎでズボンに脚を通し、靴を履き、猟銃を肩にかついで乗馬用の鞭で壁を思いきり叩いた。

「あんたはここで待っていてくれ」とフランス人に命じたが、彼はむろん最初からいっしょに行くつもりはなかった。

エステーバン・トゥルエバは廐舎に駆けつけると、鞍もおかずに馬にまたがった。接ぎ合わせた骨が痛み、心臓は早鐘のように打ち、怒りのあまり息をあえがせていた。「あのふたりを殺してやる」とまるでお祈りでも唱えるようにくり返していた。フランス人が指さした方角に向かって馬を走らせたが、川まで行かないうちに、向こうからブランカがやってきた。髪が乱れ、服が汚れていたが、彼女はこの上もなく幸せそうな様子で、歌を口ずさみながら戻ってくるところだった。娘の姿を見たとたんに、エステーバン・トゥルエバはわれを忘れてかっとなり、馬に乗ったまま娘に襲いかかると、鞭を振り上げて情け容赦なく打ちすえた。とうとう、彼女は泥の中に倒れて、動かなくなった。父親は馬から降りると、娘の体をはげしく揺すぶり、意識が戻ると、狂ったように知っているかぎりの罵詈雑言を浴びせかけ、それでもまだ足りずに自分が考えだしたののしりの言葉を並べ立てた。

「相手は誰だ。言わんと、ただではすまさんぞ」と喚き立てた。

「口が裂けても言うもんですか」と彼女はすすり泣きながら答えた。

娘は自分の頑固な気性を受け継いでいるのだから、こういうやり方はまずかった、とエステーバン・トゥルエバは今さらながら後悔した。いつものように、かっとなってお仕置きをしてしまったのだ。娘を馬に乗せると、屋敷に引き返した。妙な胸騒ぎをおぼえたせいか、犬がうるさく吠え立てたせいかは分からないが、クラーラと召使いたちは、家中の明かりをつけ、玄関に出て帰りを待っていた。伯爵の姿だけがどこにも見当たらなかったが、彼は騒ぎに乗じて、自分の荷物をまとめ、馬車に馬をつないで、町のホテルへ逃げていったのだ。

「まあ、なんてことをしたの、エステーバン」血と泥にまみれた娘の姿を見て、クラーラがそう叫んだ。

クラーラとペドロ・セグンド・ガルシアは、ブランカを抱きかかえてベッドまで運んだ。差配人は死人のように青ざめていたが、ひと言も口をきかなかった。クラーラは娘の体を洗ってやり、青い痣のできたところに冷たい湿布を当ててやり、娘の興奮が静まるまでやさしく話しかけてやった。ブランカがうとうとしはじめると、部屋を出て夫のところへ行った。彼は事務室に閉じこもり、鞭で壁を叩いたり、悪態をついたり、家具を蹴とばしたりして部屋の中を歩きまわっていた。クラーラが部屋に入ってくるのを見て、彼は自分の怒りをすべてぶつけた。ブランカが道徳心も信仰心も持たない、無節操で破廉恥な娘に育ったのももとはと言えばすべてお前が悪いのだ、いや、それだけじゃない、あの娘には階級意識というものが欠けている、なにも選りによって理屈屋で頭の悪い役立たずの怠けもののどん百姓を選ばなくてもよさそうなものだ、男ならもう少し家柄のいいのが見つけられたはずだ、と喚き立てた。

「あの時ひと思いに殺しておけばよかったのだ。わしの娘と寝るとは、図々しいにもほどがある。いつかかならず見つけだして、首根っこを押さえつけてやる。この時はなにがなんでも奴の金玉を引き抜き、この世に生まれてくるのではなかったと思い知らせてやる」

「ペドロ・テルセーロ・ガルシアはあなたと同じことをしただけですよ」と彼女は夫が一息ついた時に言った。「あなただって、自分とちがう階級のひとりものの女性と寝たことがあるでしょう。あなたとちがうのは、あの人はブランカを愛しているってことですよ。ブランカもあの人を愛しているから、ああいうことをしたんです」

トゥルエバはあっけにとられて妻の顔をまじまじと見つめた。一瞬怒りがおさまったように思えた。彼自身は妻にからかわれているのではないかと考えたが、すぐにかーっと血が頭にのぼってきた。自制心を失って、クラーラの顔を殴りつけたが、クラーラはそのために壁までふっとんでいった。彼女はうめき声ひとつあげず、床にくずおれた。エステーバンははっと我に返って、クラーラのそばにひざまずき、泣きながら言い訳や弁解の言葉を並べ立てたり、ベッドの中でしか口にしないやさしい言葉をかけたりした。

これまで妻をかけがえのない人間だと思ってきたからこそ、なにがあっても大切に扱ってきたのに、どうして手を出したりしたのだろう、と今さらながら後悔した。彼女を抱き上げ、いとおしそうにひじかけ椅子に座らせると、濡れたハンカチを額にあてがい、水を飲ませようとした。とうとうクラーラが目を開いた。鼻からはまだ血が流れていた。彼女は口を開けると、床に二、三本歯を吐き出した。血のまじった唾液が顎から喉もとに糸をひいて流れた。

クラーラはなんとか歩けそうなところまで回復すると、エステーバンを押しのけ、おぼつかない足取りで部屋から出ていった。まだふらついていたので、足がもつれて倒れそうになったが、ドアのそばにいたペドロ・セグンド・ガルシアがそんな彼女を支えた。そばにペドロ・セグンドがいると分かって、クラーラは彼に体をあずけた。彼女は人生のいちばん苦しい時にいつもそばにいてくれるあの男の胸に腫れ上がった顔を押しつけると、泣きはじめた。ペドロ・セグンド・ガルシアのシャツが彼女の血で汚れた。

それ以後、クラーラは死ぬまで夫とは口をきかなかった。名前も結婚前の名前に戻し、二十年以上前、バラバースが肉切り包丁で刺し殺されたあの忘れられない夜に、エステーバンが指にはめてくれた金の結婚指輪もはずした。

その二日後、クラーラとブランカはラス・トレス・マリーアスをあとにして、首都に引き返した。エステーバンは、自分の人生でいちばん大切にしていたなにものかが永遠に壊れてしまったと感じ、抑えようのない憤りと屈辱をおぼえた。

ペドロ・セグンドは主人の妻と娘を駅まで送っていった。あの事件があった夜から彼女たちとは会っておらず、むっつり不機嫌そうに黙りこくっていた。ふたりを座席まで案内すると、そのあとなんと言っていいか分からず、帽子を手に持ったままうなだれていた。クラーラがそんな彼を抱き締めてやった。最初は戸惑ったような顔をして、体を固くしていたが、すぐに自分の感情に打ち勝って、おずおずと彼女を抱き締め、その髪にそっと口づけした。ふたりは窓越しに見つめ合ったが、その目には涙が浮かんでいた。忠実な差配人はレンガ造りの家に帰ると、わずかばかりの身のまわりの品をまとめ、給料のうちからため込んでいたとぼしい金をハンカチに包むと、農場を出ていった。トゥルエバは、彼が小作人たちに別れを告げ、馬にまたがるところを目にした。今度の事件はお前に関係のないことだ、息子があんな騒ぎを引き起こしたからといって、仕事や友達、家、生活の保障まで捨てて出てゆくことはない、と言って引き止めようとした。

「ここにいて、息子が捕まるところを見たくないんですよ」そう言い残すと、だく足で街道のほうに去っていった。

わしはまったくのひとりぽっちになってしまった。その後も孤独感にさいなまれ、そばにいてくれるものといっては、ローサと同じ緑色の髪の毛をした、いささか風変わりで、放浪癖のある孫娘だけになってしまうのだが、あの時はまさかそんなことになるとは夢にも思わなかった。が、まあ、これは何年も先の話だ。

クラーラがいなくなったあと、まわりを見回してみたが、ラス・トレス・マリーアスにいるのは見慣れぬ新顔ばかりだった。昔の仲間は死んでしまったり、どこかに姿を消していた。妻と娘はそばにおらず、息子たちと会うこともめったになかった。母親、姉、気だてのよかった乳母、ペドロ・ガルシア老人、誰もかれもみんな死んでしまった。ローサの思い出が、癒し難い苦痛となって蘇ってきた。三十五年間わしに仕えてくれたペドロ・セグンド・ガルシアももういなかった。涙が自然にあふれてきて、頬を濡らした。いくら拳で拭っても、とめどなく流れた。みんなくたばってしまうがいい！　とわしは屋敷の片隅で吠え立てた。人気のない部屋を歩きまわり、クラーラの寝室に入った。洋服ダンスや戸棚の中を掻きまわし、あれが使っていたものがないかどうか調べ、それが見つかると、一瞬でもいいから、かすかに残っている清潔な移り香を嗅ごうと鼻に押しつけたものだった。あれのベッドに横たわり、枕に顔を押しつけ、化粧台に残された小物をいじったが、寂しさは増すばかりだった。

こうなったのももとはと言えば、ペドロ・テルセーロ・ガルシアのせいなのだ。ブランカには背を向けられ、クラーラとは言い争いになり、ペドロ・セグンドは農場を出て行き、小作人たちが不安気にわしの顔を見、陰でこそこそしゃべるようになったが、すべてはあの男が悪いのだ。前々からよく騒ぎを引き起こしていたのだから、早いうちに追い出すべきだった。父親と祖父のことがあったので見て見ぬふりをしていたが、それがかえって仇になって、わしがこの世でいちばん大切にしているものをすべて奪い取られてしまったのだ。わしは町の警察へ行き、警官に金をつかませてあの男を捕まえる手助けをしてもらうことにした。彼らには、あの男をとらえても牢屋には入れないで、そのままわしのところへ連れてきてもらいたいと伝えておいた。さらに、バーや散髪屋、クラブ、あるいはファロリート・ローホといったところで、あの男をわしのところへ連れてきたものには賞金を出すという噂を流させた。

「それはまずいんじゃないですか。自分の手で裁きを下さないほうがいいですよ、今はもうサンチェス兄弟の時代とは事情がちがうんですから」と忠告してくれたものもいた。だが、わしは耳を貸さなかった。こういう場合、裁判など当てにはできん。

二週間ばかりはなにごともなく過ぎた。わしは自分の地所を見てまわったり、近所の農場まで足を伸ばして、小作人たちの様子をこっそりうかがった。あの連中がペドロ・テルセーロをかくまっていることはまちがいなかった。賞金の額をあげたり、警官をつかまえて、どうしても見つけられないのなら、ほかのものを雇うぞと言っておどかしたりしたが、効果はなかった。だんだんいらだちがつのり、ひとりものの時でさえ飲まなかったこのわしが、酒に手を出すようになった。寝つきが悪くなり、ふたたびローサの夢を見るようになった。クラーラと同じように彼女を殴りつけたところ、その歯が床にころころ転がった。その夢を見て、思わず叫び声を上げて目を覚ましたが、その声を聞きとめるものなど屋敷にはひとりもいなかった。気分がくさくさして、髭を剃ったり、服を着替えたりする気になれなかった。あの頃は、シャワーも浴びなかったように思う。

なにを食べてもまずい上に、口の中はいつも苦い味がしていた。わしは拳から血が吹きだすまで壁を殴りつけたり、腸《はらわた》が煮えくり返るような怒りを静めるためにぶったおれるまで馬を乗りまわしたりした。誰ひとりわしに近づこうとはしなかった。召使いたちもぶるぶる震えながら給仕したが、それを見るとよけいに腹が立ってきたものだった。

ある日、昼寝の前に一服やろうと思って、廊下で葉巻に火をつけた。その時、色の浅黒い子供がやってきて、わしの目の前に黙って突っ立った。エステーバン・ガルシアという名前で、わしの孫にあたる子供だったが、その時はまさか自分の孫だとは夢にも思わなかった。あいつのせいでおそろしい事件に巻き込まれることになるのだが、そのおかげで、今では孫だということが分かった。あれはペドロ・セグンドの妹にあたるパンチャ・ガルシアの孫になるのだが、わしはもうあの女のことなどなにひとつ思い出すことはできん。

「ぼうず、なんの用だ」とわしはその子に尋ねた。

「ペドロ・テルセーロ・ガルシアの居場所を知っているんです」と答えた。

あわてて立ち上がったものだから、絹柳のひじかけ椅子が倒れたが、わしはかまわずその子の肩をつかむと乱暴に揺すぶった。

「どこだ？　やつはどこにいる？」とわしは喚き立てた。

「賞金はもらえるんですか」とその子はおびえたような顔をして言った。

「ああ、やるとも。だが、その前にお前の言うことが本当かどうか確かめなくてはな。

ともかく、あの男のいるところへわしを案内してくれ」

わしはライフルを取ってくると、その子といっしょに農場を出た。ペドロ・テルセーロはラス・トレス・マリーアスから二、三マイル離れたところにあるレブス家の製材所に隠れているので、馬で行ったほうがいいと言われて、なるほどあんなところに隠れていたのかと感心した。今の時期だと、あのドイツ人の製材所は閉鎖されているし、どこから行くにしてもひどく不便な場所にあったので、隠れ家としては申し分なかった。

「ペドロ・テルセーロ・ガルシアがあそこに隠れているとどうして分かったんだ？」

「知らないのは旦那さんだけで、ほかのものはみんな知っていますよ」とその子が答え返してきた。

あのあたりは馬を駆け足で進ませることができなかったので、並足で進んだ。製材所は山の斜面に建っており、馬をゆっくり進ませるしか手がなかった。斜面をのぼる時、馬の蹄が石にぶつかって火花が散った。むせかえるように暑く、しんと静まりかえった中で、馬の足音だけが聞こえていた。森の中に入ると、風景が一変し、鬱蒼と生い茂る木々が光を遮っているので急に涼しくなった。地面は赤っぽい色をしたふかふかの絨緞のような枯れ葉に覆われていて、馬の蹄が柔らかくその中に沈み込んだ。あたりは物音ひとつしなかった。鞍を置いていない馬の背にぴったり張りついた少年は、馬と一体化しているように見えたが、わしは怒りを噛みしめ、黙ってそのあとに続いた。時々言いようのない悲しみがこみ上げてきたが、それは長いあいだ抱きつづけてきた憤りよりも、ペドロ・テルセーロ・ガルシアに対する憎しみよりも強いものだった。二時間ばかり進むと、ようやく森の空き地に半円形に建っている背の低いバラックが見えてきた。材木と松の木のむせかえるような匂いに酔ったようになり、一瞬自分がなにをするためにここに来たのか分からなくなった。あたりの風景や森、静けさに心を奪われてしまったのだ。けれども、すぐに自分の気持をふるいたたせた。

「ここで馬の番をして待っているんだ、動くんじゃないぞ」

わしは馬から降りた。その子が馬の手綱をとっているあいだに、わしはライフルを構え、姿勢を低くして前進した。あの時は自分が六十だということも忘れていたし、以前に砕けた骨の痛みも感じなかった。今度こそ仕返しをしてやる、とそればかり考えていた。バラックのひとつから薄い煙が立ちのぼり、その戸口に馬がつないであったので、ペドロ・テルセーロはそこにいるにちがいないと当たりをつけ、大きく迂回してそのバラックに近づいた。緊張のあまり歯がかちかち鳴った。ひと思いに撃ち殺すのはもったいない、たっぷり一分かけて、楽しみながら奴をずたずたにしてやる、だが逃げられては元も子もなくなるから用心しなくてはな、といったことを考えていた。相手はわしよりもずっと若いんだから、油断している隙をつかなくてはいかん。シャツが汗でぐっしょり濡れて体に張りつき、目がくもってきたが、気持だけは二十歳の頃に戻り、牡牛のような力が体中にみなぎっていた。バラックにそっと忍び込んだ。心臓が早鐘のように打っていた。入ったところは倉庫になっていて、床にはおが屑が厚く積もっていた。材木が積み上げてあり、製材機にはほこりよけに緑色の帆布が被せてあった。積み上げた材木の間に身を隠すようにして先に進むと、だしぬけにあの男の姿が目に入った。ペドロ・テルセーロ・ガルシアは折り畳んだ毛布を枕がわりにして横たわり、眠っていた。そばでは焚火がちろちろ燃え、湯を沸かす鍋が置いてあった。わしはぎくっとして足を止めると、ありったけの憎しみを込めてあの男をゆっくり観察し、まだ幼さの残っている色の浅黒いその顔をしっかり記憶に止めた。それにしても、どこといって取り柄のないこんな髭面の男のどこに娘は惚れたのだろうと不思議でならなかった。二十五歳くらいになっているはずだが、その寝顔を見るとまだ少年のように思われた。手が震え、歯がかちかち鳴ったが、なんとかそれを抑えた。ライフルを構えると、二歩ばかり進んだ。狙いをつけなくても頭をふっ飛ばせるくらい間近に寄ったが、鼓動が静まるまで二、三秒待つことにした。あそこでためらったのがまちがいだった。お尋ね者になって逃げまわっていたせいで、耳聡《ざと》くなっていたペドロ・テルセーロ・ガルシアは本能的に危険を察知したらしい。あの男ははっと我にかえったが、目をつむったまま全身の筋肉を収縮させて、一瞬のうちに信じられないような跳躍をやってのけた。わしが銃をぶっぱなした時には、そこから一メートルばかり離れたところにいた。もう一度狙いをつけようとしたが、奴はかがみ込んで木切れを拾いあげると、わしに向かって投げつけてきた。それがライフルに当たって遠くにふっ飛ばされてしまった。銃がなくなったので恐怖に襲われたが、向こうのほうがいっそうおびえていることに気づいた。わしたちは息を切らせ睨みあったまま、たがいに相手に襲いかかる隙をねらっていた。その時、斧が目に入った。すこし手を伸ばせば届くところにあったので、わしはなにも考えずにそれをつかんだ。力いっぱい斧を振りおろした。斧はきらっときらめいて、ペドロ・テルセーロ・ガルシアの上に振り下ろされた。血しぶきがわしの顔にかかった。

あの男は斧から身を守ろうとして腕をあげたが、斧の刃が彼の右手の指を三本すぱっと切り落とした。わしは勢いあまって前に倒れこみ、思わず膝をついてしまった。奴は傷ついた手を胸に押しあて、積み上げてある板や床に転がっている丸太を飛び越えて駆けだしてゆくと、馬に飛び乗り、おそろしい叫び声をあげて松の木の間を縫うようにして逃げ去った。あとには血のしみが点々と残されていた。

わしはぜいぜいあえぎながらその場に這いつくばっていた。二、三分して少し落ち着いたが、その時はじめてあの男を殺しそこねたことに気づいた。じつを言うと、あの男を殺さずにすんで内心ほっとしていた。彼の熱い血が顔にかかったとたんに、それまでの憎悪が嘘のように消えてしまったのだ。なぜあの男を殺そうとしたのだろう、息がつまって胸が苦しくなり、耳鳴りがし、目がくらむほどの激しい感情に駆られていたが、あれはいったいどうしたわけだろうと不思議に思ったほどだった。わしは口をぱくぱくさせて肺に空気を送りこんでやり、ようやく立ち上がった。まだ足もとがおぼつかなくて、二、三歩歩くと、息が切れて気分が悪くなり、積み上げてある板の上に座り込んでしまった。心臓の鼓動が狂ったように速くなったので、今にも気を失いそうになった。

かなり長い間そうしていたように思うが、よく覚えていない。やっとのことで、顔を起こすと、立ち上がってライフルを捜した。

少年は黙ったままそばでわしの顔をじっと見つめていた。あの子は床に落ちている指を拾い上げ、血まみれになったアスパラガスのようにそれを手に持っていた。それを見たとたんに気分が悪くなり、吐き気をもよおしてブーツを汚してしまったが、あの子は平気な顔をしてにやにや笑っていた。

「そんな薄気味の悪いものは捨てるんだ」そう叫んでわしはその子の手から払い落とした。

床の上に落ちた指はおが屑を赤く染めた。

わしはライフルを持つと、よろめきながら出口に向かった。松の木のむせかえるような香りと夕暮れ時の爽やかな風を顔に受けてようやく人心地がついた。胸いっぱい息を吸い込んだ。体中が痛み、手がしびれたようになっていたが、なんとか馬のところまで歩いていった。あの子はわしのあとからついてきた。

日が沈むと、急にあたりが暗くなったので、わしたちは苦労してラス・トレス・マリーアスまで戻った。木々が行く手を遮り、馬は石や灌木に足をとられ、木の枝が顔をぴしぴし打った。どうしてあんな乱暴なことをしたのだろうかと、わしは戸惑いと不安をおぼえたが、その一方で、ペドロ・テルセーロがうまく逃げてくれてよかったと胸を撫でおろしていた。あいつの頭に鉛の弾をくらわせるつもりで出向いたのだから、あの時、もしあの男が床に倒れていたら、おそらく斧でめった打ちにして、ずたずたに切り刻んでいたことだろう。

いろいろと噂されていることは知っている。これまでにひとり、いや何人もの人間を殺してきたと言われてもいる。昔農夫が何人か殺されたことがあり、わしの仕業だと言われている。しかし、それは根も葉もないことだ。老い先短いこの年になれば、隠し立てしてもはじまらんのだから、人を殺したのなら、殺したと正直に打ち明けるつもりだ。だが、わしは今まで人を殺したことなど一度もない。すんでのところで人を殺すところだったというのが、斧をつかんでペドロ・テルセーロ・ガルシアに襲いかかったあの時一度きりなのだ。

屋敷にたどり着いた時は真っ暗になっていた。わしは馬からゆっくり降りると、テラスに向かって歩いて行った。途中ひと言も口をきかなかったので、あの子がそばにいることをすっかり忘れていた。だから袖を引っ張られた時は、飛び上がるほど驚いた。

「賞金はもらえるんでしょう、旦那」とあの子が言った。

わしは手で追い払った。

「人を密告するような裏切り者に賞金などやるものか。そうそう、今日のことは誰にも言うんじゃないぞ」とわしは言い渡した。

屋敷の中に入ると、まっすぐ酒瓶のところへ行って、瓶から直接飲んだ。コニャックが喉を焼き、体がぬくもってきた。そのあと、ふーっと溜息をつきながらソファに倒れ込んだ。まだ心臓がどきどきし、気分が悪かった。拭いても拭いても、涙が頬をつたって流れ落ちた。

ドアの外ではエステーバン・ガルシアが立っていた。あいつもわしと同じように、怒りのあまり泣いていた。

＊本書は二〇〇九年三月、小社より刊行された『精霊たちの家』（池澤夏樹＝個人編集 世界文学全集Ⅱ－07）を上下巻として文庫化したものです。

精霊《せいれい》たちの家《いえ》 上

二〇一七年 七 月一〇日 初版印刷
二〇一七年 七 月二〇日 初版発行

著 者 I・アジェンデ
訳 者 木《き》村《むら》榮一《えいいち》
発行者 小野寺優
発行所 株式会社河出書房新社
〒一五一―〇〇五一
東京都渋谷区千駄ヶ谷二―三二―二
電話〇三―三四〇四―八六一一（編集）
〇三―三四〇四―一二〇一（営業）
http://www.kawade.co.jp/

ロゴ・表紙デザイン 粟津潔
本文フォーマット 佐々木暁
印刷・製本 中央精版印刷株式会社

Printed in Japan ISBN978-4-309-46447-3

黄金の少年、エメラルドの少女

イーユン・リー　篠森ゆりこ〔訳〕　46418-3

現代中国を舞台に、代理母問題を扱った衝撃の話題作「獄」、心を閉ざした四〇代の独身女性の追憶「優しさ」、愛と孤独を深く静かに描く表題作など、珠玉の九篇。O・ヘンリー賞受賞作二篇収録。

ボヴァリー夫人

ギュスターヴ・フローベール　山田𣝣〔訳〕　46321-6

田舎町の医師と結婚した美しき女性エンマ。平凡な生活に失望し、美しい恋を夢見て愛人をつくった彼女が、やがて破産して死を選ぶまでを描く。世界文学に燦然と輝く不滅の名作。

スウ姉さん

エレナ・ポーター　村岡花子〔訳〕　46395-7

音楽の才がありながら、亡き母に変わって家族の世話を強いられるスウ姉さんが、困難にも負けず、持ち前のユーモアとを共に生きていく。村岡花子訳で読む、世界中の「隠れた尊い女性たち」に捧げる物語。

リンバロストの乙女　上

ジーン・ポーター　村岡花子〔訳〕　46399-5

美しいリンバロストの森の端に住む、少女エレノア。冷徹な母親に阻まれながらも進学を決めたエレノアは、蛾を採取して学費を稼ぐ。翻訳者・村岡花子が「アン」シリーズの次に最も愛していた永遠の名著。

リンバロストの乙女　下

ジーン・ポーター　村岡花子〔訳〕　46400-8

優秀な成績で高等学校を卒業し、美しく成長したエルノラは、ある日、リンバロストの森で出会った青年と恋に落ちる。だが、彼にはすでに許嫁がいた……。村岡花子の名訳復刊。解説＝梨木香歩。

べにはこべ

バロネス・オルツィ　村岡花子〔訳〕　46401-5

フランス革命下のパリ。血に飢えた絞首台に送られる貴族を救うべく、イギリスから謎の秘密結社〈べにはこべ〉がやってくる！　絶世の美女を巻き込んだ冒険とミステリーと愛憎劇。古典ロマンの傑作を名訳で。

著訳者名の後の数字はISBNコードです。頭に「978-4-309」を付け、お近くの書店にてご注文下さい。